Pureza

Garth Greenwell

Pureza

tradução
Fabricio Waltrick

todavia

Para Dimiter Kenarov

I

Mentor 11
Gospodar 31
Gente decente 53

II. Amando R.

Pureza 89
O rei sapo 111
Uma despedida 135

III

Porto 155
O santinho 171
Uma saída à noite 195

Agradecimentos 221

I

Mentor

Tínhamos combinado de nos encontrar na fonte em frente ao McDonald's da praça Slaveykov. Para os meus padrões americanos, G. estava atrasado e, enquanto o esperava, dei uma olhada nas barracas de livros que dão fama à praça, com mercadorias empilhadas debaixo de toldos diante da biblioteca municipal. Na verdade, já não era mais uma fonte, ela estava interditada havia anos, desde certo verão em que um defeito da fiação fez parar o coração de um homem assim que ele mergulhou os dedos na água fria. Estávamos em dezembro, embora o inverno ainda não tivesse chegado de fato; fazia sol e o clima estava ameno, não era de todo mal ficar ali um pouco, de pé, folheando os livros expostos. Desde o início do ano, G. havia chamado minha atenção, a princípio simplesmente por ser bonito e, depois, pelo tipo especial de amizade que eu pensava ter notado entre ele e outro garoto da classe, a intensidade com que G. o procurava e a privacidade que criou em torno deles. Aquilo era familiar para mim, aquela intensidade, uma história da minha própria adolescência, assim como era o deleite ambivalente com que o outro garoto a recebia, como ele ao mesmo tempo a convidava e a adiava. Eu fazia certa ideia, portanto, sobre o que iríamos conversar e por que a escola não oferecia o sigilo necessário para tratar do assunto, mas ainda assim eu estava curioso: ele não era um aluno de quem eu fosse particularmente próximo, ele não ia à sala fora do horário de aula, nunca havia se aberto comigo ou me procurado, e eu me perguntava que crise estaria agora o trazendo até mim.

Eu já estava ficando irritado com os livreiros que, percebendo minha condição de estrangeiro, me empurravam para suas pilhas de brochuras americanas surradas, e como G. não aparecia, imaginei que a tarde sacrificada acabaria desperdiçada. Mas então ele surgiu, subitamente parado ao meu lado, e, ao vê-lo, a irritação se dissipou. Ele se destacava ali, com roupas ligeiramente formais e cabelo repicado, embora nos Estados Unidos seria considerado bastante genérico, um estudante de colégio privado da Costa Leste, talvez não exatamente um legítimo exemplar, especialmente se abrisse um sorriso largo (como quase nunca o fazia) e revelasse a fileira de dentes inferiores num desarranjo totalmente não americano. Ele foi bastante simpático ao me cumprimentar, mas, como sempre, havia algo de reservado nele, como se estivesse ponderando se deveria emitir ou não um julgamento que estava prestes a fazer. Ele me perguntou aonde deveríamos ir só para descartar todas as sugestões, dizendo que me levaria a um dos seus lugares favoritos, e se pôs a andar, não ao lado, mas na frente, bloqueando a possibilidade de conversa, e como se já estivesse a postos para negar qualquer associação comigo. Eu estava longe de ser um recém-chegado, já vivia em Sófia havia dois anos, mas permanecia como uma espécie de diletante da cidade, e logo — embora o centro seja pequeno e não tivéssemos ido muito longe de Slaveykov e Graf Ignatiev, o pedaço que eu conhecia melhor — não fazia ideia de onde estávamos. Minha ignorância não se dava por falta de esforço: por meses após ter chegado, eu ia ao centro todas as manhãs que podia, andava pelas ruas enquanto a cidade acordava e voltava para marcar a rota num mapa afixado na parede. E, ainda assim, pouco tempo depois, aquelas mesmas ruas pareciam quase totalmente desconhecidas; nunca conseguia entender como elas se encaixavam, e apenas um detalhe fugidio (o entalhe de uma antiga cornija, a pintura insólita de uma fachada) me lembrava que eu havia passado antes por ali. Seguindo os passos de G., como sempre quando estava com alguém natural de Sófia, eu tinha a sensação de que a cidade se abria, o concreto branco e monolítico dos blocos de apartamentos de estilo soviético dando lugar a inesperados pátios e cafés e caminhos através de pequenos parques invadidos pela vegetação. Ao penetrarmos nesses espaços, mais silenciosos e menos concorridos que os bulevares, G. diminuiu o passo, permitindo que me pusesse ao seu lado e, assim, caminhamos de forma mais sociável, embora ainda sem conversar.

Era num desses pátios ou pequenos parques que o restaurante de G. se escondia. Ficava no subsolo e, ao nos aproximarmos da porta que nos levaria até ele, notei a fachada de uma loja vizinha, uma loja de antiguidades com as vitrines apinhadas de ícones — Cirilo e Metódio, uma bem-aventurada Maria, são Jorge a cavalo fisgando o dragão pela boca — e de uma parafernália nazista, relógios, carteiras de couro e frascos, todos estampados com a cruz gamada. É comum encontrar essas coisas aqui em lojas de antiguidades e mercados ao ar livre, lembranças para turistas ou para rapazes nostálgicos de uma época em que poderiam ter se aliado, ainda que desastrosamente, a uma verdadeira potência mundial. O espaço para o qual descemos era maior do que eu esperava, um salão amplo com bancos acolchoados acoplados às mesas de ambos os lados e, ao fundo, um bar que imaginei lotado de universitários à noite. O ambiente era iluminado por uma fileira de janelinhas no alto de uma parede, com as vidraças embaçadas e manchadas de fumaça, de modo que a luz era estranhamente opaca, como se estivesse embebida em chá. G. fez um gesto em direção a uma das mesas, a maioria delas estava vazia, e nos sentamos.

G. pousou o maço de cigarros sobre a mesa e tamborilou levemente sobre ele com a ponta dos dedos. Percebi que estava aguardando permissão, pois mesmo que quase todos no restaurante já estivessem fumando, ele não os acompanharia a menos que lhe desse meu consentimento. Sorri ou acenei com a cabeça e ele os agarrou, sorrindo de volta como se estivesse se desculpando por seu afã, e suas feições suavizaram após a primeira e longa tragada. Conversamos um pouco, basicamente amenidades e as perguntas obrigatórias sobre a faculdade; as inscrições já haviam sido feitas e os estudantes esperavam respostas, e embora estivéssemos todos cansados de falar sobre isso, era o assunto a que sempre retornávamos. Tudo bem, disse ele, está tudo bem, agora estou só no aguardo, e disse que a maioria das faculdades às quais tinha se candidatado ficava nos Estados Unidos, embora muitos estudantes daqui estivessem atualmente procurando a União Europeia, onde a anuidade é mais barata e havia mais chances de obter autorização para ficar depois de se formarem. Mas aquela conversa logo virou um pano retorcido e seco e, assim, não demorou para que ficássemos em silêncio. Comecei a falar de poesia; não fazia muito tempo que havíamos lido alguns poetas americanos da metade do século passado, e os poemas do próprio G. em resposta haviam sido uma verdadeira surpresa, espirituosos e fluidos, revelando uma profundidade que seus outros trabalhos jamais haviam insinuado. Um deles particularmente me impressionou, um poema repleto da vida cotidiana: descrições da nossa escola, dos colegas de classe e professores; e também de uma sensação de que no mundo descrito não havia nenhum lugar em que ele se sentisse em casa. Parecia uma espécie de convite, e eu suspeitava que minha resposta a ele, entusiasmada e bastante encorajadora, tinha levado, por sua vez, a este encontro.

Ele tirou algumas folhas da mochila e as empurrou para mim, dizendo Olhe, estive trabalhando mais nestes aqui.

Fiquei decepcionado ao ver no topo o mais fraquinho dos poemas que ele já havia me entregado, um hino genérico a um ideal feminino, cheio de louvores exagerados e pronomes com inicial maiúscula. Era a mesma versão que eu já tinha visto, a página carregada com correções e sugestões, conselhos que me sinto obrigado a dar até mesmo para trabalhos menos promissores. Você fez tantas correções, ele disse, mas não corrigiu o erro mais grave. Levei meus olhos para a folha e os ergui outra vez, confuso; não entendi, falei, o que deixei passar? Ele se debruçou sobre a mesa, estendendo os braços em direção à página de modo a apoiar o tronco sobre a madeira envernizada, um gesto peculiarmente adolescente, pensei, me lembrei de já tê-lo feito antes, mas havia anos que não o fazia, e ele cravou o dedo na margem da página. Aqui, disse, apontando para uma linha onde havia apenas a palavra *Ela*, errei aqui e depois várias outras vezes, os pronomes estão todos errados, e, mesmo semideitado, pude notar que seu corpo inteiro estava tenso. Ah, eu disse, levando os olhos da página para ele, entendi, e ele rapidamente se inclinou para trás, como se algo o tivesse libertado, e como se após aquela revelação ele quisesse reafirmar algum espaço entre nós. Também me inclinei para trás e empurrei as folhas de volta para ele; estava claro que tinham servido a seu propósito.

Os poemas que lemos em aula, ele então falou, nunca tinha visto nada parecido, nem sabia que existia algo assim. Dei-me conta de que ele estava falando de Frank O'Hara, cujos poemas tinham chocado a maioria dos meus alunos, exatamente como eu tinha planejado. Nunca tinha lido nada, ele prosseguiu, quer dizer, uma história ou um poema que parecesse ser sobre mim, que eu mesmo poderia ter escrito. Ele não olhava para mim enquanto falava, em vez disso fitava as mãos, ambas sobre a mesa à sua frente e numa das quais o cigarro estava quase reduzido ao filtro entre os dois dedos. Senti duas coisas naquele momento: primeiro, o desalento habitual ao conversar com homens gays daqui, mais excluídos do que eu havia sido crescendo no sul dos Estados Unidos, onde pelo menos pude encontrar livros que, embora sempre trágicos, ofereciam uma certa beleza como compensação. Mas, além do desalento, senti satisfação ou orgulho por ter lhe proporcionado (tal como eu entendia) um certo grau de consolo e, talvez, essa fosse a parte mais significativa do que eu sentia. Eu o havia acolhido, pensei, e isso desencadeou uma sensação de calor que brotou no meu âmago e irradiou corpo afora. Era o orgulho de um artesão, creio: havia me empenhado bastante em encontrar os poemas certos para os alunos, escolhendo O'Hara não apenas por seus temas, mas principalmente por sua alegria, sua falta de moderação e culpa, o que só viria a reforçar o que muitos dos estudantes já pensavam sobre a categoria ou classe de pessoas à qual eu pertencia. Minha satisfação aumentou ainda mais quando G. continuou, depois de nosso café chegar e pararmos um instante para botar açúcar e leite nele. Você é a única pessoa que conheço que fala sobre isso, que é tão aberto e não sente vergonha, ele revelou; é bom que você seja assim, deve ser difícil por aqui. Era o tipo de reconhecimento que quase nunca se ouve, e me fez lembrar do espírito de missão que havia em mim quando comecei a lecionar e que desde então desaparecera de modo tão resoluto. E mais uma vez aquilo teve o efeito de aumentar a distância entre nós, de maneira que mesmo vendo que ele permanecia agitado, inquieto e nervoso, que estava abatido por algo que ainda tinha a dizer, eu me sentia inundado de um sentimento de realização, de um prazer peculiar e intenso.

Perguntei se havia algo mais, além dos poemas que havíamos lido, que o levasse a querer falar comigo naquele momento. Não sei, ele disse, eu só tinha que conversar com alguém, e enquanto falava, girava lentamente a xícara de café, passando a asa de uma palma a outra. Você não sabe como é, ele falou, dizendo meu nome, o que me sobressaltou um pouco, não sei bem por quê, me fazendo reviver — só por um instante e como numa espécie de eco — o choque de anos antes, quando meus alunos tinham me chamado por meu sobrenome pela primeira vez. Foi algo tão estranho, tão desconectado de quem eu realmente era, embora agora pareça inevitável, o eu que me tornei, talvez um eu diminuído, como sinto às vezes. Você não sabe como é, ele continuou, não há ninguém com quem eu possa falar, é impossível aqui, e ele passou a enumerar as fontes de conforto com as quais não podia contar, seus pais, seus amigos, os adultos da escola a quem, nos Estados Unidos, talvez pudesse ter recorrido em busca de apoio; e, claro, aqui não havia recursos públicos, nenhum centro ou rede comunitária que pudesse procurar. E que tal a internet, sugeri, será que você não consegue encontrar alguém, e ele cravou em mim um olhar áspero. É isso que você acha que eu quero, perguntou, encontrar alguém online? Isso não me interessa, retrucou, e, pelo tom, percebi que ele havia me interpretado mal, pensando que eu estava sugerindo sites de encontro quando, na verdade, tinha algo bem distinto em mente, fóruns e chats que abundavam nos Estados Unidos. Mas aquilo também pareceu exasperá-lo, e ele fez um gesto de dispensa com as mãos. Do que isso vai me servir, retorquiu, eu moro aqui, não nos Estados Unidos, e é impossível viver aqui. Além disso, e nesse instante voltou a se distanciar de mim, apoiando o peso no encosto acolchoado de seu banco, já dei uma olhada em alguns desses sites, disse, vi do que eles falam, de televisão, música pop e sexo, você acha que tenho alguma coisa para dizer a eles? Não há nada para mim ali, ele anunciou, essa não é a vida que eu quero, não é isso que eu quero ser. E, após uma pausa, É assim que eles são, perguntou, inclinando-se outra vez para a frente, é isso que significa ser assim? Minha confiança vacilou; eu havia me expressado mal e, agora, me sentia sob ataque ou, ao menos, certamente mais ao alcance de seu desprezo. Ele não sabia nada sobre mim, sobre esse aspecto da minha vida que os alunos não tinham por que especular, embora eu seja mais aberto do que o comum para a minha profissão. Ele não sabia nada sobre mim, nada sobre os apetites que às vezes me envergonham e, ainda assim, me senti acusado, de forma que Claro que não, rebati muito mais cortante do que deveria, e me contive com toda força antes que pudesse dizer algo mais. Ao me ouvir, ele recuou, e lamentei o que havia feito. Coloquei as mãos em volta da xícara à minha frente, inspirando profundamente enquanto pressionava as palmas contra o que restava do calor, e quando consegui falar com mais calma, Qual é a vida que você quer, perguntei.

Ele encolheu os ombros ligeiramente, como se dissesse não sei ou, talvez, que diferença isso faz, e passou a falar de outra coisa, ou o que parecia ser outra coisa, me fazendo achar que eu havia errado novamente o caminho, que havia falhado em perceber ou dizer o que deveria. Lembra aqueles poemas que você pendurou na sala, ele se pôs a falar, e eu assenti, claro que lembrava: cinco poemas de alunos de duas turmas do décimo segundo ano que afixei num pequeno mural na parede do fundo. Uma semana antes de me entregarem, tinha tido uma ventania extraordinária em Sófia, inclemente e incessante, uma ventania vinda da África, disseram, que fez estragos pela cidade e nos deixou todos entre aflitos e exultantes. Ela foi constante, impossível de ser ignorada, e apareceu em cada um dos poemas que preguei no mural, num como uma serpente, noutro como cavalos galopando na areia, num terceiro como o mar junto ao qual eles galopavam, as folhas penduradas na parede como painéis de um olho composto. Dos poemas que você pendurou, um era meu e três dos meus melhores amigos, ele revelou, somos três de uma classe e o quarto de outra; a gente nem sequer tinha tocado nesse assunto, foi engraçado ver como acabamos escrevendo sobre a mesma coisa. Você sabia que éramos tão próximos, ele perguntou, mas eu não sabia; fiquei constrangido ao perceber, de fato, que nas semanas que se seguiram à tarefa, tinha esquecido exatamente de quem eram os trabalhos que havia escolhido e, enquanto G. continuava a narrativa naquela tarde, fui desvendando lentamente quem eram os outros alunos da história. Ou talvez não tenha sido engraçado, ele continuou, acho que não há nada de tão engraçado nisso, mas foi estranho, de qualquer forma, como fomos atraídos pela mesma coisa. Eles eram amigos desde que haviam entrado no colégio, contou, tinham se conhecido como alunos do oitavo ano, três meninos e uma menina, e praticamente desde o primeiro dia se tornaram inseparáveis. Ao falar dos amigos, senti que, apesar de meus deslizes, ele havia decidido que eu era digno de confiança, de uma confiança mais profunda do que ele havia até então demonstrado. Ou talvez não fosse opção e sim necessidade que o levasse a falar comigo como estava fazendo, não por alguma virtude minha, mas meramente pela função que eu poderia desempenhar. Eles se sentiam bem um com o outro, de uma maneira que ele nunca havia experimentado antes, me confessou, ele nunca tinha feito parte de uma turma como aquela; ele havia sempre se mantido distante dos demais, era sua natureza se manter afastado. Tive sorte, ele disse, a todo momento achava que eu estragaria tudo, que nossas amizades se esgotariam como minhas amizades sempre se esgotam; não tenho nenhum amigo de antes do colégio, revelou, de alguma forma eles sempre desaparecem. Ou talvez aqueles não fossem os termos que havia usado, esgotar e desaparecer, talvez eu os tenha incluído só agora, embora tenha certeza do sentido geral do que ele havia dito enquanto tomávamos nosso segundo café, enquanto eu seguia botando mais açúcar no meu, sachê atrás de sachê. Mas eles não desapareceram, disse, eles ficaram. Nos encontrávamos no mesmo lugar todas as manhãs antes da aula, e mais tarde para o almoço, depois da aula pegávamos o ônibus juntos, nos fins de semana íamos ao parque ou ao shopping. Até nas férias estávamos juntos, íamos para as montanhas nas férias de inverno e passávamos o verão na praia, nossas famílias se tornaram amigas, viajávamos todos juntos. Eles não eram como eu, tinham um monte de amigos, sempre foram populares, mas ainda assim éramos um grupo especial, sempre tive meu lugar. Eu tinha tudo que queria, pela primeira vez não precisava de mais nada, me entende, e eu fiz que sim com a cabeça; eu o entendia completamente, e tive a impressão de que a intimidade que havia se criado entre nós se aprofundava ainda mais, tornando-se uma espécie de afinidade, o que recebi tanto com prazer quanto com pavor.

Agora havia mais gente no restaurante, e G. baixou a voz à medida que as mesas ao redor iam sendo ocupadas e o ar se adensava com a fumaça. Eu me inclinava para a frente para poder ouvi-lo, e foi aí que me ocorreu que ele havia me levado ali pela privacidade extra, a privacidade da mesa com bancos de encosto alto e de sua voz baixa, mas também a privacidade do idioma; em qualquer um dos cafés mais iluminados dos bulevares teríamos escutado inglês, mas aqui não havia ninguém mais falando inglês, também nesse sentido estávamos a sós. Naquela época, eu não pensava em B. de maneira especial, não de verdade, ele revelou, falando do garoto que também estava na minha classe, que eu considerava amigo especial de G.; éramos todos igualmente amigos, nós quatro, mas B. e eu sempre caímos na mesma classe, no oitavo e nono ano, até que nos colocaram em turmas diferentes no ano seguinte. Isso não deveria ter feito diferença alguma, ele continuou, éramos bons alunos, não conversávamos durante a aula nem fazíamos bagunça e, além do mais, seguíamos passando o tempo juntos com nosso grupo. Só que fez diferença, disse, eu não pude suportar. Fiz com que me trocassem de classe, contei que odiava os outros alunos, falei que eram cruéis comigo. Não era verdade, mas fiz minha mãe acreditar que era, fiz com que ela fosse à escola reclamar e, depois de alguns dias, me puseram onde eu queria. A partir daí, tudo deveria ter ficado bem, mas não ficou, eu sabia que não deveria ter sido afetado daquele jeito, não conseguia entender o que havia se passado. Mas não é verdade, ele disse, balançando levemente a cabeça, eu entendia, pelo menos um pouco, eu sabia que estava sentindo algo que não deveria sentir.

Ele acendeu outro cigarro. Por algum tempo, enquanto falava, ele tinha ficado sem fumar, porém, agora, estava dando uma longa tragada e, ao expirar, o vi novamente relaxar. Mas, no fundo, estava indo tudo bem, ele continuou, segui mantendo meu lugar entre meus amigos e a amizade com B., era o que bastava. B. saía com umas meninas, eu também, e isso não significava muito mais para ele do que para mim, continuávamos sendo os mesmos uns para os outros, nós quatro, e pela primeira vez G. identificou o terceiro membro do grupo, a menina, o que ele havia dito sobre ela até então não tinha sido o suficiente para que eu soubesse com certeza de quem se tratava. Ela era uma garota bem bonita, inteligente, gentil, uma das minhas alunas favoritas; ela não exigia muito, e com isso quero dizer que não era uma fonte dessa preocupação em que consiste boa parte da docência, ela era uma aluna com a qual você podia ficar tranquilo. Estava indo tudo bem, ele repetiu, e este ano era o nosso ano, enfim, o último. Estávamos esperando isso há tanto tempo, as viagens que faríamos, as festas. Havia uma tradição dessas celebrações, eu sabia, uma a cada trimestre, e uma última festança pós-formatura no litoral, que se prolongava, para alguns deles, até a partida para a universidade, no outono.

Combinamos de alugar juntos uma casa para a viagem de outono, ele contou, perto o suficiente dos outros para ir às festas à noite, mas afastada o bastante para passarmos os dias apenas entre nós. Estávamos nas montanhas, num vilarejo que fica deserto na maior parte do ano, não havia mais nada ao redor por quilômetros. Levamos de tudo com a gente, álcool, música, até mesmo umas luzinhas para pendurar em alguma das casas, para dançar. Havia um terraço que dava para a montanha e, na primeira noite, ficamos ali sentados até tarde, conversando e bebendo, rindo de uma maneira que eu só ria com eles. Foi uma noite perfeita, ele disse, com o fim de semana prolongado ainda pela frente, quando é que fui tão feliz. Nesse instante, seu rosto foi invadido por uma expressão de tanta saudade que precisei até desviar o olhar. Era algo que eu estava sentindo cada vez mais intensamente enquanto ele falava, esse desejo de desviar o olhar, e havia resistido, pois queria que ele soubesse que eu estava escutando, que estava disposto a receber o que ele tivesse a oferecer; ainda mais porque ele raramente olhava para mim, e sim fitava a mesa, as mãos, ou a xícara vazia entre elas. Eu queria estar presente quando ele me olhasse, queria que notasse minha atenção, que era minha forma de ampará-lo, imagino, ou era o que eu queria que fosse, eu queria acolhê-lo. Mas conforme ele seguiu falando, fracassei até mesmo nisso, eu era incapaz de olhá-lo nos olhos.

Fui para a cama antes de B., ele disse, estávamos dividindo um quarto, mas ele quis ficar acordado ainda um pouco mais e eu já estava exausto. Achei que ele me acordaria quando entrasse, que conversaríamos um pouco como sempre fazíamos, alguns minutos só nós dois; mas eu dormi a noite toda e, quando acordei, seu lado da cama estava intocado. Pensei que ele talvez tivesse adormecido no terraço, mas durante a noite a temperatura tinha caído e não havia ninguém ali fora. Era uma manhã de nevoeiro e silêncio, como só se pode ter nas montanhas, e me apoiei por um tempo no parapeito de madeira, contemplando o vilarejo onde tudo se mantinha absolutamente imóvel. Esperou pelos outros na sala principal, sem fazer nada, ele disse, apenas esperando, até que ouviu um ruído no andar de cima, e o último membro do grupo desceu. G. se referiu a esse garoto pelo nome e, pela primeira vez, tive uma clara noção dos quatro, todos alunos que eu via diariamente, mais ou menos, sem a menor ideia do que se passava entre eles. Tenho uma perspectiva tão estranha de suas vidas; por um lado, as vejo como ninguém mais as vê, minha profissão é uma espécie de olhar demorado, por outro, elas são totalmente opacas para mim. Ele estava tão eufórico, G. comentou sobre esse quarto amigo, mal podia esperar para me contar sobre a noite anterior, como depois que fui para a cama eles continuaram acordados bebendo, como havia algo acontecendo entre B. e nossa amiga, como os dois começaram a falar um com o outro como se ele não estivesse ali, até que ele deu boa-noite e os deixou a sós. E, então, antes de pegar no sono, ele os ouviu passarem juntos por sua porta. Não é incrível, esse amigo perguntou a G., eles são perfeitos um para o outro, e isso já vem rolando há tanto tempo; ele não podia entender como ainda não tinha acontecido nada, era tão óbvio que era o que eles queriam. E ele me contou tudo isso como se eu já soubesse, G. prosseguiu, como se já fosse tão gritante que nem precisasse ser dito. Só que eu não sabia, eu não tinha percebido nada e, enquanto estava ali sentado, senti uma coisa que nunca havia sentido antes, era como se eu estivesse caindo em algo, parecia água só que não era realmente água, era como um novo elemento, disse G. Mas, decerto, não foi isso que ele disse literalmente, com certeza é algo que acrescentei; acrescentei em solidariedade, gostaria de dizer, mas não era bem solidariedade o que eu sentia ao escutá-lo, era mais uma reivindicação. A experiência que ele havia tido era minha, senti, eu a reconheci perfeitamente e, enquanto o ouvia, eu também me sentia caindo, em sua história e em seus sentimentos, eu estava preso no que ele contava.

Por fim, os ouvimos se moverem, G. continuou, escutamos uma porta se fechar e passos vindo de cima, e os dois desceram as escadas juntos. Estavam tímidos, de mãos dadas, parecia que os deixávamos nervosos só de olharmos para eles. Nosso amigo assobiou e riu, batendo palmas, e todos eles riram juntos. Mas eu não podia rir com eles, não de verdade, eu só conseguia fingir que ria. Eles tinham mudado, os dois, pareciam pessoas diferentes sentadas ali em cadeiras que arrastaram para o mais perto possível, encostados um no outro, como duas pessoas que eu não conhecia; e mesmo que sentisse B. olhando para mim de vez em quando, não conseguia olhar em seus olhos. G. pausou, acendendo outro cigarro, embora o cinzeiro já estivesse abarrotado. Agora o restaurante estava cheio, todas as mesas ocupadas, barulhento com o som de conversas e risos, mas G. falava sem levantar a voz; eu tinha que me esforçar para ouvi-lo, me inclinando para a frente o máximo que podia. Por um tempo, ele ficou em silêncio, tragando o cigarro. Fiquei grato pela pausa, estava cansado de escutá-lo, de me esforçar para ouvi-lo naquele lugar barulhento, mas também pela obrigação que ele impunha, não apenas de escutar, mas de sentir de uma maneira que eu não estava acostumado. Não queria que ele continuasse falando, eu sabia o que ele diria; era uma história tão comum; foi o que tentei dizer a mim mesmo quando era jovem e senti o que G. sentia agora. Mas para G. aquela não era só uma história, era o ar que respirava, embora parecesse menos ar do que água, era o oposto de ar.

No decorrer das semanas seguintes, perdi todo o prazer que sentia antes em estar com meus amigos, ele disse. B. me narrava cada instante, cada sensação e, enquanto falava, eu o odiava, odiava a felicidade dele. Foram tantas coisas que senti,

G. prosseguiu, nunca me deixei imaginar o que eu queria, nunca em todos esses anos fantasiei com ele, nem uma única vez; quase não fantasiava nada, não queria que aquela parte de mim existisse. Mas ele era tudo em que eu pensava, não conseguia me concentrar nas aulas; e era verdade, pensei, eu havia notado, a distração, os trabalhos não entregues, o fato de tantas vezes o pegar com o olhar perdido e precisar chamá-lo de volta de onde estava. Todos os dias eu dava de cara com algo insuportável, G. disse, os dois se beijando ou de mãos dadas, eles estavam tão felizes juntos. Tudo o que eu havia aguardado ansiosamente tinha ido por água abaixo, o ano tinha ido por água abaixo, e eu me sentia sozinho como nunca havia me sentido, não apenas sozinho, mas incapaz de não estar sozinho, entende? Ergui os olhos em sua direção ao ouvir a dor que vi em seu rosto, um olhar de tanta desolação que precisei me segurar para não estender o braço e colocar minha mão sobre a dele, embora eu já estivesse lecionando há tempo suficiente para saber que nunca se deve tocar nos alunos, ou quase nunca, mesmo um toque inocente pode levantar suspeitas. Além do mais, ele não o teria recebido bem, pensei, ele não era do tipo que quer isso, teria sido uma invasão. Mas talvez eu estivesse enganado, talvez fosse exatamente o que ele queria, talvez aquela fosse uma parte melhor ou mais sábia de mim que eu havia refreado. Essa é a pior coisa de ser professor, que nossas ações ou não têm força alguma, ou têm uma força muito além de nosso intuito, e não apenas nossas ações como também nossas inações, gestos e palavras contidos ou não ditos, tudo que poderíamos ter feito e acabamos não fazendo; e, mais além, que as consequências disso repercutam através dos anos e do silêncio, nunca chegamos a saber realmente o que fizemos.

G. ficou calado por um instante, mantendo os olhos sobre a mesa. Quando lhe contei, ele continuou, foi sem querer, quase, falei para ele tudo de uma vez e sem planejar nada. Pela primeira vez em semanas, estávamos sozinhos, fora da cidade, numa casa que meus pais têm em Vitosha. Eu conhecia a área a que ele se referia, pensei, uma zona de bairros nobres erguida na encosta da montanha, a cada ano subindo um pouco mais; ficava apenas a meia hora de carro de Sófia, mas era como um mundo diferente, com clima próprio, livre do trânsito e do barulho do centro. Isso faz algumas semanas, disse, subimos numa sexta-feira para uma viagem rápida, voltaríamos no sábado. Mas havíamos planejado passar o dia todo lá, e ainda era de manhã, e a noite anterior havia sido tão incrível. G. ficou quieto por um tempo e, então, Onde é que eu estava com a cabeça, ele se perguntou, falando mais para si mesmo do que para mim. Ele dispensou a garçonete com um aceno quando ela se aproximou, as xícaras à nossa frente estavam frias e vazias. G. tinha seus cigarros, mas eu estava de mãos vazias e, de repente, senti que deveria fazer algum gesto de conforto ou alento, embora não tivesse certeza de quanto alento queria lhe oferecer. Eu já havia ouvido o bastante de sua história, queria sair daquele restaurante e daquele ar pesado de fumaça que fazia arder os olhos e a garganta, queria que ele parasse de falar, queria ir para casa.

Não sei, disse G., respondendo a sua própria pergunta, eu queria que aquilo acabasse, acho que não queria voltar a me sentir tão triste; ou talvez fosse outra coisa, talvez eu tivesse alguma esperança, não de que ele sentisse o mesmo que eu, mas de que me deixasse de alguma forma dar o que eu sentia a ele, que ele recebesse. Se eu pudesse apenas beijá-lo, falou, com a voz reduzida a um fio, se eu pudesse beijá-lo uma vez só, bastaria, não ia querer mais nada. Olhei para ele, me perguntando se ele estava falando sério, se ele era realmente assim tão novato no desejo para que pudesse acreditar naquilo. Acho que não, comentei, falando pela primeira vez desde que ele havia começado sua história, minha voz áspera, acho que não é assim que funciona; era uma coisa ridícula de ser dita, percebi assim que falei. Tanto faz, G. retrucou, ainda sem erguer os olhos, não faz diferença, ele não me deu uma chance mesmo. Falei para ele que o amava, mas ele não entendeu, ou fingiu não entender, precisei explicar e, quando desatei a falar, não pude mais parar, depois de ter guardado silêncio por tanto tempo, acabei falando mais do que devia. Mas o que eu dizia não importava, falando só consegui deixar tudo pior. Ele não recebeu nada bem, ele nem sequer desconfiava; acho que eu pensava que de alguma forma ele sabia, sabia que eu só conseguia pensar nele, que ele era a única coisa, a única que me importava. Mas ele ficou surpreso, surpreso de verdade, e não recebeu bem, ele se afastou enquanto eu ainda estava falando. Ele não foi cruel comigo, ele foi educado, até gentil, mas não fingiu que as coisas seguiriam iguais. Tínhamos que deixar de ser amigos, ele falou, disse que sentia muito; ele não queria que eu sofresse, e aquela era a forma mais rápida de acabar com o sofrimento, e, de qualquer maneira, ele não conseguiria mais ficar à vontade comigo. Naquela hora, eu já estava chorando, G. disse, acho que foi a primeira vez que ele me viu chorar, e eu não conseguia mais parar. Por que você me contou, ele perguntou, eu também perdi uma coisa, você também tirou algo de mim. E era fato, me dei conta, eu havia estragado tudo tanto para ele quanto para mim. Errei ao lhe contar, G. revelou, eu não tinha nada que falar para ele e, junto com todo o resto, me arrependo tanto de ter falado. Mas não há nada que eu possa fazer, vou precisar viver com isso, da mesma forma que preciso viver com tudo o mais que sinto. Ele fez uma pausa, e então, Mas e se eu não conseguir suportar, ele perguntou, olhando para mim, finalmente mirando meus olhos, e, embora no início eu achasse que a pergunta fosse retórica, notei que era sincera, eu precisava responder algo. Lembrei a confiança que tinha sentido, horas antes, em minha própria competência, o deleite que tive no consolo que seria capaz de proporcionar, e desejei poder recuperar um pouco daquilo para conseguir aliviar a sensação de impotência e perda que me acometia, embora não soubesse dizer ao certo perda de quê, de uma ideia de mim mesmo, imagino, que não deveria ser tão cara para mim, mas era.

Outras pessoas já passaram por isso, iniciei, com dificuldade para articular. Outras pessoas já sentiram a mesma coisa, elas suportaram e sobreviveram, não passaram o resto da vida reféns disso. Esses sentimentos, falei sem muita convicção, todos eles, vão ficar mais fáceis, vão deixar de ser a única coisa que você sente, aos poucos eles vão se apagar e dar lugar a outros. E, com o tempo, você olhará para eles de longe, quase sem dor alguma, como se tivessem sido sentidos por outra pessoa, ou sentidos num sonho. É bem assim, eu disse, pensando ter descoberto algo, é exatamente como despertar de um sonho, e do mesmo jeito que o eu de um sonho, o eu de agora que sente isso se tornará incompreensível para você, e a intensidade que você está sentindo será como um quebra-cabeça que você não pode resolver, um quebra-cabeça que no fim das contas não valerá a pena ser resolvido. Eu estava falando de mim mesmo, é claro, da minha própria experiência com o amor, um amor avassalador que por vezes havia me transformado num estranho para mim mesmo. Mas, mesmo ainda enquanto falava, percebi que aquilo não estava funcionando, vi-o recuar, olhando para mim com uma expressão primeiro de surpresa, depois de desolação e, então, de algo como repulsa. Não quero sentir menos, rebateu, não quero que isso acabe, não quero que pareça que não foi real. Tudo teria sido em vão se isso acontecesse, disse, não quero que seja um sonho, quero que seja de verdade, tudo isso. Além disso, quem mais eu poderia amar, ele perguntou, suavizando a voz, crescemos juntos, no mesmo país, com a mesma língua, nos tornamos adultos juntos; quem eu poderia encontrar aonde quer que eu vá, quem poderia me conhecer dessa maneira, quem poderia me amar tanto quanto ele poderia, quem eu conseguiria amar tanto assim? Que vida eu poderia querer exceto esta vida, ele falou, me lembrando da pergunta que eu havia feito muito antes, ele não a havia esquecido, todo aquele discurso era uma resposta, que outra vida eu conseguiria suportar?

Ele levantou a mão em seguida, fazendo um sinal chamando a garçonete e também me fazendo entender que nossa conversa havia acabado, que ele não tinha mais nenhuma esperança em contar com minha ajuda; isso me deixou ao mesmo tempo aliviado e irritado, e irritado também com o que ele havia dito. Mas essa é uma história que você está contando a si mesmo, rebati, uma história que você inventou e que só vai deixá-lo infeliz. Não há nada de inevitável aí, a decisão é apenas sua, você pode escolher uma história diferente. Mas ele já não estava mais ali, embora ainda estivesse à mesa comigo; apanhou a carteira para pagar a conta, que encobri com a mão assim que a garçonete a pousou sobre a mesa. Pode deixar, falei, e ele me agradeceu, pelo café e pela conversa, com essas exatas palavras. Ele se levantou e vestiu o casaco enquanto eu ainda contava o dinheiro e, embora estivesse ali disposto a esperar por mim, ficou claramente aliviado quando o deixei partir, dizendo que ainda esperaria o troco. Observei-o enquanto ele saía, caminhando ligeiramente curvado, arrastando o desespero a que se agarrava com tanta força, e pensei comigo que com o tempo ele deixaria aquilo para trás, que seguiria para a universidade e descobriria uma vida nova na Inglaterra ou nos Estados Unidos, liberdades e possibilidades novas, uma perspectiva mais ampla do amor e, com isso, espaço dentro de si para outros sentimentos. A dor que ele sentia agora viraria uma história que contaria aos outros, pensei, mas é claro que ele ainda não acreditava nisso, claro que isso lhe parecia impossível, disse a mim mesmo, claro que eu não havia conseguido fazê-lo entender isso.

Saí à rua, respirando o ar fresco e seguindo o que eu esperava ser a direção da catedral Nevsky, de onde eu saberia como voltar para casa. Enquanto caminhava, me lembrei de outras vezes em que sentira impaciência ou irritação com a vida privada de meus alunos, com suas paixões e seus sofrimentos desmedidos, e sentira isso mesmo sabendo que a perspectiva que lhes faltava não podia ser imposta, que ela viria apenas e inevitavelmente com o tempo. Ele ficaria bem, pensei outra vez, consolando-me com a ideia, embora também pensasse que ele não estava de todo errado no que dissera, que amar outro implicaria uma perda, que a perspectiva que limitava a dor também limitaria o amor, que, uma vez ajustado à medida de seus limites, nunca mais poderia ser imaginado como ilimitado. Não era a primeira vez que eu pensava nisso, o quanto perdemos ao obter uma imagem mais verdadeira de nós mesmos, uma imagem que eu tentei encorajar em meu aluno, uma imagem que era minha obrigação instigar, embora nos afastasse de nossos sonhos sobre nós mesmos, da grandeza dos romances e poemas que eu também tinha como obrigação difundir. Como eu havia me apequenado, falei a mim mesmo, por meio de uma erosão necessária para sobreviver talvez, e talvez ainda assim motivo de arrependimento, fui me desgastando até chegar a um tamanho suportável. E me dei conta de que havia vagado por um labirinto de ruelas, os muros de ambos os lados altos demais para vislumbrar a cúpula dourada do meu ponto de referência, e me pus a caminhar mais depressa, esporeado pelo mal-estar que sempre me toma quando perco a noção de onde estou.

Gospodar

Em inglês, teria me feito rir, creio, a palavra que usava para se referir a si mesmo e com a qual insistiu para que eu me referisse a ele; não que precisasse ter insistido, é claro, eu o chamaria como ele quisesse. Significava mestre ou senhor, mas, em sua língua, tinha uma ressonância que faltava à minha, fazendo parte tanto do cotidiano (*Gospodine*, dizem meus alunos como forma de saudação, senhor) quanto do cântico aromático da catedral. Ele estava nu quando abriu a porta, à contraluz na entrada do apartamento, ou nu exceto por uma série de tiras de couro que cruzavam seu peito sem nenhuma função específica; e isso também poderia ter me feito rir caso não houvesse em sua atitude algo que me proibisse. Ele não me cumprimentou nem me convidou a entrar, virando-se sem emitir uma palavra e caminhando até o centro do que entendi ser a sala do apartamento. Eu não o segui, fiquei esperando sob a borda de luz até que ele se virou outra vez, me encarou e, finalmente, falou, mandando que eu me despisse no hall de entrada. Tire tudo, ele disse, tire tudo e depois entre.

Isso me surpreendeu, dado o risco tanto para ele quanto para mim, mais para ele do que para mim, já que ele estava cercado de vizinhos que poderiam abrir a porta a qualquer momento. Ele morava num andar intermediário de um desses enormes prédios de apartamentos que se veem por toda parte em Sófia, como fortalezas ou torreões, feios e imperiosos, embora essa seja uma falsa impressão, são tão mal construídos que já logo começam a cair aos pedaços. Obedeci, tirando os sapatos e depois o casaco, e me pus a abrir a longa fila de botões da camisa, tateando o escuro e a excitação. Baixei a calça, desajeitado em minha pressa, desejando-o e também desejando não ficar ali tão exposto, embora isso fizesse parte da excitação. Era aliás por causa daquela sensação que eu tinha vindo, algo para me distrair da dor que ainda vivia por R.; ele havia partido meses antes, tempo suficiente para que a tristeza tivesse passado, só que ela não passou, e me vi recorrendo novamente a hábitos dos quais pensava ter escapado, embora essa não seja a palavra certa, escapar, dado o afã com que havia voltado a eles.

Fiz uma trouxa com a roupa, embolando a camisa, a calça e a cueca dentro do casaco, carregando-a numa mão e os sapatos na outra, e fiquei parado sem entrar ainda, com a pele arrepiada tanto pelo frio quanto por aquela exposição mais profunda que estava sentindo. *Ne ne, kuchko*, ele falou, usando pela primeira vez a palavra que seria seu único nome para mim. É a nossa palavra, cadela, um equivalente exato, embora ele a tenha dito quase carinhosamente, como com ternura; não, ele falou, dobre a roupa direitinho antes de entrar, seja uma boa menina. Ao escutar isso, algo em mim se rebelou, como diante de uma humilhação que tinha ido longe demais. A maioria dos homens se sentiria assim, imagino, especialmente homens como eu, que foram ensinados que não há nada pior que parecer uma mulher; quando eu era pequeno, meu pai reagia a qualquer sinal de feminilidade com uma crueldade descomunal, como se pudesse evitar que eu me tornasse o que viria a ser, um viado, como ele dizia, que seguiu sendo a palavra com que se referia a mim quando, apesar de todos os seus esforços, me descobri como o que sou. Algo em mim se rebelou com o que ele havia dito, aquele homem que ainda barrava minha entrada, mas aquilo logo se mitigou, e dobrei a roupa cuidadosamente e entrei, fechando a porta atrás de mim.

Não era uma sala confortável. Havia uma espécie de armário, uma mesa, uma poltrona estofada, tudo de uma era anterior. Espaços como esse são repassados de geração em geração; as pessoas podem levar a vida toda em meio aos mesmos objetos e suas evidências de outras vidas como quase nunca acontece no meu país, ou pelo menos não mais. E, no entanto, era impossível imaginar amigos ou família ali reunidos. Fiquei um momento parado diante da porta e, então, o homem mandou que me ajoelhasse. Senti que me examinava sob uma luz clínica, me inspecionando ou avaliando, e quando abriu a boca foi como se sentisse repulsa. *Mnogo si debel*, ele disse, você é muito gordo, e olhei para baixo, para minhas coxas e as dobras de carne sobre elas, a carne que passei a vida odiando e, embora tenha permanecido em silêncio, pensei Nem tão gordo assim. Fazia parte de nosso acordo, que ele pudesse dizer esse tipo de coisa e que eu tivesse de suportar. De qualquer forma, eu não era tão gordo quanto ele, que, ao vivo, era bem mais corpulento que nas fotos que havia me enviado, como é sempre de se esperar, mais gordo e também mais velho; ele era tão velho quanto meu pai, ou quase, de todo modo, estava mais perto da idade dele que da minha. Mas ele ficou ali parado como se fosse desprovido de toda vaidade ou vergonha, com uma indiferença que parecia absoluta e, na minha experiência de tais coisas, única. Mesmo os homens mais bonitos anseiam ser admirados, retesando os músculos onde você os toca, escolhendo os melhores ângulos de acordo com a luz; mas ele parecia não se importar minimamente com minha reação a ele, e foi aí que senti os primeiros sinais de mal-estar.

Ele não dizia nada nem fazia gesto algum, e quanto mais tempo passava me avaliando, mais eu temia ter feito todo o caminho até ali só para ser mandado embora. Não que fosse me ressentir do tempo perdido, mas do desperdício da expectativa que havia crescido em mim durante os vários dias em que conversamos online, uma expectativa que não era exatamente desejo, pois não era desejo o que eu sentia agora, embora tivesse uma ereção naquele momento, embora já tivesse uma ereção mesmo subindo as escadas, mesmo no táxi que havia me levado até lá. Ele não era um homem bonito, embora, à maneira de alguns homens mais velhos, sua corpulência lhe conferisse um aspecto robusto, com peito e braços fortes. Seu rosto era embotado, genérico de alguma forma; era evidente que nunca havia sido atraente, ou melhor, que seu principal atrativo tinha sido sempre o porte com o qual havia nascido ou cultivado com o tempo, a pose de descuidado que parecia conter todo o valor em si mesma, que parecia inteiramente autossuficiente. Ele nunca deve ter sido chamado de viado, pensei, qualquer que fosse a natureza de seus desejos.

Então, para meu alívio, *Ela tuka*, ele disse, venha cá, decidindo me manter, pelo menos por um tempo. Quando comecei a me levantar, ele disparou *Dolu*, para baixo, e avancei pelo espaço de quatro, o carpete ordinário, cinzento e áspero. Quando o alcancei, ele me puxou pelo cabelo e me levantou até eu ficar de joelhos, não de maneira brusca, talvez apenas como um meio de comunicação mais eficiente que a fala. Eu já havia lhe contado que não era búlgaro numa de nossas conversas online, advertindo que, quando nos encontrássemos, poderia haver coisas que eu não entenderia, mas ele não havia feito nenhuma das perguntas habituais, não parecia querer saber por que eu estava em seu país, para onde tão poucos vinham e menos ainda ficavam tempo suficiente para aprender a língua, que não é falada em nenhum outro lugar, que inclusive aqui, à medida que a população encolhe, é falada por menos gente a cada dia; não é difícil imaginar ambos desaparecendo por completo, o idioma e o país. Vamos nos entender bem, ele havia dito, não se preocupe, e talvez tenha sido apenas para assegurar essa compreensão que ele havia me agarrado, com firmeza, mas sem dor, para me botar de joelhos.

Ele então soltou meu cabelo, liberando a mão para descê-la por um lado do meu rosto, quase acariciando-o antes de encaixá-lo na palma em concha. Foi um gesto doce, e sua voz também soou doce ao dizer *Kuchko*, dirigindo-se a mim com uma espécie de solicitude e inclinando minha cabeça para que nos olhássemos; tinha os dedos flexionados na minha bochecha, quase numa carícia. Apoiei a cabeça nele e deixei-a descansar sobre a palma de sua mão enquanto ele falava novamente naquele tom de ternura ou solicitude, Diga, *kuchko*, me diga o que você quer. E eu lhe contei, a princípio devagar e com as palavras de costume, recitando um roteiro que ao mesmo tempo expressa e não expressa os meus desejos; e, depois, comecei a falar mais rápido e mais incisivo, atraído pelo tom de sua voz, pelo que parecia ternura embora não fosse ternura, até que me vi de repente numa reentrância ou profundidade onde jamais tinha estado. Eu podia dizer algumas coisas em sua língua, porque a falava um pouco, sem me sentir inseguro ou constrangido, como se houvesse algo em mim inalcançável na minha própria língua, algo a que eu só conseguisse chegar por meio daquela ferramenta mais rústica com a qual eu também me convertia numa ferramenta mais rústica, e assim me peguei ao final de minha estranha litania repetindo mais de uma vez Quero ser um nada, Quero ser um nada. Muito bem, o homem disse, muito bem, falando com a mesma ternura e um pequeno sorriso enquanto segurava meu rosto com a mão em concha e se inclinava para a frente, trazendo seu rosto para perto do meu, como para me beijar, pensei, o que me surpreendeu, ainda que o tivesse recebido de bom grado. Muito bem, ele disse uma terceira vez, tirando a mão da minha bochecha e agarrando novamente meu cabelo, forçando meu pescoço para trás e, de repente e com toda força, cuspindo na minha cara.

Ele me puxou para a frente, ainda segurando meu cabelo, e pressionou meu rosto contra sua virilha com tanta força que deve ter resultado em algo tão desconfortável para ele quanto para mim; qualquer satisfação que tivéssemos seria acidental, ou consequência de algum outro objetivo. O que não quer dizer que eu não tenha sentido prazer; não perdi a ereção em momento algum, e quando ele me disse Me cheire, sinta aqui o meu cheiro, eu o fiz com enorme volúpia, inalando-o profundamente. Já havia sentido isso antes, quando ele cuspiu em mim foi como se uma fagulha percorresse toda a coluna, sabe-se lá por que encontramos o gozo em tais coisas, talvez seja melhor não examinar isso muito a fundo. Ele também estava sentindo, percebi seu pau intumescer contra minha bochecha, se alongar e subir; não havia notado nenhuma mudança nele durante minha longa recitação, aquele catálogo de desejos que eu havia declamado, mas agora, ao nosso primeiro toque real, ficara duro. Ele deixou uma mão na parte de trás da minha cabeça, agarrando meu cabelo para que não me movesse, embora não houvesse necessidade daquilo, como certamente ele já sabia; mas, com a outra, ele estava tentando alcançar alguma coisa, notei pelas oscilações em seu equilíbrio, e ao me empurrar para longe de si, percebi algo passar rapidamente por cima da minha cabeça. Era uma corrente, constatei ao sentir o frio contra meu pescoço, ou melhor, o tipo de correia que você usa em cachorros difíceis de serem domados e, imediatamente, ele a puxou com força, fazendo-me sentir sua pressão. Aquilo não me excitava, era a parte do ritual a que eu era indiferente, mas não reclamei; consenti, embora ele não tivesse solicitado permissão nem consentimento. E, então, apanhou outra corrente, uma mais curta e fina, com pequenas pinças dentadas em cada extremidade, que (usando as duas mãos, deixando a correia solta, já que, afinal, eu não era um animal e não precisava ser amarrado) acoplou em meu peito. Foi a primeira dor real que ele me causou, que me obrigou a respirar fundo, mas não havia sido uma dor excessiva nem pouco excitante; e isso também me fez sentir uma onda de emoção me atravessar, isso e tudo o que ela prometia.

Dobre, ele disse quando terminou, muito bem, embora agora estivesse falando de seu próprio trabalho e não de mim. Ele agarrou novamente a corrente maior e a puxou com força, girando o pulso para recolher a sobra, que enrolou ao redor dos dedos contraídos até quase encostar em meu pescoço. Ele estava me mantendo à rédea curta, pensei, embora estivesse pensando mais em seu pau, pelo qual eu ansiava, talvez por causa da dor no peito, que era mais do que dor, que também era excitação, assim como o aperto da corrente em volta do pescoço, no qual eu sentia a força de seu braço me mantendo afastado do que eu queria. Seja lá de que mudança química consiste o desejo, ela havia se apoderado de mim e me acendido, de forma que acabei me debatendo contra a correia, ele estava certo em mantê-la tão curta. Era um tipo de desobediência, mas do tipo que ele gostava, e mesmo quando apertou a pegada na corrente, eu o ouvi rir ou quase rir, um risinho lento e satisfeito. Era um som de aprovação e me deixou radiante. Ela está querendo alguma coisa, ele disse, ainda rindo, e levantou um pé até minha virilha, sentindo minha ereção enquanto eu permanecia ajoelhado diante dele e, a seguir, usou o pé para forçar meu pau para baixo, soltando-o de um jeito que bateu de volta, me fazendo estremecer. Ele então desceu o pé um pouco mais e posicionou os dedos debaixo do meu saco, acariciando minhas bolas bruscamente, flexionando o tornozelo até causar não exatamente dor, mas uma insinuação de dor. Ele estava querendo aplacar meu prazer, pensei, não o cortar totalmente, só refreá-lo.

Mas, na verdade, ele não o refreou e quando a correia afrouxou um pouco, me lancei para a frente, como a cadela de que ele havia me chamado. Seu pau não tinha nada de especial, era firme, grande e grosso, mas não possuía nenhuma dessas qualidades num nível notável, e ele havia se depilado, como todos os homens daqui fazem, coisa que abomino, essa esterilidade é de alguma forma obscena, não consigo me acostumar. Mas eu estava voraz e, ao colocá-lo na boca, senti a gratidão que quase sempre sinto nesses momentos, não tanto a ele, mas à conjunção de coisas que havia me concedido o que, quando criança, imaginei que para sempre me seria negado. Era grande o bastante para eu não tentar colocá-lo inteiro de uma vez; por mais ávido que estivesse, há certas preparações necessárias, o relaxamento e a lubrificação das passagens, um aquecimento básico. Mas no mesmo instante ele agarrou novamente minha cabeça e me forçou contra si, e quando ficou claro que a passagem estava bloqueada, ele usou ambas as mãos para me dominar, me pressionando enquanto agitava os quadris para a frente, em curtos impulsos selvagens, dizendo *Dai gurloto*, me dê sua garganta, uma construção estranha que nunca tinha ouvido antes. Aquilo foi doloroso, e não só para mim, deve tê-lo machucado também. Mas eu entreguei minha garganta, encontrei um ângulo que lhe permitisse acesso e, logo depois, relaxei e irrompeu-se uma onda de saliva que o permitiu se mover como bem quisesse, tal como fez por um tempo, no fim das contas, talvez houvesse prazer para ele. Assim como havia para mim, o prazer intenso que nunca fui capaz de explicar, que não pode ser justificado mecanicamente; o prazer de servir, pensava às vezes, ou, de um modo mais sombrio, o prazer de ser usado, a excitação de ser transformado num objeto, que faltava no sexo com R., embora esse tivesse seus próprios prazeres, prazeres que eu desejava, mas que de maneira nenhuma compensavam essa falta. Quero ser um nada, eu havia lhe dito, e era uma maneira de ser um nada, ou quase nada, uma conveniência, uma ferramenta.

Ele parou então de se mover, tirando as mãos da minha cabeça e largando a corrente, que despencou fria e supérflua pelas minhas costas. *Kuchkata*, ele disse, não mais *kuchko*, aquele vocativo havia amaciado a palavra e a deixado doce aos meus ouvidos; não mais se dirigindo a mim, mas falando do objeto em que eu havia me tornado, ele disse Deixe a cadela agir. Obedeci-a, a ordem que ele tinha dado não a mim, mas ao ar, e investi contra ele com uma violência maior que a sua, querendo agradá-lo, acredito, mas não é verdade; queria satisfazer mais a mim do que a ele, ou melhor, aplacar aquela força ou compulsão que me atraía a ele, aquela força que é capaz de me tornar um estranho a mim mesmo, é uma fraqueza ser assim tão suscetível a ela, mas eu sou. Ele me deixou fazer isso por um tempo, estabelecendo meu próprio ritmo e, então, houve uma oscilação em seu equilíbrio, o que significava que ele estava novamente alcançando algo na mesa ao lado, escolhendo um novo objeto. Um momento depois, ele me golpeou com o objeto, não com muita força, mas suficiente para que eu estremecesse, interrompendo o ritmo que tinha estabelecido, e botou a mão na minha cabeça mais uma vez, me segurando como se eu pudesse fugir. Era outro acessório que eu sempre havia ridicularizado, um gato de nove caudas, uma espécie de chicote curto com várias tiras de couro dependuradas; na única vez em que o haviam usado em mim, o sujeito foi tão tímido que acabei não sentindo absolutamente nada, salvo certo desprezo por ele tê-lo usado apenas pela aparência. Agora era outra coisa, e embora eu tenha estremecido mais de susto que de dor, também havia dor, menos do golpe real que do momento seguinte, um forte calor irradiando pelas costas.

Ele disse uma palavra que não compreendi, mas que pelo tom tomei por algo como quieto, o tipo de apaziguamento misturado com admoestação que se pode dar a um cavalo sobressaltado, e o aperto na cabeça afrouxou, ele flexionou os dedos novamente naquele gesto quase de carícia. Fiquei surpreso com o que senti, que era algo desmesurado e avassalador, gratidão pelo que parecia ser bondade daquele homem que havia sido tão severo; era algo que não tinha sentido antes, ou que não sentia havia muito tempo. Comecei a me mover de novo, após ter paralisado ao choque do primeiro golpe e ter sido trazido de volta por sua carícia ou, talvez, por uma levíssima pressão de sua mão, não tenho certeza. Engoli todo o comprimento dele, e senti sua mão se erguer e cair de novo, dessa vez mais suave e, como eu já estava de sobreaviso, isso não interrompeu o movimento ao qual havia sucumbido, se tornou parte do movimento; entramos no mesmo ritmo, e conforme suas arremetidas voltavam cada vez mais rápidas e intensas, as minhas não ficavam atrás. Não demorou para que eu passasse a sentir dor de verdade, as costas ardiam, e percebi que eu tinha começado a fazer ruídos, pequenos gemidos e choros, e eles também se tornaram parte do ritmo ao qual nos entregamos, seu braço se erguendo e caindo e meu próprio movimento para a frente e para trás e, com esse movimento, o balanço da corrente menor no peito, uma dor que havia amortecido, mas que se deslocava com meu vaivém. Então ele quebrou nosso ritmo, me puxou de repente para si e ao mesmo tempo arremeteu os quadris, me agarrando com força e, enquanto me esmagava contra seu corpo, me açoitou várias vezes, rápido e bem forte, e gritei com verdadeira urgência, uma objeção animal. Mas não conseguia fazer o grito sair, a passagem estava bloqueada, e com o esforço comecei a sufocar, o mecanismo havia falhado e eu me debatia contra ele; tentei afastar a cabeça com veemência, levei as mãos até suas coxas, mas ele me segurou firme. Ele me bateu cinco ou seis vezes daquele jeito, ou talvez tenham sido sete ou oito, os golpes se misturavam enquanto eu me debatia com movimentos incoerentes, ao mesmo tempo tentando me afastar dele e me retorcendo com os açoites. Então ele parou e, embora não tenha me soltado, se afastou, me deixando respirar e me recuperar. *Dobra kuchka*, disse ele, novamente não se dirigindo a mim, mas me elogiando para o ar, e suas mãos me sujeitaram com delicadeza, não me confinando, mas me dando estabilidade, um conforto pelo qual eu sentia novamente aquela estranha e inapropriada gratidão.

Eu estava com frio ali de joelhos, tinha começado a suar. O homem também ofegava bastante, estava exaurido, o descanso era tanto para mim quanto para ele. Ele sabia o que estava fazendo, pensei com súbita admiração; sabia até onde forçar e quando aliviar, e me excitei com a ideia de que ele me levasse para mais longe, para territórios que até então eu só havia imaginado ou apenas intuído. Depois, ainda mantendo uma mão na minha cabeça, ele estendeu o braço e rapidamente removeu primeiro uma e depois a outra pinça do meu peito, no que houve uma rápida onda de dor, que me fez gritar novamente, seguida por uma inundação de prazer extraordinário, não exatamente prazer sexual, mas algo como euforia, uma elevação, leveza e desequilíbrio, como com certas drogas. Ele recolocou a mão sobre minha cabeça e me agarrou outra vez com firmeza, ainda sem se mover, seu silêncio crescia; até seu pau havia amolecido um pouco, continuava volumoso, mas mais maleável em minha boca. E ele repetiu a palavra que eu desconhecia, mas que achava significar quieto e, de repente, minha boca se encheu de calor, claro e amargo, sua urina, que aceitei como havia aceitado todo o resto, senti uma espécie de orgulho ao recebê-la. *Kuchko*, ele disse enquanto eu bebia, com voz suave e reconfortante, dirigindo-se a mim novamente, *mnogo si dobra*, você é muito boa, e ele disse isso uma segunda vez e uma terceira antes de terminar.

Ele recuou, se afastando da minha boca, e me mandou deitar no tapete cinza com a cara para baixo e os braços esticados acima da cabeça. Era uma posição ingrata, o tapete era áspero e não havia um bom lugar para o meu pau, que ainda estava duro, não tendo jamais amolecido, ou amolecido apenas brevemente, embora já estivéssemos juntos, acreditava eu, havia um bom tempo. Ele grunhiu ao se ajoelhar ao meu lado, acomodando seu corpo enorme e, depois, pousou as mãos nas minhas costas, não acariciando ou massageando, mas avaliando. *Mnogo si debel*, ele disse novamente, você é muito gordo, beliscando minha carne com os dedos, mas eu gosto de você, ele falou, *haresvash mi*, você me agrada, e eu agradeci, eu disse *radvam se*, fico feliz, embora numa tradução mais literal seria algo como me regozijo ou isso me dá prazer, que estava mais perto do que eu sentia. Suas mãos desceram para minha bunda e meu rego, que ele tocou, ainda ternamente, embora eu tenha estremecido quando o fez, ele disse Que tal esse cu e enfiou a ponta de um dedo seco adentro. *Kuchko*, ele repetiu, e novamente eu gosto de você, ainda com ternura, de modo que senti ter passado em algum teste, que eu havia me provado e adentrado o âmbito de seu afeto, ou, se não de seu afeto, pelo menos de seu respeito. Então ele se esticou ao meu lado, não exatamente me tocando, e trouxe o rosto para perto do meu enquanto sua mão se movia ainda mais para baixo, entre minhas pernas, que eu abri levemente antes de levantar os quadris para deixá-lo serpentear a mão por entre minhas coxas e tocar meu pau pela primeira vez. E você também gosta de mim, ele afirmou, sentindo como eu estava excitado; ele me agarrou com força antes de soltar. Muito, respondi, gosto muito de você, e era verdade, ele me excitava de uma maneira nova, ou quase nova; eu nunca havia estado com alguém tão hábil ou paciente. Sua mão estava em minhas bolas, que ele juntava e puxava para baixo, fazendo uma espécie de anel com o polegar e o indicador, apertando-as com mais força antes de fechar o resto da mão em torno delas. Ele ainda não estava me machucando, mas de qualquer maneira fiquei tenso, e ele notou, aproximando a testa da minha têmpora, apoiando-a ali e sussurrando novamente o quanto eu era boa. E começou a apertar mais forte, bem lentamente e com uma pressão constante por todos os lados, fazendo irradiar uma dor terrível e funda pelo meu abdômen, então afundei a testa no tecido grosso do tapete, esfregando-a de leve para a frente e para trás. Eu gemia enquanto ele continuava espremendo, e ofeguei ao sentir sua língua no meu rosto, uma longa lambida desde a mandíbula até a têmpora. *Mozhesh*, ele disse, você aguenta, e gritei quando, de repente, ele apertou com mais força ainda e me soltou.

Muito bem, ele disse novamente, sussurrando com a testa ainda pressionada contra minha têmpora, enquanto eu ainda me recuperava ali deitado, embora o pior dessa dor em particular fosse a demora na recuperação; a dor se esparramava em vez de retrair, se assentando na virilha, na boca do estômago e atrás das coxas. Quando senti seu peso se mover ao meu lado, quase protestei, quase disse *chakaite*, espere, eu até tinha tomado fôlego para dizê-lo. Mas ele me silenciou, fazendo um som tranquilizante para me manter no lugar enquanto colocava seu corpo sobre o meu, deslizando-o até ficar totalmente em cima de mim. Isso ajudou, o peso dele, me pressionou e pressionou a dor que eu ainda sentia, aquela dor sobre a qual não há nada de erótico, ao menos não para mim. Sei que há homens que gostam disso, que empreendem grandes esforços para encontrar outros que os machuquem exatamente dessa maneira, embora eu nunca tenha sido capaz de entender o prazer que eles tiram disso. Por outro lado, é impossível compreender o prazer, as formas que assume ou suas origens, nada que possamos imaginar está além dele; por mais que esteja além do limite do aceitável para nossos próprios desejos, é para outra pessoa o desejo mais intenso, a chave que abre a fechadura do eu, ou a chave prometida, uma chave que talvez nunca gire. Isso é o que mais gosto nos sites que visito, que você pode pedir o que quiser, por mais bizarro ou improvável que seja, e quase sempre receberá uma resposta; o mundo é vasto, nunca somos tão solitários quanto pensamos, tão únicos ou originais, tudo o que sentimos já foi sentido antes, de novo e de novo, sem começo nem fim.

Ele ficou deitado em cima de mim por algum tempo, imóvel ou se mexendo apenas para me comprimir, para me aliviar da dor e do desejo; ele se estendeu sobre mim, esticando os braços até que suas mãos alcançassem as minhas, persuadindo os dedos que eu tinha dobrado a se abrirem, e seus pés encontraram lugar em meus tornozelos, e foi como se ele, com seu corpo, me aliviasse, me alongando e me relaxando ao mesmo tempo. Foi uma sensação deliciosa e, novamente, admirei sua habilidade, o quanto ele conhecia seu instrumento, como sabia o quanto eu seria capaz de aguentar e como me trazer de volta. Ele foi gentil, falou comigo ali deitado, quase sussurrando, chamando-me novamente de *Kuchko*, o termo pejorativo que havia se convertido em nosso apelido carinhoso, *spokoino*, disse ele, relaxe, fique tranquilo. E eu o obedeci, pude sentir aquela dor fluida escorrendo enquanto ele se deitava em cima de mim, movendo-se apenas um pouco, me pressionando e ao mesmo tempo me esticando, distendendo ternamente cada um de meus membros, embora pouco tempo depois seu movimento tenha se tornado outra coisa. Ele havia permanecido de pau duro, embora minha própria excitação tivesse minguado, vertido para fora enquanto a dor desaguava para dentro; e agora era a ereção dele que eu sentia, ele a cravou em mim, fazendo a excitação voltar, não de uma vez, mas como uma pressão crescente que provocava um movimento próprio em resposta, um movimento dos meus quadris ligeiramente para cima e para trás. Era uma sugestão de movimento, na verdade, tudo o que era possível fazer com seu volume sobre mim, mas era o suficiente para fazê-lo rir de novo, aquele riso baixo, silencioso e satisfeito que escutei colado em meu ouvido. *Iska li neshto*, ele anunciou, se ela quiser algo, e eu queria, eu queria algo com todas as forças. Ele estava se mexendo mais agora, não apenas roçando, mas levantando os quadris, o que fez o peso dele deslocar para os joelhos, que afundaram atrás dos meus e me cravaram com mais firmeza no chão. Ele começou a se mexer com mais força, esfregando seu tamanho todo contra mim, e notei como sua respiração acelerava com o esforço. Então ele subiu um pouco mais e, sem tirar as mãos dos meus pulsos, posicionou seu pau para me foder, embora ele não pudesse me foder, pensei, ele estava seco e não tinha feito nada com as mãos ou a boca para me preparar, e me senti tensionar enquanto ele pressionava, movendo-se não com brutalidade, mas insistência. Espere, eu disse, usando a palavra que quase dissera antes, espere, não estou pronto, mas ele rebateu novamente *spokoino*, relaxe, fique calmo, ele não tentou me penetrar, mas voltou àquela esfregação persistente. Ele falou suavemente enquanto se reerguia, sussurrando, Você está pronto, disse ele, você quer, abra para o *gospodar*. *Ne*, eu disse, *ne*, espere, você precisa botar uma camisinha, usando a palavra *gumichka*, borrachinha. Ao ouvir isso, ele mudou de posição, soltando um dos meus pulsos para dar uma chave de braço no meu pescoço, sem me sufocar, mas me prendendo com força, cravando os elos da corrente na minha pele. A gente não precisa disso, disse, não gosto delas, falando perto do meu ouvido, de forma íntima, persuasiva, e se eu usar uma vai te machucar mais. Ele começou a se mover de novo, forçando para a frente embora eu estivesse resistindo, você precisa usar uma camisinha, insisti, por favor, tem uma no meu bolso, me deixe ir lá pegá-la, e apoiei o braço livre no chão para me levantar, como se fosse uma escora. *Kuchko*, ele repetiu, não tão severo, mas num tom de desaprovação e, depois, sussurrando outra vez, você não quer me agradar, não quer me dar o que eu quero? Eu queria agradá-lo, e não só isso, eu o queria dentro de mim, eu queria ser fodido, mas havia um perigo real, especialmente neste país; muitas pessoas aqui estão doentes sem ter ideia, eu sabia, e sabia também que ele não seria gentil, que eu provavelmente sangraria, é preciso, falei, por favor, eu tenho uma, temos que usar. Xiu, e voltou a dizer, *kuchko*, me deixe entrar, com a voz baixa, mas com o braço apertando em volta do meu pescoço, minha garganta na dobra do seu cotovelo, me deixe entrar, e pressionou com bastante força. Por um momento hesitei, quase o deixei penetrar; é o que você queria, pensei, é o que você disse que queria, eu tinha pedido que ele fizesse de mim um nada. Mas não o deixei, repeti várias vezes Não, com a voz cada vez mais alta; não, eu disse, pare, *prestanete*, ainda usando a forma educada. Abra, ele mandou, mas não abri, o corpo inteiro se fechou em recusa, tentei me levantar, mas descobri que mal conseguia me mover. Estava acostumado a ser o mais forte em tais encontros, sendo tão alto e corpulento, estava acostumado a sentir a segurança da força, de saber que podia recuperar a personalidade que havia posto de lado por uma noite ou uma hora. Mas ele era mais forte que eu, e tive medo enquanto ele me mantinha pregado no chão e se forçava contra mim, pressionando e investindo. Mas ele não podia penetrar, eu estava apertado e seco e não havia como entrar à força, e ele grunhiu de frustração e disse novamente Cadela, cuspindo a palavra, cadela, o que você pensa que é para me dizer não, e me puxou para trás pelo pescoço e mordeu meu ombro com toda força, quase rasgando a pele, deixando um anel de hematoma que me marcaria por vários dias.

Ele saiu de cima de mim e me empurrou para que me estatelasse no chão outra vez, e disse em voz alta, quase aos berros,

Kakuv si ti, o que é você, *kakuv si ti*, e havia raiva de verdade em sua voz, não apenas frustração, mas raiva, *kakuv si ti*, e ele pegou um cinto da mesa, uma correia de couro, e bateu com tudo nas minhas costas. A dor me fez soltar um grito, um grito como de mulher, e enquanto me batia, ele urrava *Pedal*, viado, como se fosse a resposta à sua pergunta, *pedal*, *pedal*, descarregando toda força a cada golpe enquanto eu gritava e gritava, pedindo Pare, apenas essas duas sílabas, voltando para minha própria língua como se para respirar ou acordar, Pare, disse em inglês, Desculpe, pare. Não era só a surra que eu queria que acabasse, mas todo o encontro, a sucessão de eventos que eu havia desencadeado, a involuntariedade que eu havia aceitado e que me levava para além de qualquer coisa que eu pudesse desejar, e repeti para mim mesmo O que foi que eu fiz, o que foi que eu fiz.

Ele parou então e, naquele súbito silêncio o ouvi respirar forte, assim como eu, respirar ou soluçar, não sei bem dizer. Comecei a engatinhar, me movendo bem lentamente, era o máximo que conseguia fazer; estava de novo encharcado de suor, pelo esforço e pelo medo. Acabou, pensei, mas ele voltou a disparar *Dolu*, para baixo. Não retorqui, mas também não me deitei, não suportava a ideia de voltar à vulnerabilidade que antes havia acreditado ser o que queria. *Dolu*, ele repetiu, e quando novamente não obedeci, ele levantou o pé e o colocou sobre minhas costas, pressionando como se quisesse me forçar a abaixar. Mas me segurei firme, de modo que ele estendeu o braço para baixo, sem tirar o pé do lugar, até alcançar a correia ou corrente e, enquanto se endireitava, puxou-a com força, não com toda a sua força, mas o suficiente para que eu a sentisse, e sentisse que ele poderia me estrangular se quisesse. Ele então saiu de cima e foi para trás de mim com a correia ainda na mão, tentei me levantar, erguendo o peito tanto para afrouxar a corrente quanto para me levantar, para ficar de pé pela primeira vez no que me pareciam horas. Quando comecei a me erguer, devo ter separado demais os joelhos, devo ter me movido de um jeito a me expor ao seu pé, que me acertou um chute em cheio entre as pernas, então não foi a corrente que me sufocou, mas a dor quando caí sem emitir som algum, incapaz de respirar, destituído da determinação em cacos que eu estava juntando; meus braços colapsaram e tombei para a frente e, numa resposta animal, me enrodilhei. Mas ele não permitiu que me enrodilhasse, caiu em cima de mim, me empurrando ou movendo até que eu estivesse novamente disponível para ele, e debaixo daquela dor, e ainda mais agudo do que ela, foi medo que senti, um grau crescente de medo, de revolta e de uma vergonha terrível. Ele se posicionou como antes, com seus joelhos nos meus joelhos e suas mãos prendendo meus pulsos, e em meio à confusão e à dor não sei dizer se lutei, ou quanto lutei, apesar de ter me fechado completamente; ele não pôde me penetrar no início, e novamente o ouvi fazer aquele grunhido ou rosnado de frustração. Mas não estava seco, ele deve ter cuspido na palma da mão e tentado se lubrificar com isso e, ao se levantar um pouco e se deixar cair com todo o peso, ele me penetrou, senti uma dor dilacerante e gritei com uma voz que nunca ouvira antes, um som estridente que me assustou ainda mais, que não era de modo algum a minha voz, e a sufoquei ao mesmo tempo que me retorci para me livrar dele, sem pensar, mas em pânico e sofrimento, usando todas as forças. Talvez meu grito o tenha assustado, talvez eu o tenha sobressaltado; de qualquer forma, eu estava livre, eu o havia derrubado no chão ou ele havia permitido que eu o derrubasse. Ele deve ter deixado, pensei, pois não houve nova tentativa depois disso, embora ele estivesse em poder de fazer comigo o que bem entendesse; caí exausto após o esforço, observando-o arquejar de barriga para cima.

Cadela, ele repetiu baixinho várias vezes, baixinho, mas com ferocidade, *mrusna kuchka*, cadela imunda, suma daqui.

Era um indulto, uma permissão para sair, e tirei a corrente do pescoço e me levantei, mais ou menos, encurvado como estava pela dor. Não senti nada do que pensara que sentiria estando em pé, não reivindiquei nada, nada me foi devolvido. Vesti-me o mais rápido que pude, embora parecesse me mover lentamente, como se num nevoeiro ou sonho, enfiei as meias e o cinto nos bolsos, deixei a camisa desabotoada. Olhei para o homem me olhando de volta, sentado de costas para a parede. Finalmente me afastei dele, fui até a porta e experimentei outra vez algo semelhante a pânico quando a maçaneta se recusou a girar. Como todas as portas aqui, aquela tinha várias travas, que mirei com desespero, virando primeiro uma e depois outra e encontrando a porta ainda trancada, ainda mais trancada agora que eu havia virado mais trincos, e isso também foi como um sonho, de eternidade e impossibilidade de fuga; imbecil, pensei, ou talvez tenha sussurrado para mim mesmo, imbecil, imbecil. *Kuchko*, ele disse, não com raiva, mas de um jeito debochado, balançando um pouco a cabeça, apaziguado talvez pelo medo que havia se tornado evidente quando ele estendeu o braço ao meu redor para destrancar a porta enquanto eu me colava o máximo possível contra a parede atrás de mim; não havia para onde ir, o corredor era estreito, e era difícil não tocá-lo enquanto ele abria a porta, enquanto eu tentava passar, sentindo novamente o que ele queria que eu sentisse, acredito, que se eu estava saindo era porque ele havia me deixado sair, que havia sido a sua vontade e não a minha que tinha aberto a porta. E, então, ele pareceu mudar de ideia, assim que pisei no hall escuro, ele agarrou meu ombro, me segurando com força, não para me puxar para trás, mas para me girar, me fazendo encará-lo uma última vez. A partir daí, as coisas se sucederam muito rápido, ao sentir que ele me agarrava, levantei as mãos para me proteger ou lutar com ele, embora isso não fosse possível, nunca havia batido em ninguém, não de verdade. Mesmo assim, levantei as mãos, as palmas na altura do peito e, quando de novo, como no início de nosso encontro, ele cuspiu em meu rosto, que era a razão de haver me agarrado e me girado, para cuspir outra vez na minha cara com grande virulência, plantei as mãos em seu peito e o empurrei ou tentei afastá-lo de mim. Mas ele não caiu para trás, mal consegui movê-lo, talvez tenha cambaleado um pouco, porém quase imediatamente avançou num salto, com o tipo de selvageria ou impulsividade que eu jamais me permitiria, e investiu contra mim. Talvez ele tenha cambaleado um pouco e foi por isso que falhou, errando a mira ao pular ou cair para a frente no hall, onde eu já seguia em direção à escada, desequilibrado, quase a alcançando quando ele novamente botou as mãos em mim, as duas mãos me agarraram e me atiraram, me fazendo rolar escada abaixo, ou quase; por sorte, consegui manter o equilíbrio, embora tenha aterrissado com o pé direito de um jeito que provocou alguma torção ou estiramento, eu mancaria por semanas. E, talvez, seja apenas em retrospectiva que eu acredite ter escolhido a forma como pousaria, embora tenha uma lembrança, um instante de lucidez no qual sabia que ele não havia terminado comigo, embora estivesse nu e fosse perigoso para ele, sabia que me seguiria, e acho que foi aí que decidi, ao cair, não me chocar contra a parede de concreto, e sim atingir uma pequena janela que havia ali, batendo na vidraça com a mão direita, espatifando-a. O barulho teve o efeito que eu desejava, ele se virou e disparou em direção à sua porta; no momento em que olhei para ele, vi que estava assustado. Desci correndo ou tropeçando pelos lances da escada e cheguei à porta bem na hora em que as luzes do hall se acenderam, algum vizinho atraído pelo barulho.

Era bem tarde, o bulevar estava vazio, e se em algum momento alguém saísse daquela lojinha de conveniência (*denonoshtno*, dizia na janela, dia e noite), se em algum momento alguém aparecesse para investigar, eu teria tempo de fugir, que era o que parecia estar fazendo, andando um quarteirão após o outro sem cruzar vivalma. Mantive a cabeça baixa, querendo parecer indiferente e indistinto, tentando acalmar o que sentia, que era dor e alívio e vergonha e ainda pânico, mesmo que já acreditasse estar fora de perigo, longe o suficiente para não ser mais alcançado. Mas eu não era capaz de aquietar o que estava sentindo, algo crescia dentro mim e era irrefreável, já não conseguia nem continuar andando no ritmo que havia estabelecido; a cada passo sentia o pé mais dolorido e havia algo mais, também, uma náusea que subia à garganta, eu ia vomitar. Rapidamente, me meti no meio de dois prédios, um beco forrado de sacos de lixo e restos, entre os quais me curvei ou me agachei, incapaz de me manter de pé. Mas não foi bile ou vômito que pus para fora, e sim lágrimas, que surgiram inesperadas, fluidas e quentes, incontroláveis, como há muito tempo não acontecia, como talvez nunca tenha acontecido. Levei as mãos ao rosto, querendo escondê-lo, ainda que não houvesse ninguém por perto, senti vergonha das lágrimas e notei, então, a mão direita coberta de sangue. À luz da rua pude ver onde meu pulso estava cortado, uma ferida pequena, mas profunda no lugar onde havia batido contra o vidro. Imbecil, pensei novamente, imbecil, pela ferida ou pelo choro, não sei ao certo. Por que estou chorando, pensei, por qual motivo, se quem causou tudo isso a mim fui eu mesmo, e tirei uma das meias do bolso e a apertei sobre o machucado, enrolando-a ao redor do pulso e dobrando o punho da camisa sobre ela, sem saber o que mais poderia fazer.

Foi um acesso de choro violento e breve, e assim que a respiração foi voltando ao normal fui invadido por um sentimento de resolução, de que havia tido sorte e que deveria aprender com essa sorte; eu não voltaria jamais a um lugar como aquele, pensei, isso nunca mais se repetiria. Mas quantas vezes eu já não havia sentido que podia mudar, havia sentido isso durante todos os longos meses com R., meses em que havia passado, apesar de toda felicidade, num estado perene de fome; então, ao mesmo tempo que sentia isso, sentia também que a resolução era uma mentira, que sempre havia sido uma mentira, que minha vida de verdade era essa, e pensei isso mesmo enquanto ainda lutava para sair desse novo buraco que me havia sido mostrado. E mesmo enquanto o escalava ou tentava escalá-lo para sair, sabia que agora que me havia sido mostrado, eu voltaria a ele, quando a dor e também o medo abrandassem, talvez não a esse homem, mas a outros iguais a ele; eu desejaria isso, ainda que não desejasse agora, e ainda resistiria ao desejo por um tempo, mas só por um tempo. Não existia fundo, pensei, eu atingiria o chão e sentiria a terra cedendo debaixo de mim, e, acompanhado de um novo medo, senti como era pequena a consciência que tinha de mim mesmo, como não havia limite para o que poderia desejar nem para a punição que pudesse buscar. Por um momento, lutei contra esses pensamentos e, depois, me ergui e voltei para o bulevar, recompondo como pude o meu rosto humano.

Gente decente

Mas isso aqui não é sério, ele disse, fazendo sinal para o congestionamento no bulevar que leva ao centro, claro que não, se fosse sério, estaríamos aí, *nie shofyorite*, os taxistas, ele quis dizer, bloquearíamos as ruas como fizemos durante as Mudanças, todo mundo estaria em greve. Naquela época, dava para sentir orgulho, referindo-se a 1989, quando caiu o comunismo, sentíamos orgulho, estávamos organizados. Eu era jovem naquele tempo, foi uma época maravilhosa. Eu poderia muito bem ter ido embora, disse, poderia ter escolhido qualquer lugar, Europa, Estados Unidos, mas não quis ir a parte alguma, quis ficar aqui. Achávamos que aqui era o lugar mais emocionante para se estar, acreditávamos que faríamos algo por nosso país, havia tanta esperança, entende, tínhamos esperança porque finalmente estávamos livres. Livres, repetiu, depois tragou o cigarro com força, virando-se em seguida para a janela para soltar a fumaça longe de mim, pensávamos que faríamos algo novo, mas não fizemos. Foram os mesmos merdas, ele disse — a palavra que ele usou foi *neshtastnitsi*, cujo significado literal é algo como infeliz ou azarado, os desafortunados —, foram os mesmos merdas que tomaram o poder. Ainda fazia calor, embora já fosse final de tarde, as pessoas seguiam para casa após o trabalho, para casa ou para o centro, como era o nosso caso, onde os manifestantes já se reuniam, tal como haviam feito durante toda a semana, às centenas e milhares. Eu os havia visto nos noticiários, mas queria estar entre eles pessoalmente, parecia que algo extraordinário estava acontecendo ou prestes a acontecer neste país onde tão pouco acontece, que na verdade costuma ser tão parado. Queria ver com meus próprios olhos, embora não tivesse nada a ver comigo, é claro, não era meu país, nunca seria meu país, eu partiria no final do semestre. Mas aquela havia sido minha casa, mais do que qualquer outro lugar, e eu queria que as manifestações fossem mais do que um espasmo momentâneo, sentia a esperança que alguns dos meus alunos sentiam, meus colegas, eu queria que fosse real. Que diferença faz o partido que vai assumir, continuou dizendo, *vse edno*, são todos iguais, são todos ladrões, veja aí o que fizeram com o meu país. O trânsito finalmente andou um pouco, ele agarrou outra vez o volante, o cigarro consumido quase até o filtro entre o indicador e o dedo do meio da mão esquerda. Podia ter ido embora, mas não, ele falou, *prostak*, idiota, fodi com a minha vida. Ele ainda era um homem jovem, pensei, ou pelo menos não era velho, talvez alguns anos mais velho que eu, jovem demais para falar daquele jeito. Jovem demais para os parâmetros americanos, quer dizer, o tempo corre diferente em cada lugar. Além do mais, estava vestido como um jovem, de jeans e camiseta surrada, seu rosto áspero, com uma barba de dois ou três dias, brilhava levemente de suor, como o meu, mesmo com as janelas abertas estava quente dentro do carro. Ele olhava para mim de vez em quando, sem manter os olhos nos meus. *Vizh*, ele disse, olhe, eu os entendo, não dá para levar uma vida normal na Bulgária, estou falando de querer seguir as leis, pagar os impostos, você não consegue sobreviver aqui sendo honesto, só os criminosos sobrevivem. E não falo de não poder ir a bares ou restaurantes caros, de não conseguir se divertir, estou falando de não poder colocar comida na mesa, de não poder ter uma vida normal. Quero viver assim, entende, quero viver num país normal. Tínhamos passado finalmente pelo hotel Pliska, onde param todos os ônibus, o trânsito ainda estava pesado, mas andava. Por isso eu entendo os manifestantes, é preciso haver protestos, é preciso tirar este governo, só que não tem para onde correr, os políticos, *vsichki sa pedali*, ele disse, são todos uns viados. Ele não tinha me perguntado nada durante o passeio, nenhuma das perguntas habituais sobre quem eu era ou de onde vinha, ele não podia ter certeza do quanto do que dizia eu conseguia entender. Mas não fazia diferença, ele estava falando mais para si mesmo, pensei, só para desabafar. Fomos novamente diminuindo a velocidade até ficarmos parados e ele soltou um assobio ao olhar para o trânsito, completamente congestionado à frente, perto do Estádio Levski, onde o bulevar em que estávamos cruzava com outro junto ao pequeno rio que atravessava Sófia, isolado por um canal de concreto. Chamava-se Perlovska, o rio perolado, o que me fazia rir, já que era na verdade uma vala de drenagem, quase um esgoto a céu aberto; chamava-se Perlovska só nos mapas, ninguém usava esse nome na realidade.

Minha namorada, contou o motorista, ela grita o tempo todo comigo, ela diz que eu trabalho demais, que eu deveria passar mais tempo com ela, sabe como é, ela não entende. Ela é das montanhas, seus pais ainda vivem no povoado, ela gosta de ir lá nos finais de semana, ela quer que eu vá junto. Mas me diga, ele disse, como vou ter tempo para ir se trabalho doze, quinze horas por dia, todos os dias, entende, eu nunca tiro um dia de folga. Amo as montanhas, ele continuou, como se estivesse se defendendo, passando os dedos pelo cabelo, que era cortado bem rente, adoraria ir às montanhas, sair de Sófia, nas montanhas é tudo limpo, o ar é bom, lá dá para respirar, não é como aqui. Sófia costumava ser limpa, ele falou, quando eu era criança, odiava os comunistas, mas é preciso dizer a verdade, eles mantinham as coisas limpas, não era como hoje. E naquela época as pessoas cuidavam umas das outras, ele acrescentou, estávamos todos fodidos, mas tínhamos solidariedade. Agora as pessoas só dizem foda-se — *maika ti*, ele disse, que significa sua mãe, é uma espécie de redução, quando as pessoas estão realmente zangadas dizem *maika ti da eba*, eu fodo sua mãe —, ninguém se importa com o próximo, todo mundo rouba o que pode. As pessoas cuidam umas das outras nos Estados Unidos, ele indagou então, a primeira pergunta que me fez, embora não quisesse uma resposta, emendando logo depois, sei que sim, nunca estive nos Estados Unidos, mas tenho a impressão de que vocês se preocupam uns com os outros lá. Ainda estávamos parados no trânsito, ele se remexia ansioso no banco. Essa é a parte boa dos protestos, talvez, ele observou, mostrar que as pessoas acreditam na solidariedade, os jovens, nós esquecemos, mas para eles isso ainda é importante. *Mozhe bi*, ele voltou a dizer, talvez, eu não sei. Ele apanhou o maço de cigarros num porta-copos no console central e fez cair um na palma da mão. Bem, disse enquanto o acendia, amigo, *priyatelyu*, este trânsito não vai andar tão cedo. Ele sugeriu que eu descesse e fosse caminhando, assim ele poderia pegar a próxima saída e voltar para Mladost. Paguei a corrida, agarrei a mochila que tinha entre as pernas e enganchei os dedos na maçaneta da porta. *Blagodarya*, falei, hesitando um momento antes de abandonar a pequena intimidade que havia sido criada por seu discurso, e ele estendeu a mão, *Uspeh*, disse enquanto eu a apertava, boa sorte, e a soltou para mexer no rádio, me dispensando ao estrondo de um rock americano.

Era preciso fazer uma certa caminhada até o ponto de encontro, em frente ao Museu Arqueológico, num trecho que apresentava a arquitetura mais impressionante da cidade, sua face pública: a enorme catedral, com as cúpulas e os sinos, e edifícios oficiais, a universidade e a Assembleia Nacional, augustas e clássicas. Era uma arquitetura de aspiração, uma nova nação declarando seus ideais. Grande parte da raiva dos manifestantes havia convergido aqui, especialmente na Assembleia, onde havia ocorrido um momento dramático numa onda anterior de protestos, alguns meses antes. Já era tarde, quase meia-noite, e os deputados estavam aglomerados do lado de dentro, esperando que os manifestantes fossem embora, como sempre acontecia, uma vez que esgotassem a raiva gritando. Mas algo diferente se passou naquela noite, a raiva não dispersou, ao contrário, foi se tornando mais ameaçadora, densa e pressurizada. A cada deputado que saía os manifestantes ficavam mais furiosos, os insultos mais coléricos, os cantos mais ruidosos, a ponto de os políticos restantes ficarem assustados demais para partir, a polícia precisou intervir, trouxeram um ônibus para evacuá-los. Mas a multidão não os deixou sair, eles se espremeram contra o ônibus, começaram a balançá-lo para a frente e para trás, e então surgiram homens com balaclavas e garrafas e canos de metal, e num vídeo repetido à exaustão no noticiário, um deles deu um salto e golpeou uma das janelas, estilhaçando-a. Essa escalada pareceu dar à multidão uma pausa, foi como se a respiração tivesse sido contida, um momento de hesitação que poderia ter sido o prelúdio da verdadeira violência, mas que deu ao cordão de reforço policial uma chance de interceder, usando seus escudos para fazer os manifestantes recuarem, abrindo caminho para o ônibus escapar.

Provavelmente teve algo a ver com o tempo, o fato de os protestos mais recentes terem permanecido pacíficos; Sófia é fantástica na primavera e, mesmo com o calor fora de época, aquela era uma primavera esplêndida. Em Orlov Most, as barraquinhas estavam abarrotadas de flores e cerejas, gordas e voluptuosamente vermelhas; velhas senhoras as tinham trazido de suas aldeias, eram as cerejas mais deliciosas que já havia provado. Comprei algumas de uma mulher roliça e atarracada que gritava *sladki, sladki*, prometendo estarem doces. Ela enfiou punhados generosos num saquinho plástico, um saco de pão virado do avesso — reparei que ela tinha um monte desses ao seu lado num saco de lixo, deve tê-los recolhido durante todo o inverno. O saco que ela me entregou estava cheio até a metade, mais do que eu queria, ela o tinha enchido antes que eu pudesse lhe dizer para parar. Ela usava um vestido simples, de tecido leve e sem forma, com uma estampa floral, quase uma camisola, o tipo de coisa que minha própria avó usava, e o cabelo dela também era igual, cacheado e curto; provavelmente a semelhança foi o que me fez parar, embora o cabelo dela não fosse grisalho como o da minha avó, mas tingido num tom vivo de vermelho que eu só havia visto nos Bálcãs. Ela pesou as cerejas numa balança antiga enquanto tentava me vender flores, era tudo que ela tinha sobre a bancada, cerejas e flores do campo, margaridas e margaridas-amarelas e cenouras-bravas, dispostas em pilhas e também em ramalhetes pré-montados, um dos quais ela me estendeu. Para sua namorada, disse, pegue, ela vai ficar bem contente. Eu ri, agradecendo, sem levar as flores, e ela encolheu os ombros, decepcionada. Mas sorriu novamente quando lhe entreguei uma nota de cinco *leva*,* dizendo para ficar com o troco, e insistiu que eu levasse uma única margarida-amarela, o que fiz, me sentiria meio constrangido a carregando em público, mas teria sido indelicado recusá-la. Agradeci e imergi no fluxo de pessoas que caminhavam pelo bulevar. Quase todas se dirigiam aos protestos, com cartazes e apetrechos para fazer barulho, um homem carregava um megafone na cintura. Eram majoritariamente jovens, alguns deles com cabeças raspadas ou cabelos tingidos, várias correntes da cena alternativa de Sófia, uma espécie de estilo neo-hippie de calças rasgadas e jaquetas jeans; mas, na verdade, havia gente de todo tipo, homens

---

* *Leva*: plural de *lev*, a moeda búlgara. [N. E.]

e mulheres vindos do trabalho, casais empurrando bicicletas ou carrinhos de bebê, um jovem com a filha nos ombros, com cachinhos castanhos coroados por uma guirlanda de flores. As pessoas riam, o clima não estava nem um pouco pesado, mas vibrante, e enfiei o caule da margarida-amarela entre os botões da camisa, de modo que a corola vistosa ficou pendurada na altura do meu coração. Isso me trouxe algo à mente, uma flor por um coração, era o verso de um poema que estava quase conseguindo lembrar, algo de O'Hara ou Reverdy; não consegui rememorá-lo ao certo, mas a sensação dele me fez sorrir. A polícia estava na rua controlando o trânsito, fazendo passar os últimos carros antes de fechar o bulevar para a manifestação, mas por enquanto permanecíamos na calçada, andando mais devagar à medida que ela se enchia, o que só aumentava o sentimento de companheirismo: as pessoas sorriam umas para as outras de um jeito que era incomum em Sófia, os casais iam mais colados, os pais puxavam os filhos para perto, pousando a mão sobre a cabeça ou na nuca deles. Bandeiras búlgaras estavam por toda parte, penduradas nos bolsos das camisas ou nas alças das mochilas, uma mulher levava quatro ou cinco entremeadas na longa trança do cabelo. As crianças as agitavam no ar, e alguns adultos também, embora ainda não tivéssemos conseguido chegar ao protesto. Ou talvez já tivéssemos, já éramos o protesto, imagino, tínhamos nos tornado uma espécie de marcha. As cerejas estouraram na boca, firmes e maduras, edulcoradas por uma doçura escura, magníficas, como um som de baixa frequência. Cuspi as sementes na mão e as joguei, com um pouco de culpa, na sarjeta. O celular vibrou com uma mensagem de D. dizendo para encontrá-lo na fonte em frente à Presidência. Ele foi um dos primeiros amigos que fiz na Bulgária, jornalista e poeta, ex-aluno da escola onde eu lecionava. Tínhamo-nos conhecido numa cerimônia em que ele estava sendo celebrado como exemplo, já que, depois da faculdade e da pós-graduação nos Estados Unidos, havia decidido voltar, como quase nenhum de nossos alunos tinham feito antes; voltar significava que você tinha fracassado, os alunos pensavam assim, mas D. não havia fracassado, era um exemplo importante. O bulevar foi bloqueado após o cruzamento com a Rakovski e nos espalhamos pela rua, que já estava apinhada de gente, assim como a praça em frente à Presidência. Diante dela, viam-se barricadas amarelas da polícia, mas, exceto por isso, ela seguia protegida apenas pela guarda decorativa de sempre, dois homens em uniformes do século XIX olhando à frente com uma expressão vaga e inabalada, baionetas fixas nos flancos. A polícia havia se agrupado do outro lado do bulevar, em frente à antiga sede do Partido Comunista, onde funcionavam hoje os gabinetes do Parlamento e onde havia um espaço muito maior vedado aos manifestantes, a distância que uma garrafa atirada poderia alcançar, pensei — mas eles estavam relaxados, a maioria carregava os capacetes debaixo dos braços. Os escudos antimotim estavam empilhados e encostados no ônibus em que haviam viajado, que era do tamanho de um ônibus escolar americano, pintado de azul e branco. Eles sorriam e conversavam entre si e com os manifestantes, aos quais haviam transmitido uma neutralidade benevolente, afirmando em declarações públicas que estavam mantendo os protestos em segurança e que, enquanto permanecessem pacíficos, não havia intenção de interrompê-los; e os manifestantes retribuíam, um homem se punha diante deles com um cartaz que dizia AGRADECEMOS À NOSSA AMIGA POLÍCIA. A esperança era de que, ao dizê-lo, poderia se tornar verdade, pensei, e até aquele momento a esperança tinha se cumprido. Intercalados entre a multidão, havia grandes furgões brancos, equipes de jornalistas; os cinegrafistas estavam nos tetos dos veículos, ao lado de antenas parabólicas, esquadrinhando a multidão. As pessoas vagavam, muitas delas segurando os cartazes acima da cabeça para bloquear o sol; poderia ter sido quase uma feira, a multidão resplandecia com balões, com cataventos agitados pelas crianças, com sons de apitos e tambores. Perto da fonte, à sombra de uma árvore, um homem montou uma mesa cheia de quinquilharias, sobretudo bandeirinhas búlgaras que estendia aos transeuntes, gritando *po levche sa*, um lev cada. Havia também outros vendedores ambulantes; castanhas assadas adocicavam o ar, e as pessoas carregavam saquinhos com sementes de girassol, garrafas d'água ainda suando pela condensação.

Não consegui avistar D. a princípio, a área perto da fonte estava apinhada de gente. Crianças corriam ao redor da fonte, serpenteando entre seus pais, colidindo com estranhos e também brincando na água, embora houvesse placas que proibissem isso; elas soltavam gritinhos, com os braços fortemente apertados ao corpo, sempre que o jato d'água borrifava suas roupas. Mas então o vi, ele tinha subido na base de um poste de luz e estava perscrutando a multidão. Acenei para ele e seu rosto se iluminou ao me ver. Ele era alguns anos mais novo que eu, tinha um cabelo preto desgrenhado que caía sobre os olhos quando ficava muito tempo sem cortá-lo, como era o caso agora. Não era bonito de uma maneira óbvia, mas era bonito, era uma combinação de charme e inteligência, uma espécie de elegância despojada do velho continente e um porte atlético rijo que pude sentir quando nos abraçamos, de forma um pouco desajeitada para poupar a flor. Você tem malhado, observei ao nos afastarmos, e ele sorriu, levantando os dois braços numa pose de fisiculturista. Eu havia levado um bom tempo para ter certeza de que ele era heterossexual, ele era tão caloroso com os amigos, usava uma linguagem afetuosa, com carícias casuais e beijos na bochecha e na testa, o flerte era seu modo natural de se conectar com o mundo. Nos outros, isso me incomodava às vezes, podia parecer um pouco como zombaria, ou necessidade de ser adorado; mas o afeto de D. era genuíno, uma espécie de dádiva, você se sentia feliz em estar perto dele. Ele me levou ao pedaço de sombra que havia conquistado debaixo das árvores que cresciam junto ao muro do Museu Arqueológico, onde estava em companhia de outras duas pessoas. Uma delas era sua mãe, que eu conhecia bem, e puxei a flor da camisa e a estendi para ela, o que a fez rir, ela a apanhou e depois me puxou para um abraço. Tenho certeza de que meu rosto estampou surpresa quando D. me apresentou ao homem mais velho que estava com eles; eu havia lido seus livros, em búlgaro e em inglês, ele foi o primeiro escritor que li quando decidi vir a Sófia, muitos anos antes. *Za men e chest*, eu lhe disse, apertando sua mão, é uma honra, e ele sorriu, menos pelo sentimento, pensei, do que pela formalidade de minhas palavras, que destoavam muito do clima festivo, da sua amizade com D., que era antiga e profunda, dos calções e tênis que ele usava, e me senti subitamente envergonhado. Cerejas, falei em inglês, quase havia me esquecido de as estar carregando, e lhe estendi o saquinho. Ele riu, e no momento que enfiou a mão ali dentro, o constrangimento evaporou-se. D. nos abraçou, cada um por um ombro, sorrindo, e disse o quanto ficava feliz por estarmos nos conhecendo. Ofereci-lhe também as cerejas, dizendo para ficar com o resto, eu já estava farto. Você nos trouxe presentes, D. disse, flores e cerejas, você nos trouxe a primavera, ele arrematou, o que fez todos rirem.

O escritor já estava se despedindo quando cheguei. Ele não iria à manifestação naquela noite, explicou, tinha vindo para ver a multidão se reunir, mas precisava voltar para a filha em casa, já estava na hora de ela dormir. Ela estaria se enfadando, ele me disse; ele falava o inglês do Instituto Britânico, do exame de Cambridge. Era devotado a essa menina, que tinha quatro ou cinco anos; sua página no Facebook estava cheia de fotos dela, dos dois juntos, era um convertido à paternidade, tendo chegado a ela tardiamente. Ela veio nos primeiros dias, contou, mas depois se recusou, prefere ficar em casa com a mãe e ler — ela adora ler, disse, você nunca vai conhecer uma criança que ame tanto ler —, ela diz que os protestos são chatos. Garota esperta, disse D., eles *são* chatos, toda noite é a mesma coisa, não é realmente um protesto, é só uma festa chata. Ele falou como se estivesse retomando uma conversa que eu tinha interrompido. Eles não têm ideias, acrescentou, agitando as mãos, de que serve um movimento sem nenhuma ideia. Não, não, o escritor rebateu, por favor, você não pode escrever isso — D. estava cobrindo os protestos para um jornal britânico, praticamente a primeira cobertura internacional que eles estavam recebendo —, por favor, essa não pode ser sua história. Você tem que falar da sensação, da energia, mas D. o cortou. Da energia, ele disse, já sem seu ar alegre, mas que porra é essa? Olhe, se isso é apenas energia, tomara que acabe imediatamente, energia sem um plano não serve para construir nada, é mais provável que só piore as coisas. Não, o escritor insistiu, mas já de saída, pousando a mão no ombro de D. mais como uma maneira de pôr fim à conversa e não de trazê-lo para perto de si. Eu não acho que você tenha razão, ele declarou, é o futuro que eles querem, você deve fazer o que puder para ajudá-los. Então sorriu e levou a mão ao rosto de D., encaixando-a em sua bochecha tal como faria um avô, um homem muito mais velho. Se tivesse filhos, veria isso de maneira diferente, disse, mudando para o búlgaro, você os apoiaria. D. fez troça, mas o escritor já tinha se posto a andar, ele estendeu a mão à mãe de D., que, no entanto, o tomou pelo braço. Eu também vou indo, disse, vou andando com você. D. beijou-lhe a bochecha e ela me agradeceu novamente pela flor, que carregava na mão livre, e ela e o escritor partiram rumo à estação de metrô a alguns quarteirões dali, deixando-nos, D. e eu, a sós. Ele olhou para mim e sorriu, encolhendo um pouco os ombros. Ele é um ótimo escritor, disse, mas, quanto a isso, está errado. Eu não falei nada; queria ficar do lado do escritor, mas sabia que perderia a discussão — na verdade, eu não tinha nenhum argumento, apenas sentimentos, ele certamente teria rido deles. E, de qualquer forma, haviam começado a bater os tambores naquele momento, e as buzinas soaram alto, e houve uma mudança na multidão, que se aquietou e, em seguida, começou a andar muito lentamente. D. suspirou. Muito bem, disse, acho que está na hora, e baixou a mochila do ombro para sacar uma grande câmera, que pendurou no pescoço. Aquela também era sua primeira vez nos protestos, ele os estava acompanhando pelos noticiários mas não havia saído às ruas até então para fazer o papel de jornalista, não de cidadão — ele ia andar por ali conversando com as pessoas, contou, recolhendo material. Houve outra explosão de buzinas e D. me convidou para acompanhá-lo. Mas eu só iria atrapalhar e queria também ficar um pouco sozinho, avisei-o que o encontraria mais tarde. A multidão avançava mais decisivamente agora, fiquei um pouco parado junto à fonte e a vi passar. As pessoas mantiveram os cartazes firmes no alto, não mais para fazer sombra, e por todos os lados vi a palavra OSTAVKA, renúncia, a principal exigência dos manifestantes. Um golden retriever ziguezagueou entre a multidão, solto, balançando o rabo freneticamente, até parar diante de uma garotinha de bochechas pintadas com bandeiras búlgaras, que o acariciou uma ou duas vezes antes que ele chispasse outra vez.

Eu estava lá para me juntar a eles, mas algo estava me segurando. Fiquei observando a multidão até que avistei, entre todos os vermelhos e verdes e brancos búlgaros, uma pequena bandeira do arco-íris, depois outra, um grupo de cinco ou seis pessoas agitando-as ao lado dos cartazes. Eu os conhecia, ou a maioria deles, eram ativistas com quem eu havia feito contato ao longo dos anos, e atravessei a multidão em sua direção.

S. foi o primeiro a me cumprimentar, botando o cartaz debaixo do braço para apertar minha mão. Ele tinha vinte e poucos anos, era alto, com cabelos castanhos compridos que tirava constantemente de cima dos olhos, o gesto de uma estrela pop dos anos oitenta. Ele havia chegado de Varna, onde comandava uma das poucas organizações ativistas fora de Sófia de que eu já tinha ouvido falar. Eles haviam aparecido nas notícias pouco tempo antes, tinham tentado organizar o que ele chamou de festival de cinema LGBT, embora na verdade fossem só umas poucas cadeiras e um aparelho de DVD num café. Mas mesmo isso era demais; no segundo dia, um grupo de homens invadiu o local, destruiu a televisão, ameaçou qualquer um que voltasse. Mencionei isso a ele, dizendo que tinha sido terrível, revoltante, mas ele dispensou minhas palavras com um gesto de mão. Aqueles babacas, disse, foi só um teatrinho de merda, a polícia estava ali no dia seguinte, mas eles não voltaram. Ele estava mais revoltado com a Parada do Orgulho em Sófia, que havia sido cancelada; quando a prefeitura expressou preocupação com a segurança durante os protestos, os organizadores fizeram uma declaração de que estavam adiando o evento como um ato de solidariedade, que era um momento para os sofianos ficarem juntos. *Obedineni sme*, disseram, estamos unidos como búlgaros, o que é pura balela, disse S., que tipo de mensagem é essa, querem dizer que temos que escolher entre ser gay e ser búlgaro, vai tomar no cu, isso é uma puta homofobia. Ele se assustou quando uma buzina de ar comprimido soou perto de nós. E que se foda a prefeitura, ele continuou, eles não podem simplesmente decidir que não vão nos proteger. Se querem fazer parte da União Europeia, têm que garantir a segurança para marcharmos, é muita burrice dar permissão para essa gente nem tentar. Ele apontou para o resto do grupo. Então nós decidimos fazer a Parada de qualquer maneira, contou, eles têm que saber que estamos aqui, não podem nos ignorar. Apesar disso, seus cartazes eram, na maioria, discretos, um com as palavras NIE SME S VAS, estamos com vocês, com desenhos de arco-íris num canto, outro com TOLERANTNOST em grossas letras pretas sobre branco. Apenas dois deles tinham mensagens mais incisivas: S., cujo cartaz dizia NIE PROTESTIRAME BEZ HOMOFOBIYA, protestamos sem homofobia, e K., uma mulher da minha idade vinda de Dobrich, uma cidadezinha onde trabalhava traduzindo textos técnicos do inglês, ainda que passasse a maior parte do tempo em fóruns e salas de bate-papo, muitas vezes ao telefone, aconselhando adolescentes gays — ela os chamava de filhos —, passando às vezes a noite toda conversando com eles. Isso explicava o aspecto extenuado que tinha sempre que a via, as olheiras fundas, o andar pesado. Ela era admirável, tudo nela denotava sacrifício, e algo em mim se esquivava dela, eu não duvidava do bem que ela fazia, mas a evitava sempre que podia. S. havia sido um de seus filhos, anos antes, e seguia tendo devoção por ela; eu o ouvira dizer que ela tinha salvado sua vida, que ela inspirou o trabalho que ele fazia. Ela acenou com a cabeça quando me aproximei, mas não me deu a mão. Seu cartaz era o maior, com as letras LGBT e abaixo I NIE SME BULGARI, nós também somos búlgaros.

Avançamos lentamente pelo Tsar Osvoboditel. Já tínhamos passado pela universidade, onde, no colo das estátuas dos irmãos fundadores, eruditos e distintos em suas cátedras, os manifestantes haviam depositado cartazes idênticos de OSTAVKA. Skatistas subiam e desciam as rampas de metal no Jardim Knyazheska, mais atrás se erigia o monumento ao exército soviético, no alto do qual enormes soldados de ferro fundido alçavam seus fuzis ao céu. Era puro kitsch comunista e, apesar disso, impressionante, especialmente com a luz minguando, as montanhas, um anel escuro recortado no horizonte, era uma das minhas vistas favoritas em Sófia. Os cantos de protesto estavam começando de verdade, se iniciavam na dianteira da manifestação e se propagavam para trás, quase antifônicos, as três sílabas de *ostavka* subindo e descendo pela fileira. Ouviu-se um canto mais raivoso dirigido aos socialistas, *cherveni boklutsi*, lixo vermelho — havia um governo de coalizão, mas os socialistas recebiam a maior parte da ira dos manifestantes, como era de praxe; eles não eram realmente socialistas, ouvi dizerem, não passavam do Partido Comunista rebatizado. Mas cada vez que esse canto surgia, morria logo em seguida, sem obter nenhuma tração. S. me disse que seu cartaz havia sido inspirado por esse canto, que às vezes se transformava em *cherveni pedali*, bichas vermelhas, entre os grupos mais hidrófobos dos manifestantes, ele o ouvira quase todas as noites em que havia marchado. Mas os ânimos agora não estavam nem um pouco exaltados, as pessoas passavam garrafas de vinho e cerveja por cima da cabeça das crianças. Despedi-me de S. e dos demais lhes desejando sorte, e me desloquei entre a multidão, o que era fácil de fazer, pequenos grupos de amigos seguiam juntos, mas, exceto por isso, havia espaço de sobra entre os manifestantes. Os protestos tinham sido organizados online, pelo Facebook e pelo Twitter, e muitos dos cartazes tinham hashtags, #ostavka e #mirenprotest, protesto pacífico, me dando a estranha sensação de estar online e offline ao mesmo tempo. JORNALISTAS!, lia-se num cartaz em inglês, CONTEM AO MUNDO O QUE ESTÁ ACONTECENDO AQUI. Um sentimento de perplexidade e indignação havia crescido com o passar dos dias; como isso não é notícia, meus alunos me indagavam, por que ninguém se importa, e eu não sabia como responder, exceto que aquela era a temporada das insurreições, da Primavera Árabe e da Praça Taksim, protestos que eram maiores e mais violentos. A atenção do mundo era limitada, eu supunha, ela havia acabado antes que pudesse chegar à Bulgária.

Em Orlov Most, os manifestantes viraram no bulevar que corre ao longo do canal. Isso deixou grande parte da ponte livre, e alguns fizeram ali um pequeno carnaval, colorindo a calçada com giz, pintando bandeiras nas bochechas das crianças. No outro extremo da ponte, um homem com uma tuba tocava uma alegre linha de baixo enquanto outro, de camiseta, jeans e um boné do time de beisebol de Nova York, recitava ou cantava; eu não conseguia entender bem as palavras, mas o que quer que fosse fazia as pessoas ao redor rirem e aplaudirem. Parei um pouco para observá-los, encostado no gradil da ponte (o Perlovska passava alguns metros abaixo, um córrego lodoso), quando senti uma mão hesitante sobre meu ombro. Assustei-me um pouco, estava perdido em pensamentos, e M. sorriu para mim como se pedindo desculpas quando me virei. Mas fiquei feliz em vê-la, e surpreendi a mim mesmo ao cumprimentá-la com um abraço, embora quase nunca abraçasse meus alunos; pude ver que ela também ficou surpresa, surpresa e contente, ela estava sorrindo assim que nos desunimos. Ela era aluna do último ano, uma menina baixinha, adorável, de cabelo castanho-avermelhado que caía em caracóis na altura das bochechas, uma estudante séria, embora não gostasse muito de literatura; seu coração estava nas ciências, ela dizia, no laboratório, em coisas arcanas das quais eu não entendia lhufas e que ela estudaria no próximo ano em Berlim. *Gospodine*, ela me disse, isso não é incrível, e fez um gesto que englobava tudo, os manifestantes, a tuba, o cinza da ponte, o lento arrastar do Perlovska, é tão bom que você esteja aqui. A multidão de manifestantes que passava pela extremidade da ponte havia rareado, e quando nos aproximamos deles para nos reunirmos outra vez ao protesto, M. apontou para o trecho do Tsar Osvoboditel de onde tínhamos vindo, onde agora três figuras com vassourões juntavam o lixo em grandes sacos, que empilhavam a cada esquina para serem depois coletados. Você acredita, ela disse, que estão fazendo isso para que a prefeitura não tenha do que reclamar, você já viu as ruas assim tão limpas? É tão inspirador o que estão fazendo, completou. Juntamo-nos novamente à manifestação, que era mais tranquila ali na parte de trás; a maioria dos gritos estava à nossa frente, os tambores na cabeceira da multidão eram um som distante. A tuba na ponte desembuchou algumas últimas notas e parou. Venho aqui todos os dias, M. contou, caminhando ao meu lado, estar aqui me deixa tão feliz. Algumas pessoas ao redor começaram a gritar *Ostavka*, capturando um canto que havia partido da frente da marcha, e M. se juntou a eles algumas vezes, olhando para mim um pouco encabulada. Não gritei junto, não havia tomado parte em nenhum dos cantos, embora tivesse sentido impulso de fazê-lo; não era meu país, eu dizia a mim mesmo, não era meu lugar, mas lamentei que M. tivesse também se calado. Apertamos nosso passo, voltando para o meio do bulevar, a caminho do NDK, o Palácio da Cultura. Um lado da rua era ladeado de prédios de apartamentos, o cinza das fachadas interrompido por enormes bandeiras que drapejavam das varandas, na maioria das quais via-se gente, homens e mulheres idosos, muitos deles acenando, como que dizendo que estariam conosco se pudessem. Do outro lado, as árvores que margeavam o canal refletiam as últimas luzes, as folhas novas incandescentes, Sófia me parecia mais bonita do que nunca.

Jamais houve algo assim, M. então comentou, quer dizer, talvez em 1989, mas nada que eu já tivesse visto. Está realmente acontecendo algo de verdade, sinto que faço parte de alguma coisa, não apenas aqui, mas de algo maior. É o mesmo que está se passando na Praça Taksim, no Brasil, na Primavera Árabe, algo está acontecendo, algo real, acho que existe uma chance de as coisas realmente mudarem. Eu sentia o mesmo, e não foi para desafiá-la que lhe perguntei qual seria essa mudança na opinião dela. Ela encolheu os ombros. Não tenho certeza, respondeu, mas sinto que vamos arrumar uma solução.

Ela fez uma pausa. Eu me sinto poderosa como nunca me senti, revelou, e olhou para mim e riu, eu me sinto como uma dos *opalchentsi* em Shipka. Ela se referia aos voluntários búlgaros que haviam lutado ao lado dos russos contra os otomanos, havia um poema de Ivan Vazov sobre eles que todo búlgaro conhecia; eu tinha ouvido um poeta declamá-lo certa vez, bêbado durante um jantar, a sala mergulhada num silêncio reverencial. Eu sinto o poder do povo, ela disse com cautela, constrangida pelo clichê. Então riu mais uma vez, apontando para a frente, e vi um grupo de mulheres dançando na calçada, de cabelos molhados, vestidos de verão colados ao corpo, e vários andares acima delas um homem idoso, careca e sem camisa, a pele caindo flácida pela estrutura de seu corpo, segurava uma mangueira de jardim, apontando-a para cima e tapando parte da ponta com o polegar para que a água caísse como chuva. Era seu presente para nós, uma chance de se refrescar, embora a maioria dos manifestantes a evitasse, deixando-a para as moças que, em breve, sentiriam frio; o calor diminuía, mesmo nos dias quentes, as noites podiam ser frescas. Era uma alegoria instantânea, juventude e maturidade, Hefesto e as Graças. E minha mente deu um passo para o lado e pensei nos canhões de água na Praça Taksim, na sorte que haviam tido aqui até então. M. girou a cabeça para vê-las quando passamos por elas, depois olhou para mim, sorrindo. Meus pais não gostam que eu venha, comentou, não gostam do governo, mas têm medo da violência, têm medo que eu me meta em confusão com a polícia. Mas não tem nada disso, ela continuou, as pessoas não estão com raiva, há tanta alegria aqui, disse, eles não entendem isso, você já viu tanta alegria assim? Me dá vontade de não ir mais embora, continuou, passei a vida louca para sair daqui e agora sinto que quero ficar. Me fez lembrar do taxista e do que ele havia dito sobre as Mudanças, como havia desperdiçado a vida por um idealismo que no final se azedou, mas não lhe contei nada disso, coloquei o braço em volta dela e apertei seu ombro, mais uma quebra de decoro. Quer dizer, veja só isso, ela falou depois que tirei o braço, e apontou para um cartaz que um homem carregava bem na nossa frente. A multidão havia se concentrado e diminuído o passo enquanto as pessoas subiam a escada que ligava o bulevar à praça do NDK. Quase nunca vinha ao NDK por esse caminho, sempre dava a volta pelo outro lado. Só subia aquela escada uma vez por ano, me dei conta, para a Parada do Orgulho, quando os organizadores a usavam para controle de segurança; abríamos as mochilas e mostrávamos os documentos e recebíamos pulseiras de plástico coloridas para que a polícia pudesse nos distinguir dos contramanifestantes que cercariam o caminho. M. estava apontando para um cartaz que tinha o rosto de um homem barbudo e, abaixo dele, em letras de forma, o nome Vazov, o escritor dos *opalchentsi* de M., e, ao lado dele, outro rosto, assinalado como Botev, mais um estimado poeta. Era um grupo inteiro marchando juntos, cada um com o rosto de um escritor: lá estavam Elin Pelin e Petko Slaveykov, e meu favorito entre os escritores clássicos, Yordan Yovkov, o mais elegante, devia ser mais conhecido em inglês. Não é bonito, perguntou M., diga-me, onde mais as pessoas marcham com seus poetas, e tive de admitir que não sabia, certamente não nos Estados Unidos, respondi, é algo que jamais se veria por lá, e ela sorriu, pude ver como isso lhe deu prazer.

Havíamos conversado sobre aqueles escritores numa das aulas no início da semana. Era uma aula de conversação, uma exigência do Ministério, embora fosse inútil para nossos alunos, que eram fluentes em inglês e o falavam o dia todo; nos reuníamos apenas uma hora por semana, mas era um sofrimento para preencher o tempo. Eu havia pedido a alguns deles que escolhessem um vídeo curto, qualquer coisa que quisessem, algo sobre o qual pudessem falar e fazer com que o resto da turma também falasse. Tínhamos acabado de assistir a algo sobre a Bulgária, um vídeo promocional do Conselho de Turismo, com deslumbrantes tomadas aéreas de montanhas e paisagens rurais, de campos de girassol e lavanda e, depois, curiosas reencenações históricas, homens de armaduras medievais montados a cavalo, mulheres em trajes folclóricos do século XIX dançando o horo, tudo isso acompanhado por uma trilha sonora de gaitas de foles e tambores. Me faz sentir orgulho, disse a aluna que o tinha trazido, há tantos problemas na Bulgária, mas isso, não sei, me faz sentir orgulho do meu país. Ela se sentou rápido então, aliviada — não fazia o curso normal de inglês, aquele era o único em que eu lhe dei aulas, e por isso não a conhecia bem, e ela era quieta, uma das alunas que eu precisava encorajar a falar. Ela mal havia se sentado quando outra aluna tomou a palavra, uma garota que eu conhecia bem e que nunca precisava ser estimulada; com ela era o contrário, eu tinha às vezes de controlá-la, que era minha única real função naquela aula, segurar as rédeas, não para guiá-las em alguma direção em particular, mas para tentar equilibrar a participação de todos. Essa aluna não estava aguentando mais esperar para falar, e tinha feito de tudo para não interromper. Desculpe, ela disse, desculpe, não quero falar mal do vídeo — seu inglês era o melhor da turma, ela estava por um fio de soar igual a uma garota americana —, não quero falar mal do vídeo, mas estou cheia dessa merda de nostalgia. Desculpe, ela disse, dirigindo-se a mim, embora soubesse que eu não me importava de eles falarem palavrão em aula, desculpe, mas toda essa baboseira de homens a cavalo, o que isso tem a ver com a Bulgária, quer dizer, com a Bulgária de hoje. Foi por um fio, mas fez diferença; há uma espécie de vale misterioso na língua, a competência pode passar do ponto de modo que, por mais que falemos um idioma estrangeiro à perfeição, expressar-se de maneira extremamente informal acaba soando como impostura, não sei por quê. Eu gosto dos cavalos, um garoto interveio, resultando em risadas, e ela revirou os olhos. Não, mas de verdade, ela continuou, esse é o problema, quando queremos sentir orgulho pensamos em *natsionalno vuzrazhdane*, ou pensamos em *Bulgariya na tri moreta*, pensamos no Tsarevets. Ela tinha razão, pensei, mas não falei nada; essas coisas estavam no cerne do que meus alunos consideravam sua identidade nacional, a libertação do século XIX e a grandeza medieval da Bulgária, quando suas fronteiras haviam tocado três mares, *tri moreta*, uma frase que a extrema direita usava para alimentar o sentimento nacionalista e que estampava camisetas turísticas em todas as lojas de souvenirs baratos. Mas isso não diz nada sobre como vivemos hoje, ela disse, tudo não passa de "matar os otomanos", isso não nos diz nada sobre o que significa ser búlgaro hoje. A temperatura subiu um pouco depois disso; alguns dos estudantes inclinaram-se para a frente em seus assentos, posicionados em volta de um grupo de carteiras que tínhamos juntado para formar uma espécie de mesa de reunião, eu queria que eles olhassem uns para os outros enquanto falavam. Então, um garoto perguntou, o que você acha que nos diz sobre a Bulgária hoje, e outro garoto disparou Berbatov, o astro do futebol, o que fez metade da classe rir e a outra metade gemer. Nada, disse minha aluna, levantando a voz, nada diz, esse é nosso problema, é por isso que os protestos não vão chegar a lugar nenhum, não fazemos ideia de como ser búlgaro no mundo real, não fazemos ideia de como deveríamos ser. A temperatura se elevou ainda mais, várias vozes falaram ao mesmo tempo, fazendo ruídos de protesto ou ceticismo, ah, para com isso, escutei, e *gluposti*, bobagem, e minha aluna voltou a falar para se defender. Eu havia soltado demais as rédeas, embora quisesse ver como as coisas se desenrolariam, os ânimos haviam esquentado além da conta, alguns alunos me olhavam, eu precisava intervir.

Poesia!, exclamei, me aprumando na cadeira, o que teve o efeito que eu desejava; todos se voltaram para mim, silenciosos, mais por desconcerto que por obediência. Olhei para eles por um momento, uma espécie de cesura, e depois repeti, Poesia, como se fosse a resposta óbvia a uma pergunta, a resposta que eles já sabiam. É isso que os poetas podem fazer, eu disse, poetas e artistas; eles nos dão ideias em que podemos acreditar, em que países inteiros podem acreditar. Como Whitman, falei, que todos já haviam estudado, ele fazia parte do currículo do décimo ano; meus próprios alunos do décimo ano o estavam lendo, "Canção de mim mesmo", e me pareceu um poema diferente por causa dos protestos, que se tornaram o contexto para nossa leitura, embora já o tivesse lido antes dezenas de vezes, eu agora o lia de maneira diferente. Pensem no que ele quer fazer naquele poema, falei, e em quando o país estava em guerra consigo mesmo, completamente quebrado; ele quer criar uma imagem dos Estados Unidos na qual todos possam crer. Como aquela seção milagrosa, e usei essa palavra, milagrosa, eu estava ficando empolgado, estava me deixando levar por Whitman como sempre fazia, era o que amava nele e que também me causava desconfiança, os sentimentos que ele era capaz de despertar e que podiam turvar o discernimento. Aquela seção onde tudo o que ele faz é nomear coisas, eu disse, bem, não coisas, pessoas, é apenas uma lista, ele quer incluir todo mundo, ele quer encontrar um lugar para todos. Um lugar igual, continuei, embora eu já estivesse falando demais, e um lugar em seu afeto também. Tem aqueles momentos maravilhosos que ele coloca entre parênteses, como um sussurro, vocês lembram, em que ele nos diz que ama a pessoa que acabou de nomear. Democracia para ele era isso, eu disse, um poema que dava nome às coisas e nos proporcionava a chance de amá-las; ele queria unir os Estados Unidos, falei, ele queria acabar com todas as divisões. Há apenas uma vez que ele faz o contrário, é nessa mesma lista, em que ele coloca uma prostituta bem ao lado do presidente, vocês lembram? Nenhum deles lembrou, mas estavam prestando atenção, talvez menos interessados no poema ou no que eu dizia do que na minha empolgação, que eles observavam como um fenômeno natural grotesco, pensei. Há uma multidão escarnecendo da prostituta, eu disse, e essa é a única vez que Whitman se distancia, ele diz que eles riem de você, mas eu não rio de você. E esse é o problema, me apressei, esse é o problema da democracia, o perigo das multidões, é o problema dos protestos, também: como pegar uma multidão e transformá-la numa população, como pegar a voz de uma multidão e transformá-la em vox populi, a voz de um povo. Olhei para o relógio e vi que a aula estava quase terminando, logo tocaria o sinal. As pessoas precisam se reunir sem perder a capacidade de pensar, Whitman chama isso de "fusão ponderada", todo o conceito de democracia depende disso. E vejam, eu não acho que um poema seja capaz de fazer o que ele achava. Ele queria que o seu poema *fosse* os Estados Unidos, como mágica, ele queria que o poema dele consertasse tudo o que havia de errado no país. O que era muito!, acrescentei, tentando aliviar o tom, o que ainda é muito, mas o que ele fez foi criar uma imagem dos Estados Unidos na qual eu ainda sinto vontade de acreditar, que ainda me parece ser a melhor imagem de nós mesmos. Parei aí, sem saber como continuar, e fiquei agradecido quando o sinal tocou, me permitiu levantar a voz e dizer Por isso, saiam por aí e sejam poetas, o que os liberou da minha hiperexcitação e lhes deu permissão para rir.

O sol havia se posto completamente e, entre os postes de luz do parque do NDK, a mais completa escuridão se fez. Passamos a entrada da passagem subterrânea, onde hoje havia uma estação de metrô, ainda nova, e também os banheiros onde os homens buscavam sexo, onde eu havia passado tantas noites de fim de semana; caminhando ao lado da minha aluna, senti a estranha dissonância entre a minha vida privada e a pública. M. andava silenciosamente, ouvindo o som dos tambores que chegavam a nós desde a frente da manifestação. As pessoas não estavam gritando quando cruzamos o parque do NDK, o clima era contido, contemplativo, uma pequena trégua do barulho. Algumas pessoas haviam abaixado os cartazes na escuridão, encaixando-os debaixo do braço, mas outras ainda os levavam no alto, e vi muita gente usando pulseiras fosforescentes, pequenos anéis de luz que flutuavam acima de suas cabeças. Perguntei a M. se ela costumava vir com seus amigos, se havia muitos alunos da escola protestando. Não muitos, ela respondeu, e com meus amigos, não, geralmente venho sozinha. Muitos pais estão apavorados, contou, e, de todo jeito, temos tantas lições da escola para fazer que é difícil arrumar tempo para qualquer outra coisa. Mas isto é importante, ela disse, é importante para o meu país, é importante que os jovens estejam aqui. Não sei, falou, alguns dos meus amigos dizem que é besteira vir, pois logo estaremos indo embora, mas não penso assim, ainda é o meu país, disse, mesmo que eu esteja partindo. Talvez eu volte se as coisas melhorarem, eu gostaria de voltar. Esse é o problema, falei, dando-lhe razão, tanta gente parte, muitas das melhores pessoas, fica difícil as coisas melhorarem quando tanta gente vai embora. Estávamos chegando ao Vitosha, onde havia mais luz, pude ver seu rosto quando ela se virou para mim. Você acha que estamos errados em ir embora, ela me perguntou, acha que deveríamos ficar? Hesitei antes de dar uma resposta. Não cabia a mim responder, é claro, e eu lhe disse isso, e além do mais, eu havia deixado meu próprio país, onde havia tantos problemas, onde eu tinha feito tão pouco, de verdade, para ficar contra eles. Mas não, eu disse enfim, não acho que você esteja errada. A gente só vive uma vez, falei, e quero que você seja feliz, quero que você vá aonde possa viver mais plenamente, e ao mesmo tempo que falava, podia ouvir os argumentos contrários a cada uma das minhas afirmações, anulando tudo o que eu havia dito, eu não sabia o que pensar. Mas você vai voltar, M. disse, você deve estar animado com isso, voltar para casa. Eu não vou voltar para casa, falei, seja lá o que isso quer dizer, vou voltar para os Estados Unidos, mas não para casa. E talvez não fique por lá, disse, não sei, gosto de morar fora. E então joguei as mãos para o alto, não sei de nada, falei, não escute nada do que eu digo.

Parte do Vitosha era zona pedonal, e os restaurantes e cafés que a ladeavam invadiam a rua, alguns com mesas dispostas num branco elegante, outros com sofás baixos para se refestelar com cigarros ou *bongs*. Fiquei surpreso que estivessem cheios, os protestos não haviam afetado a multidão que tinha saído para aproveitar a noite. Havia os turistas de costume, para quem a manifestação era um espetáculo, apontando suas câmeras para nós, mas havia também búlgaros, alguns dos quais sentados resolutamente de costas, determinados a ignorar os cantos de *ostavka* e os cantos mais agressivos de *cherveni boklutsi*, lixo vermelho, que haviam crescido com a escuridão, assim como havia crescido a presença de homens usando máscaras de Guy Fawkes. Não eram muitos, mas davam um tom distinto às coisas, um tom de incivilidade, um tom de discórdia, pensei, amplificado pelo fato de já não haver tantas crianças naquele momento; a marcha havia sido longa, elas deviam ter se cansado. Havia mais policiais no Palácio da Justiça, agora usando o equipamento antimotim, mas ainda relaxados; estavam conversando entre si com as viseiras levantadas, os escudos no chão. Uns poucos deles estavam sentados nas escadas que levavam ao palácio, um jovem apoiou-se ali de costas contra um dos leões de pedra. D. havia me mostrado uma vez que as pernas de um desses leões estão na posição errada, as pernas dianteiras e traseiras do mesmo lado se estendem em sentidos opostos; supostamente, deveria sugerir um felino em movimento, mas nenhum animal anda desse jeito, explicou D., se andasse assim, ele cairia. É o símbolo perfeito, ele falou, rindo, o leão búlgaro. Você sabe que é a palavra que usamos para a nossa moeda, *lev*, como se o nosso dinheiro já tivesse sido um leão! Um gatinho, talvez, disse ele, o mais mirradinho da ninhada, e isso o fez rir novamente.

Logo depois do palácio, viramos numa rua secundária que eu não conhecia, que se estreitava conforme ia se afastando do bulevar, desacelerando a marcha e provocando aglomeração. Por sua vez, o barulho ficou cada vez mais alto, na escuridão, os tambores à nossa frente começaram a bater em uníssono em séries de seis batidas, o ritmo de *cherveni boklutsi*, as sílabas espaçadas, cada uma com o mesmo peso, e havia também o clamor de buzinas de ar comprimido soando todas ao mesmo tempo, um som terrível que durou um minuto ou dois e depois morreu, os tambores foram também enfraquecendo. Alguns poucos quarteirões adiante, a manifestação havia virado outra esquina, o que criou uma espécie de gargalo, retardando tudo ainda mais. A rua estava mal iluminada, estávamos outra vez na escuridão, e havia mais policiais; eles se alinhavam de um lado da rua, com os capacetes colocados e os escudos plásticos preparados. O que está acontecendo, perguntei a M., e ela me contou que estávamos nos aproximando da sede do Partido Socialista, que todas as noites a marcha seguia aquela rota. Houve outra bateria de buzinas de ar à nossa frente, não tão estrondosa como a primeira, mas bastante alta, o som reverberou pela ruazinha. Era uma rua antiga, com casas elegantes, da virada do século, e habitações até mais antigas, atarracadas e sem adornos, que tinham escapado dos bombardeios da Segunda Guerra Mundial e das iniciativas imobiliárias dos comunistas e hoje se encontravam quase em ruínas. Estávamos amontoados, mal podendo nos mexer, embora eu ainda sentisse o impulso de me mover, o impulso da multidão atrás de mim. Estávamos encaixotados, praticamente colados às pessoas ao nosso lado, e notei que M. se aproximava mais de mim.

Avançamos muito lentamente e o barulho irrompeu outra vez bem na nossa frente, e todos ao redor começaram a gritar quando deram de cara com um largo edifício de concreto e vidro, de cinco ou seis andares de altura. A escultura na frente era seu único traço distintivo, eu já havia passado ali antes sem dar muita atenção ao prédio que adornava. Eram sete ou oito figuras em batalha, algumas apontando seus rifles, outras acudindo camaradas caídos, o conjunto dominado pela figura vultosa e estilizada de uma mulher apoiando um joelho no chão, um braço lançado para a frente, os dedos estendidos num gesto que sempre me pareceu comovente, mais comovente agora que ela se encontrava delineada pela única janela iluminada de uma loja de conveniência às suas costas. A marcha havia estacionado, as pessoas urravam continuamente *cherveni boklutsi*, erguendo os punhos cerrados, de repente um homem parado bem ao meu lado soou sua buzina de ar. Ave Maria, devo ter dito, cobrindo o ouvido e chacoalhando a cabeça um pouco como um bicho, e M. olhou para mim, preocupada. Os ânimos estavam mudando à medida que o canto falhava e se transformava em algo menos definido e mais animalesco, assobios e vaias, e senti a pressão de me mover novamente, não no mesmo sentido de antes, mas em direção ao prédio e à fileira de policiais que o guardavam. A polícia também a sentiu, essa pressão, eles se puseram em posição de sentido, levantando os escudos alguns centímetros, mantendo-se fixos em seus lugares. Eu disse, então, Isto pode acabar mal ou algo assim, e senti a mão de M. em meu braço, embora ela não pudesse ter ouvido o que eu tinha dito, havia muito barulho e, de qualquer modo, eu tinha sussurrado, eu estava falando sobretudo para mim mesmo. Pontos de luz vermelha traçavam desenhos na fachada de concreto do prédio, as pessoas tinham trazido canetas laser, inofensivas, claro, e igualmente sinistras, apontadas como a mira a laser de fuzis. O som da multidão aumentava, aquele som incoerente, sem forma e primitivo, desumano, agora menos animal, mas primordial, ctônico, como um som produzido pela terra. Não era um som animal, mas desencadeou uma resposta animal ou, ao menos no meu caso, um medo que me teria feito correr se tivesse para onde correr, mas que, em vez disso, me deixou bem quieto. À frente da multidão, diante da polícia, seis ou sete homens com máscaras de Guy Fawkes haviam aparecido do nada. As máscaras pareciam um convite à violência, para cometê-la ou estar sujeito a ela, e achei ter visto os policiais que eles encaravam se inclinarem como para combatê-los. Ouviu-se o som de vidro partindo, uma garrafa foi jogada por cima das cabeças dos policiais, e quase ao mesmo tempo deu-se um estranho crepitar e a súbita fluorescência de uma luz uniforme e vermelha. Alguém atrás de nós havia acendido um sinalizador e, em resposta, o barulho cessou, como se todos tivessem prendido a respiração ao mesmo tempo. Mas a pressão que eu estava sentindo não se dissipou, com a suspensão de nossa respiração, ela se acumulou e tornou-se insuportável, exigindo liberação, e embora não nos movêssemos muito, foi como se todos se curvassem ligeiramente, uma onda a ponto de alcançar a crista. Estávamos segurando o fogo, era o que parecia, aquela expressão das novelas do século XIX, que eu nunca tinha entendido muito bem, passei a entender naquele dia. Não importa o que acontecesse, eu seria arrastado com aquela onda, quisesse ou não, meu desejo era irrelevante. À luz do sinalizador, vislumbrei o rosto de uma policial, uma moça, pouco mais velha que M.; atrás da viseira plástica, seus olhos se agitavam da direita para a esquerda, com medo. E bem nesse instante, justo quando me senti impelido ainda mais para a frente, impulsionado não por vontade própria, mas por um anseio maior, pronto para saltar, um homem começou a cantar do fundo da multidão. Imediatamente, outras vozes se juntaram à dele, logo todos estavam entoando o hino nacional, que é contido e melancólico, tão lúgubre quanto comemorativo, nem um pouco parecido com o hino do meu país, e foi como se a multidão relaxasse ao som dele; a pressão que havia se armado dissolveu-se, a canção a capturou e a dispersou. A polícia também relaxou, recuando outra vez, a multidão começou a se mover, o medo que eu sentia transformou-se em alívio e depois, ao dobrar a esquina, em algo como alegria, que vi refletida no rosto de M. e nos outros rostos ao redor; todos estavam sorrindo de novo, generosos, novamente uma nação, foi isso que senti, uma nação ideal.

As pessoas continuaram cantando por um ou dois quarteirões enquanto deixávamos a sede do Partido para trás, virando à direita numa ruazinha adjacente, elas repetiram duas ou três estrofes antes que a canção se dissipasse ao chegarmos ao bulevar Stamboliyski. Tínhamos voltado à civilização, pensei, estávamos passando por lojas e restaurantes, seus interiores iluminados nos chamando de volta daquilo em que quase havíamos nos tornado, era inimaginável agora. No cruzamento com o Vitosha, a bela e antiga igreja Sveta Nedelya repousava meditativa em suas próprias luzes. *Ostavka*, as pessoas seguiam cantando, mas já sem tanta convicção, uma questão quase de forma. Isso nunca tinha acontecido, M. falou, referindo-se àquele momento na sede do Partido, quase me assustei, confessou, e você, e admiti que sim, que por um minuto eu pensara que as coisas poderiam acabar mal. Mas é bom estarmos assustados, ela disse. Se estamos assustados, significa que eles também estão. Ela olhou para mim, seu rosto iluminado por um poste de luz, e então desviou o olhar. Eles precisam ter medo, ela disse, talvez seja essa a questão, eles precisam saber que devem ter medo de nós.

Voltamos ao Vitosha, onde M. parou para se despedir, ela ia pegar o metrô para casa. Acho melhor ir fazer minhas lições, disse ela, apertando meu braço como forma de despedida antes de mudar de ideia e me dar um abraço rápido. Fiquei tão feliz em te ver, falou, foi ótimo ter feito isso, e depois se foi. Mais gente estava também indo embora, afluindo para o metrô ou se dispersando a pé, a manifestação se diluía. Aqueles de nós que permaneceram ali voltaram para o Tsar Osvoboditel, iniciando a última etapa do protesto, que nos levaria de volta ao ponto de partida. Ainda havia pessoas gritando *cherveni boklutsi*, mas não eram muitas, a maioria caminhava tranquilamente, conversando entre si. Eu seguiria a marcha até o final, tinha reservado um quarto de hotel para a noite, no hotel de luxo perto da estátua do tsar; após advertências das embaixadas, os viajantes estavam se hospedando em hotéis longe dos protestos, os quartos haviam ficado baratos o suficiente para o meu bolso. Eu passaria ali a noite e na manhã seguinte tomaria o metrô para o campus. Chequei o celular e vi que D. já esperava por mim para um drinque no bar. Ele tinha razão, D. escreveu na mensagem, referindo-se ao escritor que eu havia conhecido mais cedo e a discussão que eles haviam tido, o que está acontecendo é melhor do que eu pensava, estou ansioso para conversar com você, venha logo. Ainda estávamos a alguns quarteirões de distância, mas um novo canto havia começado, *utre pak*, amanhã de novo, ele renovava a energia das pessoas, todo mundo estava cantando, erguendo os punhos cerrados. Até eu me juntei a eles, *utre pak*, queria ver como era cantar com os outros, mas logo me senti ridículo e parei.

Há áreas gramadas naquela parte do bulevar, pequenos jardins afastados das luzes da rua, e por isso não avistei S. e seus amigos num primeiro momento, eles estavam reunidos a certa distância da calçada. Uma mulher de pé balançava os braços acima da cabeça, foi o que me chamou a atenção, e, ao me aproximar, vi que S. estava sentado no chão, apoiado em K., que mantinha os dois braços em volta dele, e que ele segurava algo contra o rosto. Eles haviam largado os cartazes na grama ao lado, o que havia sobrado dos cartazes, todos estavam em pedaços. O que aconteceu, perguntei à mulher que havia me acenado, e ela respondeu em inglês, Uns babacas apareceram, contou, uns desses babacas de máscara, eles arrancaram os cartazes da gente e bateram em S., ela continuou, e quando ele tentou detê-los, jogaram-no no chão. Tantos policiais e nenhum fez nada, ela disse, são outros idiotas, quando fomos procurá-los, disseram que mandariam alguém, mas isso já faz vinte minutos. Eles não estão nem aí pra gente, estamos ligando, mas eles só dizem para esperar. Ela fez um sinal para um homem de pé ao lado, que gesticulava com a mão livre enquanto falava rapidamente ao celular. Sinto muito, falei, vocês precisam de alguma coisa, há alguma coisa que eu possa fazer, mas ela deu de ombros. S. precisa de um médico, perguntei, será que devemos levá-lo, mas ele me cortou, *Ne*, em voz alta, sem se mover ou tirar a mão do olho, ele estava segurando um saco de gelo, agora eu podia ver, e a mulher deu de ombros novamente. Covardes, ela disse, estavam aqui e do nada foram embora, com aquelas máscaras estúpidas. E o que eles nos disseram, disseram que estávamos espalhando lixo, há crianças aqui, eles disseram, disseram que estávamos sendo — e fez uma pausa olhando para os outros enquanto dizia *bezsramni*, sem-vergonhas. Indecentes, falou então K., eles disseram que éramos uns indecentes, eles nos chamaram de bichas sujas. Ela falou sem altear a voz, apesar do barulho dos protestos, falou sem raiva ou qualquer vestígio de emoção; entendi por que seus filhos a consideravam tão reconfortante.

Eles são uns mentirosos do caralho, disparou S., se afastando um pouco de K. para endireitar sua postura, embora ela tenha ainda mantido um braço em volta dele. Ele baixou o saco de gelo do olho, mas, no escuro, não consegui ver a gravidade do caso, se ele estava realmente ferido. *Obedineni sme*, falou, citando uma das palavras de ordem deles, mas nós não estamos unidos, eles não querem se unir a nós. Não faz diferença nenhuma, ele prosseguiu, tanto trabalho e não faz diferença nenhuma. Não, K. disse com sua voz calma, não, isso não é verdade, você sabe que isso não é verdade, mas ele explodiu com ela, se afastando e vociferando, É verdade, é verdade. Ele estava sentado com as pernas estendidas, mas as puxou até o peito e as envolveu com os braços. Sou tão idiota, ele disse, pensei que aqui seria diferente, pensei que estas eram as pessoas boas, as pessoas melhores, elas dizem que odeiam os nazistas do Ataka, mas são todas iguais, com a gente são todas iguais, nos odeiam, ele disse, falando mais alto, nos odeiam, não entendo, mas vão sempre nos odiar. Eu também as odeio, ele falou, elas nunca vão mudar, eu odeio este maldito país. *Mrazya vi*, falou, mais alto ainda, eu odeio vocês. Ele estava se dirigindo aos manifestantes agora, os últimos deles passando na avenida, *mrazya vi*, *mrazya vi*, cada vez mais alto e com mais raiva, de modo que as pessoas começaram a olhar em nossa direção; isso me deixou apreensivo, e aos demais também, fomos lentamente nos aproximando uns dos outros. Mas nenhum dos manifestantes parou, eles olhavam para nós por um momento e depois viravam o rosto para o outro lado. K. continuava passando a mão nas costas de S. e ele não parava de se sacudir, ele não queria ser consolado. *Mrazya vi*, disse uma última vez, quase gritando, e então sua voz falhou e ele abaixou a testa contra os joelhos. Ele permitiu que K. colocasse o braço em torno dele e, após um momento, apoiou-se novamente nela e voltou a levar o gelo aos olhos.

Olhei para os demais, que estavam sentados na grama em silêncio, a mulher que havia me chamado, o homem com o celular agora abaixado, não mais colado ao ouvido, qualquer que fosse a conversa que estava tendo havia terminado; todos pareciam tão indefesos quanto eu me sentia, todos mantiveram distância de S. Apenas K. estava sendo útil, ela o segurava novamente com os dois braços, embalando-o levemente para a frente e para trás e murmurando para ele algo em búlgaro. Os manifestantes haviam passado e a rua estava tranquila, mas não consegui entender o que ela lhe dizia; o que quer que fosse estava surtindo efeito, S. estava mais calmo. O homem com o celular falou enfim, Eles estão vindo, disse, referindo-se à polícia, falaram para a gente esperar, que eles já vão chegar. Foi o que disseram há vinte minutos, alguém retrucou, e o homem deu de ombros e se sentou, de modo que restei sendo o único de pé. Senti o celular vibrar no bolso, D. novamente, na certa me perguntando onde eu estava, mas o ignorei, olhei para S. e K. encolhidos um no outro, e depois para a rua. Atrás dos últimos manifestantes, voluntários seguiam limpando, um homem e uma mulher, cada um com uma vassoura e uma pá, cada um varrendo um lado do bulevar, recolhendo garrafas plásticas e pedaços de papel que haviam juntado no meio-fio, uma bandeira descartada aqui e ali; e quando suas lixeiras se enchiam, eles as levavam para uma outra mulher, que segurava um enorme saco de lixo aberto. Eu me perguntava se eram as mesmas pessoas que tinha visto antes, se todo o protesto delas consistia em limpar, aquele gesto de que M. tinha se orgulhado tanto, deixando a cidade melhor do que elas a haviam encontrado, deixando-a imaculada. O celular vibrou outra vez, mas eu não estava mais com vontade de encontrar D., eu escreveria para ele depois para dizer que não iria, ou que precisaria ainda de algum tempo. Minha presença ali não fazia sentido, eu não podia fazer nada para ajudar, era completamente inútil, mas, mesmo assim, larguei a mochila na grama, sentei-me com eles para esperar.

II.
Amando R.

Pureza

Eu estava em nossa mesa habitual, ao lado da janela que ocupava a maior parte da parede que constituía a fachada leste do restaurante. Gostávamos de olhar para o jardim, onde, mesmo em meados de outubro, era comum haver clientes conversando e fumando nas mesas que hoje estavam vazias, despojadas de guarda-sóis e cadeiras, correntes pretas de metal travando seus pés. Era um jardim encantador, com arbustos e flores incomuns em Mladost, um respiro verde em meio à desolação do concreto de grande parte da vizinhança. Nada podia ser feito em relação ao barulho do trânsito nas cercanias, ou à fumaça dos escapamentos que poluía o ar e, evidentemente, bastava levantar os olhos para dar com o cinza dos prédios, o que punha fim a todo verdor. Aproveitávamos melhor do lado de dentro, tínhamos aprendido, era um lugar para descansar nossos olhos. Mas essa noite tudo era movimento e agitação do lado de fora, como vinha sendo toda a semana desde que um grande vendaval havia varrido, invadido ou sitiado a cidade, é difícil explicar, ou quem sabe minha percepção sobre o fato tenha simplesmente mudado com os dias. Ele vinha da África, os vigias da escola me contaram, velhos que o recebiam com resignação; ele carrega areia da África, você vai sentir, é um vento horrível. E tinham razão, havia algo quase malévolo nele, como se fosse uma inteligência, ou pelo menos uma intenção, carregando tudo o que não estivesse bem fixado, acossando cada borda solta. Ele fez com que as construções baratas da cidade parecessem ainda mais baratas, mais improvisadas e frágeis, um arranjo temporário — é assim em todos os lugares, eu sei, embora seja uma verdade que eu prefira não reconhecer, é evidente que acabei odiando o vento.

R. estava atrasado, como sempre, e após meia hora de espera eu começava a me perguntar se ele sequer apareceria. Com frequência, ele cancelava nossos planos, geralmente depois de eu ter reorganizado toda minha agenda para acomodar a dele, por mais inconveniente que fosse; e às vezes sem nenhum aviso, apenas um pedido de desculpas horas depois de eu ter desistido de esperá-lo. Aquele era um restaurante badalado, movimentado na hora do jantar, e notei que estava me convertendo num espetáculo, calado naquele espaço de confraternização, um pedaço de espaço negativo. Eu já havia me defendido de várias investidas dos garçons, dizendo estar esperando por um amigo, que ele estava a caminho, gesticulando para o celular inerte como se tivesse recebido notícias dele, embora na verdade ele nem tivesse respondido às mensagens que eu enviara. À medida que as mesas ao redor se enchiam, os garçons se tornaram mais insistentes; logo eu teria de pedir algo ou ir embora. Mesmo do lado de dentro podia se ouvir o vento; era um som acima de nossas vozes humanas, um som além da escala dos seres vivos. Sempre perdoava R. quando ele não aparecia, aceitava qualquer desculpa que desse, por mais irritado que ficasse, eu jamais reclamava. Gostaria de pensar nisso como paciência, mas sabia que no fundo era medo; eu o afastaria de mim se exigisse demais.

Àquela altura, fazia bastante tempo que eu estava ali sentado, já estava me preparando mentalmente para ir embora quando, com um aumento repentino de barulho e uma mudança de pressão, uma ligeira desordem no ar, a porta se abriu e R. entrou. Ele estava de chapéu e cachecol e com um pesado casaco de inverno, ainda que não fizesse tanto frio; vinha, porém, de um país quente, aquele era seu primeiro outono de verdade. Havia crescido nos Açores, e embora sua cidade parecesse muito bonita pelas fotos que eu tinha visto na internet, casas brancas ordenadas reluzindo frente ao mar, ele jamais regressaria, dizia; era um lugar pequeno, ele odiava lugares pequenos. Ele me avistou de imediato e, sem esperar ser recebido por algum garçom, dirigiu-se à mesa, tirando o chapéu e o cachecol no caminho. Fiquei impressionado uma vez mais com sua beleza, que era espontânea e acidental, o cabelo desgrenhado e a roupa amarrotada, uma beleza despojada de vaidade. Ainda que eu estivesse acostumado com ela, a sentia como uma espécie de força física, que não me acolhia e sim me afastava, de modo que sempre ficava surpreso ao perceber que podia tomá-lo em meus braços. Era o que eu acabava de fazer, abraçando-o embora tivesse a intenção de permanecer sentado, para cumprimentá-lo friamente e castigá-lo um pouco. Nos apartamos depois de um ou dois segundos, mas não antes de ouvir R. fazer um som que vim a amar, um grunhidinho de felicidade, um som aconchegante, e toda irritação se esvaiu.

Está uma loucura lá fora, ele disse enquanto se sentava, gesticulando para a janela ao nosso lado, uma loucura total, nunca vi algo assim, e você? — mas ele continuou antes que eu tivesse tempo de responder. Lamento estar atrasado, falou, disse que tinha uma festa para ir, mas havia dado para trás no último momento, e foi difícil convencer seu colega de quarto a ir sem ele. Achei que não conseguiria vir aqui, R. comentou, e soltei um som evasivo, sentindo a irritação voltar. Ah, ele disse, você está bravo, e fez uma expressão de tamanha sinceridade e disposição para assumir a culpa que foi impossível ficar com raiva. Eu disse que estava tudo bem, que ele não precisava se preocupar, que não era nada. Não, ele retrucou, claro que é, odeio não poder te ver quando tenho vontade, e fez um gesto mínimo com a mão, estendendo-a levemente em direção à minha. Não podíamos nos tocar, claro, seria imprudente, mas ele flexionou os dedos de uma maneira que eu sabia significar desejo, que embora ele estivesse tocando a madeira envernizada, era a mim que ele queria tocar. Isso ficou evidente também em sua expressão, quando olhei para seu rosto e ele disse baixinho, mexendo os lábios quase sem som, *Skupi*, uma das poucas palavras do búlgaro que ele havia aprendido. Significa querido ou de grande valor, que foi o que pensei em nosso segundo ou terceiro encontro, quando ele estava deitado nu ao meu lado e deslizei a mão por seu flanco. Eu havia dito a palavra quase sem querer, *Skupi*, e ele me perguntou o que significava e depois me puxou até ele e a sussurrou no meu ouvido como uma afirmação. Tinha se tornado nosso apelido carinhoso, e acho que foi então, quando pronunciamos essa palavra pela primeira vez, que percebi que ele havia me fisgado, que não importava como as coisas corressem haveria consequências, e me senti ao mesmo tempo assustado e entregue a ele, decidi que deixaria acontecer o que tivesse de acontecer entre nós.

Lembrei disso quando ele falou a palavra e, como se dissipasse a atmosfera que havia criado, voltou a atenção para o menu. O restaurante tinha um nome italiano, mas isso não significava nada, quase todos os restaurantes de Sófia serviam pizza, e quase todos ofereciam a mesma dezena de pratos búlgaros, carne, legumes e ovos, ou ao menos todos aqueles que cabiam no meu bolso. R. estudou cada página e pediu o que sempre pedia, apontando-o em silêncio com um sorriso enquanto inclinava o cardápio em direção à garçonete: uma salada verde e tiras de berinjela cobertas com um molho doce que ele adorava. Devolvemos nossos menus e R. virou o rosto para o vidro, observando o vento, que era visível tanto nos detritos que carregava, papéis e folhas e os copinhos de plástico em que se serve café aqui, quanto na resistência de tudo que estava preso em algo. O último resto de luz estava se apagando e, ao mesmo tempo que olhava o mundo lá fora, era o rosto de R. que eu via, pensativo enquanto voltava a dizer que loucura era aquele vento.

Mas estava radiante quando se virou outra vez para mim e desviei o olhar de seu reflexo para a imagem real. Ele perguntou sobre meu dia e eu lhe disse algo engraçado, não lembro o quê, algo fazendo piada de mim mesmo; ele gostava das histórias em que eu fazia um papel um pouco ridículo, nas quais os alunos levavam a melhor sobre mim. Teve o efeito que eu queria, que era a sua risada, ou menos a risada do que a transformação pela qual seu rosto passava quando sorria. Não é verdade o que eu disse antes, na realidade, acho que fui fisgado em nosso primeiro encontro, ou mesmo antes de nos conhecermos, desde as primeiras fotos que ele me enviara mostrando o rosto. Já estávamos de papo havia vários dias, trocando mensagens num site de encontros, embora não tanto atrás de encontros quanto de sexo, que no início era tudo o que pensávamos buscar. E, de qualquer forma, ele tinha vinte e um anos, era jovem demais para se levar a sério; poderia ser divertido, pensei ao olhar seu perfil, divertido, nada mais que isso. Suas fotos não revelavam muito, a maioria era de seu tronco, que era largo e não esculpido, ligeiramente pesado, de um jeito que eu gostava. No segundo e-mail, ele enviou o link para um vídeo que mostrava o que a maioria dos homens devia querer ver: ele estava nu, expondo-se, virando-se para oferecer uma visão completa antes de começar a se masturbar. Havia algo de desalentador no vídeo, o corpo sem rosto exposto com excessiva nitidez, girando como se estivesse num palanque; me envergonhou um pouco apreciá-lo. Ele esperou vários dias antes de me mostrar mais, e só depois de eu haver prometido ser discreto; ele não era assumido, me contou, nem mesmo para os amigos mais próximos, de modo que foi uma prova de confiança enviar a foto na qual finalmente vi seu rosto. Ele estava num clube noturno, havia outras pessoas atrás dele no escuro, mas ele era o único de frente para a câmera. O brilho do flash cintilava em sua pele, e ele parecia arrebatado de alegria, não havia outra maneira de dizer, seus olhos estavam fechados e sua boca se estendia numa largura desmedida, revelando dentes grandes e imperfeitos, um dos incisivos superiores ligeiramente torto. Quando o vi, quis que sorrisse para mim daquele jeito. Nunca me cansaria disso, pensei no restaurante, cada vez que ele sorria me enchia de uma felicidade que nunca tinha sentido antes, uma felicidade que ele em especial proporcionava.

Ele me contou então sobre seu dia, que era menos regimental que o meu, o dia de um estudante. Ele estava em Sófia como parte de um programa que enviava universitários por toda a União Europeia, uma tentativa de aproximar os países, embora não tivesse funcionado no caso de R.; ele odiava a Bulgária, dizia, quase tanto quanto odiava o próprio país. Havia vindo com M., um amigo da universidade em Lisboa. Pensava que seria bom ter alguém conhecido aqui, mas não foi, ele se sentia observado, forçado a ceder e a mentir, preso ao eu que gostaria de ter deixado para trás; era o que ele odiava de verdade, eu acreditava, não o país em que vivia, mas a vida que levava nele. Estudava fisioterapia, embora quisesse se formar em letras, ele me disse na primeira vez em que nos encontramos, na qual conversamos durante horas num café antes de ele ir para casa comigo. Seus pais haviam insistido para que ele estudasse algo prático, uma profissão, mas não existe nada prático hoje em dia, ele tinha dito, rindo com amargura, não tem emprego para ninguém em Portugal, eu deveria ter estudado o que queria. Ele tinha talento para línguas; seu inglês era quase perfeito, natural e fácil, e quando descobriu que eu era professor, disse com algo semelhante a orgulho que sempre ia bem em literatura no ensino médio, que era a única matéria de que ele gostava. Quando chegamos ao meu apartamento naquela primeira vez, antes de passarmos para o quarto, enquanto ainda nos deleitávamos naquela demora, ele me recitou um poema na própria língua, uns versos de Pessoa que, segundo ele, todos aprendiam na escola. Poderia ter sido qualquer outra coisa, eu não entendi uma palavra sequer, mas aquilo me encantou e me permitiu estender a mão, puxá-lo para perto e pressionar minha boca contra a dele.

Na Bulgária ele estava estudando na Academia Nacional de Esportes, embora não fosse o tipo de terapia que ele desejava fazer; ele queria ajudar as pessoas, dizia, pessoas de verdade com problemas de verdade, não atletas com dores musculares. Mas naquele dia ao menos tinha havido uma mudança na rotina, ele me contou enquanto esperávamos nossos pratos; em vez de praticar as técnicas uns nos outros, eles receberam a visita dos membros de uma das equipes, tinham ficado só de cueca e se deitado nas macas. O meu cara era tão bonito, R. disse, ele não era grandalhão como uns outros, e fiquei meia hora ali só tocando nele. Precisei ter cuidado, continuou, baixando tanto a voz que tive de me inclinar para a frente para poder ouvi-lo, não queria que ninguém percebesse o quanto ele tinha me agradado. Estava com tanto medo de tocá-lo de um jeito errado que tenho certeza de que a massagem foi horrível. E ele não falava nada de inglês, então não podia me dizer o que estava sentindo, fiquei só perguntando OK? OK? até o professor me mandar parar. Foi meio excitante, falou, olhando para mim, e algo que viu o fez sorrir. Você está com ciúmes, perguntou, e eu neguei demasiado rápido, embora não fosse exatamente ciúmes o que eu estivesse sentindo. Fiquei preocupado que estivéssemos com ideias diferentes sobre a história que estávamos vivendo; eu teria contado aquela história a um amigo, não a um amante, e quando ele seguiu falando foi como se tivesse ouvido esse pensamento. Nunca tive ninguém para conversar sobre essas coisas, disse, você é o único, e sorriu outra vez. Mas eu gosto que você sinta ciúmes, falou, é legal, nunca ninguém teve ciúmes de mim antes, e fez outra vez aquele gesto com os dedos que era como um carinho, ou a ideia de carinho. Mas puxou a mão instantaneamente, quase com culpa, quando a garçonete pousou nossa comida na mesa dizendo primeiro *Zapovyadaite*, aqui está, e depois, com mais extravagância, *da vi e sladko*, façam bom proveito, uma espécie de cortesia que parecia deslocada num restaurante tão casual. Olhei para ela e agradeci, e justo no momento antes de ela se virar, pensei ter captado em seu rosto algo além de cordialidade, um olhar de gentileza, e me perguntei se ela havia notado o gesto de R. e o interpretado corretamente e lhe dado, naquela forma sutil, um tipo de bênção.

R. já estava concentrado na comida, botando sal e girando o prato até ficar satisfeito com seu arranjo. Eu adorava vê-lo comer, o que ele fazia com uma espécie de absorção feliz, e deixei a pizza intocada enquanto o assistia levar a primeira garfada à boca e fechar os olhos com deleite, e só então devolver sua atenção a mim. Depois da aula foi um dia chato, ele disse, eu e M. fomos para o quarto e dormimos, mas, depois, a polonesa nos acordou, a mala sem alça, lembra, eu já te contei sobre ela. Eu lembrava, embora tivesse esquecido seu nome; ela andava atrás de R. desde que eles tinham chegado, cada vez mais agressivamente, até que uma noite, pouco depois que ele e eu nos conhecemos, ele a deixou levá-lo para o quarto dela. Eles tinham dançado num dos clubes noturnos de *Studentski grad*, uma parte da cidade chamada assim pela grande quantidade de escolas e residências estudantis, embora fosse o bairro de Sófia em que menos se estudasse, apinhado de discotecas, cassinos e bares; era onde meus próprios alunos passavam os finais de semana. R. me contou essa história em nosso segundo encontro, enquanto estávamos deitados na cama, uma intimidade que, com surpresa, descobri desejar; normalmente, depois do sexo eu não via a hora de ficar sozinho. Eu estava bêbado, ele contou, mas não foi por isso que fui lá, eu queria saber se gostava, até então eu só tinha ficado com caras, mas pensei que talvez também gostasse de meninas, queria tentar. Eles se beijaram e tiraram a roupa e deitaram juntos, ele me contou, e não houve reação alguma nele; foi horrível, ele prosseguiu, mesmo quando ela me fez um boquete, não fiquei excitado, estava morto lá embaixo. Ela falou para eu não me preocupar, eu tinha bebido demais, mas não é verdade, eu consigo ficar de pau duro mesmo bêbado, eu posso ficar de pau duro a qualquer hora. Acho que é o que eu sou mesmo, ele disse. Enquanto falava, estávamos deitados um ao lado do outro, ambos de barriga para cima, sem nos tocar, mas, depois de dizer aquilo, ele rolou até mim e pousou a mão no meu peito e, em seguida, apoiou a cabeça sobre a mão.

Ela tinha passado para lembrá-los dos planos que haviam feito, eles sairiam numa turma para jantar e depois iriam para a balada; ela queria conversar comigo, R. continuou, mas falei que M. estava dormindo, praticamente bati a porta na cara dela. Não quero ser cruel, ele me disse, mas o que ela quer, ela não larga do meu pé. Ela quer você, falei, tentando rir, eu me solidarizo com ela; a intenção foi de fazer graça, mas R. não sorriu. Parecia inquieto, se remexendo na cadeira, revirando a comida, mas já não comia. Talvez fosse o vento; cada vez que golpeava o vidro, R. se inclinava para longe dele, e mais uma vez pensei que fora um equívoco sentar ali, teria sido melhor escolher uma mesa no meio do salão, teríamos ficado menos expostos. E então M. acordou, disse R., e quando lhe falei que não queria ir, que estava cansado e que ficaria em casa, ele disse que também ficaria, que ia estudar em vez de sair. Achei que fosse ter um treco, R. disse, seu inglês tornando-se mais coloquial como sempre acontecia quando ele se agitava, usando frases que tinha aprendido com as *sitcoms* americanas, quer dizer, Jesus, eu não sou a mãe dele, não somos casados, ele pode muito bem cuidar da própria vida sozinho. M. era sua desculpa de sempre para faltar aos nossos encontros, e sua irritação foi crescendo à medida que ele seguia falando; muitas de suas reclamações pareciam ser causadas por ele mesmo, e bem fáceis de serem resolvidas. Portugal era um país moderno, não era como a Bulgária, homens como nós podiam viver abertamente por lá, podiam até mesmo se casar; ele certamente só precisava de um pouco de coragem para reivindicar a liberdade que dizia querer.

Você podia simplesmente contar para ele, falei, interrompendo o monólogo de R., e embora não fosse a primeira vez que eu dissesse algo desse tipo, ele olhou para mim sem entender. Sobre nós, quer dizer, você podia contar para ele sobre nós, e assim não precisaria ficar mentindo. Ele fez um som exasperado, um som de desdém que me deixou furioso, ou não exatamente furioso, mas irritado. Olhe, eu disse, não seria melhor assim, não é o que você quer? Eu sabia que provavelmente deveria ter parado ali, mas continuei, quero te ver feliz, falei, feliz de verdade, e não dá para ser feliz quando se vive mentindo. Então me calei, como todos no restaurante, um momento de susto quando uma rajada de vento golpeou com fúria o prédio, uma rajada ainda mais forte que as anteriores. Era como estar sitiado, pensei, enquanto as conversas eram retomadas e a sala voltava a se encher de barulho, agora um pouco hesitante, como se estivéssemos todos envergonhados por termos nos assustado. R. começou a falar, mas eu ainda não tinha terminado e o cortei, Espere, disse, me deixe apenas, e me detive outra vez, sem saber como continuar. Você é feliz quando está comigo, certo, perguntei, e ele fez de novo aquele som de exasperação, uma exalação glótica. Você sabe que sim, ele respondeu, e era verdade, era algo que já tínhamos começado a dizer um para o outro, que um fazia o outro feliz. Para mim, era assim desde a primeira noite, depois que o puxei e o beijei e caímos juntos na cama, quando olhei para ele no escuro e vi seu sorriso. Sexo nunca tinha sido divertido para mim antes, ou quase nunca, era algo sempre impregnado de vergonha, ansiedade e medo, e tudo isso desaparecia diante do sorriso dele, simplesmente desaparecia, derramava uma certa pureza sobre tudo o que fazíamos. Ele tinha me dado tanto, pensei, apesar de tudo o que não podia dar, e me envergonhei do tom que havia usado. Eu sei, falei com mais gentileza, e você sabe que eu também sou feliz, e talvez a melhor coisa que se possa tirar disso, eu estava me referindo a nossa amizade, nosso relacionamento, não sabia que palavra usar, é mostrar como seria se você se assumisse, se você se permitisse viver de uma maneira mais plena. Eu podia ver que meu discurso não estava surtindo o efeito que eu desejava, que o humor de R. estava se tornando mais sombrio; ele não estava mais olhando para mim, mas para a janela, para seu reflexo ou para o mundo além dele. Eu devia ter me calado, mas não conseguia parar de falar, quero que você possa viver, disse, viver de verdade, não quero que você fique apenas esperando as coisas acontecerem, quero que você seja feliz. E qual é seu medo, perguntei, você acha de verdade que seus amigos não vão te aceitar, seus pais? A família dele não era religiosa, eu sabia, ele vinha de um lugar pequeno, mas não particularmente conservador. Eu acho que você devia confiar mais neles, continuei, acho que você devia confiar que eles te amam.

Pare, ele falou. Ele ainda estava olhando para a janela, não para o próprio reflexo, mas para algo muito distante, embora não houvesse nenhuma grande distância ali, apenas o muro do jardim invisível no escuro. Já chega, ele disse, você não sabe do que está falando, e ao virar seus olhos para os meus pude ver que ele estava com raiva. Você está falando comigo como se eu fosse uma criança, disse, eu não sou criança, você não pode falar assim comigo. Desculpe, me apressei em dizer, de maneira sincera, eu não queria te fazer sentir assim, de verdade, me desculpe. Ele então ficou quieto, voltou-se para a janela, como se houvesse algo para contemplar, e o percebi se desvencilhar da raiva, de uma só vez, os ombros se afundaram um pouco ao deixá-la partir. O vento continuou seu ataque, sua investida constante contra o vidro, mas R. não estava mais recuando, ele parecia estar quase se debruçando em direção à janela enquanto olhava através dela, ou, talvez, ele estivesse apenas se distanciando de mim.

Não é só que eu tenha medo, ele anunciou, ainda que eu tenha medo, você pode dizer o que quiser, mas dá medo, não quero que as pessoas mudem o que pensam a meu respeito. Eu sei, comecei a falar, não quis dizer, mas ele fez um gesto com a mão para me interromper. Não é isso, ele continuou depois de uma pausa, quer dizer, essa não é a razão principal. Ele se deteve novamente, e o barulho do restaurante se alteou ao nosso redor. Por um tempo eu não tinha reparado, mas agora ouvia as vozes nas outras mesas, ouvia sem entender; as vozes estavam embaralhadas, sobrepostas e indistintas, pontuadas de repente por uma irrupção de risos num canto distante. Quando eu era pequeno, R. começou, falando tão devagar como eu jamais o ouvira falar, e quase com uma voz diferente, abafada e para dentro, uma voz que, apesar de se dirigir a mim, não apreciava minha companhia. Quando eu vivia nos Açores, ele contou, era terrível, não tinha nada para fazer, havia mais vacas que gente. Eu tinha talvez dois amigos, contou, mas vivíamos tão longe de tudo que nem conseguia vê-los muito, só na escola. Tinha minhas irmãs, mas elas eram mais velhas, e não queriam saber de mim, e meus pais… não sei, eles eram OK, sei que você diz que me importo demais com o que eles pensam, mas nunca fomos muito próximos, nem sei de verdade se eles pensam tanto assim em mim. Tudo o que eu fazia era assistir TV, desenhos idiotas ou programas americanos, era a única coisa que tinha para fazer. Só havia uma pessoa de quem eu era mais próximo, e nem era meu amigo, era mais velho, um amigo do meu pai. A gente o conhecia desde sempre, a gente o chamava de tio, mas ele não era nosso tio, era só um amigo do meu pai. Ele sempre foi legal, conversava comigo e me perguntava coisas e me ouvia, era a única pessoa que me fazia sentir como se eu fosse interessante. Ele passava bastante tempo na nossa casa, vinha para jantar, e eu ficava sempre feliz em vê-lo, mais que feliz, empolgado; acho que eu tinha uma paixãozinha por ele, não sei, eu não pensava nisso desse jeito. Quando fiquei mais velho, com uns doze ou treze anos, saíamos para passear enquanto minha mãe fazia o jantar. Parece estranho hoje, mas na época não parecia, meus pais achavam que era bom para mim, e foi por um tempo, acho, R. falou, quer dizer, eu estava bem. Costumávamos ir a um lugar, perto da base americana, um campo com a estrutura de concreto de um edifício. Não sei direito o que era, parecia um shopping, tinha três andares, mas só o esqueleto, nada mais; tinham começado a construir muito tempo antes e nunca terminaram. Era um lugar para caminhar, e para fazer outras coisas; havia sempre garrafas e latas e cigarros jogados, as pessoas matavam tempo ali, acho, não havia mais para onde ir. Os caras iam lá também, R. contou; eu não sabia na época, a gente só ia lá durante o dia, mas à noite era um lugar de pegação, e depois que fiquei mais velho era aonde eu ia também, apesar de odiar. Eram sempre os mesmos três ou quatro babacas casados, mas dane-se, já era alguma coisa. A gente ia lá passear, apenas conversando um com o outro e, um dia, ele parou e apontou para algo no chão. Era uma camisinha que alguém tinha largado perto de um dos muros, esticada e seca, um negócio nojento.

Ele apontou para ela com o sapato e me perguntou se eu sabia para que servia. E foi assim que ele começou, disse R., ele colocou o braço em volta de mim e me levou para trás de um dos muros onde ninguém nos veria. Eu não queria, mas o deixei fazer, acho, quer dizer, não lutei contra ele e nunca disse nada, deixei acontecer. R. me olhou, então, finalmente se afastando do vidro, olhou para mim, sentado imóvel enquanto ele falava, meu garfo ainda na mão. Eu nunca disse nada, ele repetiu, nunca disse nada até hoje. Ah, falei, a única sílaba, não uma palavra, mas um som, ah, e pousei o garfo ao lado do prato que mal havia tocado, que já era incapaz de tocar. *Skupi*, eu disse, sinto muito, sinto muito, mas, com isso, a raiva dele voltou à tona, uma raiva lancinante ao dizer, Está vendo só, quase rosnando, você está me olhando diferente agora, não quero que você sinta pena de mim, não quero ser um garotinho machucado, não quero isso. No rosto dele havia uma expressão que eu nunca tinha visto antes, nem no rosto dele nem em qualquer outro, era uma cara desesperada, assustada, embora eu não soubesse dizer com o quê. Tudo bem, eu disse, me inclinando para trás, eu também estava assustado, tudo bem.

Ele virou o rosto outra vez e respirou fundo. A questão não é fazer você sentir pena, ele disse com mais calma, olhando para a noite e para o vento que a preenchia, a questão não é só que eu tenho medo, esse não é o único motivo de não contar às pessoas o que eu sou. Se me assumisse, ele falou, olhando para mim, seria como dizer que foi tudo bem o que ele fez comigo, seria como aceitar isso. Não sei se eu já era desse jeito antes, provavelmente sim, provavelmente ele viu que eu era e pensou que eu queria; e talvez eu quisesse, talvez seja por isso que nunca falei nada, talvez eu tenha deixado acontecer porque eu queria. Não sei, ele disse, este é o problema, como posso saber o que eu queria naquela época, antes de ele fazer isso, como posso saber que parte sou eu e que parte é o que ele fez comigo. Eu sei que é idiota, mas e se foi ele que me fez ser assim, como vou ter orgulho disso, falou, como vou marchar numa porra de parada, talvez seja maluquice, mas é o que eu sinto. Ele se conteve subitamente, como se tivesse acabado de se dar conta do volume alto em que estava falando; olhou em volta, mas ninguém prestava atenção. Podemos ir embora, ele pediu, por favor, não quero mais comer. Sim, falei, é claro, e examinei o salão em busca da nossa garçonete, chamando sua atenção e fazendo um pequeno sinal no ar para pedir a conta. Estava tudo bem, ela perguntou quando a trouxe, apontando para nossas refeições pela metade, e eu disse que sim, obrigado, já estávamos de saída, e lhe dei uma gorjeta bem gorda, não queria esperar pelo troco. R. já estava vestindo o casaco, enrolando o cachecol no pescoço, se empacotando todo enquanto eu ainda me levantava. Ele estava ansioso para fugir do que havia me contado, pensei, e me preocupei que não fosse só do lugar que ele estivesse fugindo, mas de mim também, que agora lhe mostraria uma imagem de si mesmo que ele odiava. Havia tantas coisas que eu queria lhe dizer e que ele não tinha me dado chance, ele havia se levantado rápido demais e se afastava dando as costas para mim; eu teria que gritar seu nome quando me levantasse, o que, naturalmente, não poderia fazer no restaurante lotado, embora quisesse chamá-lo ou alcançá-lo, agarrá-lo e trazê-lo para perto de mim. Eu o segui enquanto ele avançava entre as mesas e, então, ele se deteve para esperar por mim antes de abrir a porta.

E logo em seguida estávamos imersos nele, na azáfama e na torrente de vento que nos arrastava e nos arrancava a respiração; tampouco agora eu podia gritar por ele, precisei afundar o queixo no casaco para respirar. Nos curvamos contra o vento quando chegamos ao bulevar, apertando os olhos contra as partículas que ele carregava, fosse areia africana, ou, como eu imaginava, a sujeira das ruas. Caminhávamos contra ele, chutando o lixo que arremessava na nossa direção. É uma cidade imunda, embora todas as manhãs um exército de mulheres de colete vermelho saísse com vassouras e baldes de metal para esfregar as ruas, infinita e inutilmente. Andávamos lado a lado, mas era R. quem guiava o caminho, dando passos largos como se nem me levasse em consideração. No cruzamento com a Sakharov, pensei que talvez ele virasse em direção ao metrô, pondo fim à nossa noite e, talvez, mais do que à nossa noite; foi fácil imaginá-lo escapulindo de mim para aquela vida na qual eu não tinha lugar. Obviamente, eu não podia exigir nada dele, nosso relacionamento todo se baseava na ausência de reivindicações, e me assustou perceber o quanto me importaria se ele virasse, eu ficaria devastado, como foi que me deixei sentir tanto. Mas ele não virou, ele passou pela Sakharov e começou a cruzar o estacionamento do supermercado que delimitava o emaranhado de ruas em que eu vivia, Mladost 1A, o nome era um vestígio da ordem comunista, indecifrável hoje na bagunça de novos prédios. O mercado estava praticamente vazio, era tarde, quase hora de fechar, mas as portas automáticas de vidro se abriam e fechavam, abriam e fechavam, embora ninguém estivesse entrando ou saindo; devia ter algo a ver com o vento, pensei, a desordem que provocava em tudo. Estava contente por ele voltar para casa comigo, mas significava que eu precisaria ter algo a lhe dizer quando estivéssemos a salvo do vento e juntos novamente no quarto, na cama onde tínhamos dito tanta coisa um ao outro — não era verdade que eu não tinha reivindicações a respeito dele, pensei, cada palavra era uma reivindicação, suas palavras e as minhas — e agora tudo o que eu queria dizer me soava falso ou, se não falso, irrelevante. Claro que não tinha sido culpa dele, eu diria, claro que ele era inocente, totalmente inocente; não havia nenhum convite que ele pudesse ter feito, mesmo que quisesse, não havia permissão que pudesse ter dado. Mas nada disso estava certo, rejeitei as frases assim que se formavam, não apenas porque eram discutíveis em si, mas porque nenhuma delas respondia ao seu verdadeiro medo, que era real, pensei: que nunca podemos ter certeza do que desejamos, quer dizer, da autenticidade disso, de sua integridade em relação a nós mesmos.

Logo após o mercado havia uma ampla vala onde estavam prolongando o metrô por Mladost, arrancando blocos inteiros de calçada, centenas de metros de cada vez, e ao longo dela havia uma simples cerca de correntes coberta por uma malha plástica verde, os postes de metal ancorados em baldes plásticos preenchidos com concreto. Tinha o intuito de ser dissuasiva, mas na verdade era fácil atravessá-la, os blocos não eram pesados, com um pouco de esforço você conseguia movê-los. A obra estava parada havia dias, era muito perigoso trabalhar com o vento, e quando chegamos à cerca, vimos que um dos postes havia tombado; o vento havia soprado a malha verde e ela estava caída, sustentada pelos postes vizinhos que, no momento, ainda se aguentavam de pé. Meu Deus, ouvi R. dizer, ou pensei ter ouvido, e mantivemos distância enquanto caminhávamos por um pedaço de solo intacto onde podíamos atravessar. E então chegamos à minha rua e ao meu prédio e a porta se fechou com um estrondo atrás de nós. R. começou a subir a escada, sem esperar pelo elevador como costumávamos fazer; meu apartamento ficava só no terceiro andar, mas tínhamos feito do elevador uma espécie de ritual, assim que as portas se fechavam, nos beijávamos e nos agarrávamos, meio de brincadeira e meio a sério, nos afastando no último segundo antes de as portas se abrirem novamente. Mas hoje R. foi pela escada, e eu o segui, deixando-o subir na frente. Ele não havia apertado o interruptor que ativava o temporizador das luzes e eu tampouco, os corredores estavam escuros, mas havia uma luz baça penetrando pela janela de cada andar, letreiros de néon e luzes dos prédios vizinhos filtrados pelos vidros sujos. Eu ouvia os ruídos dos apartamentos por onde passávamos, televisões e vozes que se misturavam com o som do vento, de um deles emergiu uma breve explosão de gargalhadas, a voz de um homem juntando-se às risadas do programa que assistia. R. chegou ao meu andar e esperou por mim no final do corredor, onde estava um verdadeiro breu, não havia nenhuma janela que permitisse entrar a luz da rua. Ele passou por mim quando abri a porta e foi para o quarto enquanto eu a trancava outra vez. Fiquei ali parado um pouco, com a mão apoiada na maçaneta, ouvindo os sons familiares dele se despindo, a roupa sendo arrancada, a fivela pesada do cinto batendo no chão, e o colchão suspirando com seu peso.

Tirei a roupa à porta, larguei-a ali e caminhei nu para o quarto. Ele estava de barriga para cima, um dos braços cruzando o rosto, como se protegesse os olhos da luz, embora não houvesse luz nenhuma, ou quase nada. As janelas estavam com as cortinas fechadas, não as de tecido mais pesado, mas as de gaze, que ocultavam o interior à vista de fora, o prédio era cercado por outros, sempre poderia ter alguém olhando. Eu me deitei ao seu lado. Ele era lindo no escuro, sua forma era uma sombra mais intensa ao meu lado, com a pele azeitonada e a figura densa e compacta, ele era o mais lindo de todos, pensei, como já havia pensado outras vezes. Não o toquei, ficamos deitados em silêncio por um tempo até que finalmente falei, sussurrando, *Skupi*, você está bem, fale comigo, diga alguma coisa; e embora não tenha dito nada, ele fez um ruído, um barulhinho de desejo ou de sofrimento, eu não sabia dizer qual dos dois, e estendeu o braço e me puxou até si, primeiro meu rosto e, depois, enquanto nos beijávamos, o resto de mim, suas mãos me instigando a me mover até que eu estivesse em cima dele. Parecia paixão, sua boca e suas mãos sobre mim, parecia a avidez que ainda me assombrava ser capaz de despertar nele. Ele pressionou sua pélvis contra mim, fazendo-me sentir que estava excitado, assim como eu estava, seus olhos estavam fechados com força e seu rosto tinha uma expressão que eu não conseguia decifrar, então pressionei meu corpo contra o dele e seus lábios se entreabriram e ele deixou escapar um som que era inegavelmente de prazer, pensei. Ele puxou novamente meu rosto para o seu, deslizou a língua para dentro da minha boca e puxou a minha língua para fora, que capturou com seus lábios e dentes, mordendo--a quase até o ponto de dor. O tempo todo ele ficou emitindo sons que nunca o tinha ouvido fazer antes, uma série de gemidos curtos, quase arquejos, e enquanto nos beijávamos e pressionávamos um contra o outro, ele levantou os joelhos contra meus flancos, como para me envolver entre eles, como se me abraçasse com todos os quatro membros, embora não tenha sido o que fez, em vez disso, levantou os quadris. Eu estava confuso, era uma inversão de nossos papéis, eu nunca o havia comido antes, mas quando sussurrei Você tem certeza, os sons estranhos que estava fazendo se intensificaram, tanto em frequência quanto em volume. Eu me desengatei dele e estiquei o braço até a mesa de cabeceira para apanhar uma camisinha na gaveta, mas, enquanto usava os dentes para abrir a embalagem, ouvi R. dizer Não, e quando falei O quê, desconcertado, ele repetiu, mais claramente, Não, e ainda que hesitando, deixei a camisinha de lado. Desde que tínhamos nos conhecido, ele havia sido meu único parceiro, o único parceiro que eu queria ter, mas era um risco, eu sabia, nenhum de nós podia saber com certeza se o outro estava saudável, e talvez o risco fosse parte da excitação, obviamente que era. Embora não fosse meu papel usual ou um papel em que eu normalmente tivesse prazer, eu estava ansioso por aquilo, mais que ansioso, me surpreendeu o que sentia enquanto me besuntava com o lubrificante que tirei da mesma gaveta, sibilando um pouco ao gelado dele; e então o passei em R., entre as pernas que ele havia levantado. Eu iria com calma, eu seria gentil, caso contrário, seria difícil para ele, pensei, quer dizer, mais difícil. Mas ele não queria que eu fosse com calma, Pode ir, ele disse, estou pronto, abrindo as pernas mais um pouco para me dar espaço. Mas ele não estava pronto, assim que o penetrei, ele gritou, um som terrível. Parei, mas só por um instante, já que ele disse outra vez Vai, pelo menos foi o que pensei ter ouvido, vai, e empurrei para dentro dele ainda mais fundo, impelido pelo que ele havia dito e pelo meu próprio prazer, que era extraordinário; nunca tinha comido alguém sem camisinha antes, havia um calor e uma sedosidade nele que eu nunca havia sentido. R. tinha voltado a tapar o rosto com o braço, não pude interpretar sua expressão quando comecei a me mexer e, realmente, estava tão maravilhado com minhas próprias sensações que por um momento negligenciei o que ele poderia estar sentindo. De qualquer forma, ele estava escondendo, por isso tinha tapado o rosto, para ocultar de mim o que sentia. Pus meu rosto por baixo do braço com o qual ele se escondia, na sua axila; eu adorava o cheiro dele, e nessa noite, além do aroma familiar, havia algo mais, sua resistência, talvez, sua resposta à dor, já que dor era o que seus ruídos indicavam, ou alguns deles. Quando eu enfiava, havia um grunhido de dor e quando eu tirava, um gemidinho de necessidade, um convite ou uma exigência para que eu voltasse, de modo que se fosse dor era também prazer, ou ao menos satisfação. Eu gostei de poder fazê-lo sentir isso, me vi procurando novos ângulos para fazê-lo sentir mais, necessidade e satisfação e dor, era como uma nova intimidade, embora talvez houvesse algo de cruel nisso também, uma crueldade em mim mesmo, cuja forma eu identifiquei, uma forma que eu já havia identificado antes, mas nunca com R. Eu lhe daria o que ele queria, pensei, embora não soubesse ao certo se estava lhe dando ou tirando algo.

Houve então um ruído repentino, um estampido surdo que me assustou, que assustou R. também; nós dois tensos enquanto o quarto se enchia de vento, com seu barulho e força, fez as cortinas se inflarem, senti o frio nas costas. A janela ao lado da cama tinha se aberto; havia uma maneira de girar o puxador que permitia abri-la alguns centímetros no topo, ela deve ter se destravado. O vento fez uma espécie de acompanhamento quando voltei a me mover novamente, um ritmo contra o qual me movia, e enquanto continuava fodendo R., pensei na distância que aquele vento havia percorrido, embora talvez não faça sentido pensar que tivesse alguma origem, talvez fosse pura circulação, jogando as coisas para cima e botando-as no chão ao acaso, não apenas coisas partidas, mas também coisas que parecem o todo, as areias da África ou da Grécia; estava movendo a própria terra, pensei, por mais lento que fosse, nada era sólido, nada ficaria parado, e me agarrei mais firmemente a R. e o penetrei mais ferozmente, arrancando dele aqueles ruídos de dor e de necessidade, gemidos talvez de prazer também. Queria me enraizar nele, mesmo quando o vento dizia que todo enraizamento era uma farsa, que não havia nada além de arranjos passageiros, abrigos improvisados e portos precários, eu te amo, pensei de repente naquele afã que faz tanta coisa parecer possível, eu te amo, qualquer coisa que eu seja e que lhe sirva é sua.

O rei sapo

Ainda era cedo demais para haver tanta luz, por isso, a primeira coisa em que pensei ao acordar foi em neve. Havíamos fechado as cortinas antes de dormir, mas elas mal chegavam a escurecer o quarto, a neve capturava pedaços das luzes da rua e de néon e as projetava para cima. Estava claro o bastante para enxergar R. ainda dormindo ao meu lado, enrolado no cobertor que eu havia comprado depois da primeira noite que passamos juntos, na qual acordei tiritando e o encontrei agarrado ferrenhamente ao edredom que dividíamos, envolto ao meu lado. Ele havia passado aquele dia repetindo essa palavra, a troco de nada, envolto, envolto, nunca a tinha ouvido antes, o som dela o fazia rir. Ele dormiria ainda por horas, se eu o deixasse, dormiria o dia todo. Bem diferente de mim, ele adorava dormir, caía no sono na menor oportunidade, enquanto eu quase sempre dormia mal, desconfortável, e acabava acordando com uma sensação de alívio. Ele reclamava se eu o acordasse — estou de férias, ele dizia, me deixa dormir —, mas reclamava ainda mais se eu o deixasse dormir por muito tempo. Teríamos apenas dez dias juntos, suas férias de inverno, que ele tinha decidido passar em Sófia enquanto todos os seus conhecidos voltaram para casa. As manhãs eram meu período de trabalho, tempo para passar com meus livros e minha escrita, meu tempo para ficar sozinho; eu não demoraria para levantar, mas por ora continuava olhando para ele, seu rosto barbudo e escuro, suavizado pelo sono. Segurei-me ao máximo para não tocar nele, como fazia muitas vezes quando ele estava acordado, encaixando sua bochecha na palma da minha mão ou agarrando a curva do seu crânio. Ele havia raspado a cabeça no final do semestre, eu adorava ficar passando a mão nela até ele se desvencilhar e me dizer para parar, irritado, mas ao mesmo tempo rindo; até mesmo a irritação fazia parte do prazer que encontrávamos um no outro, nos apaixonamos assim rápido.

Estava ainda bêbado de sono quando entrei na sala, e fiquei ali parado um instante sem entender até perceber que R. tinha mudado as coisas de lugar à noite. Ele havia levado a mesa para o meio da sala e posto minhas botas de inverno em cima dela, ao lado da arvorezinha que tínhamos comprado no início daquela semana. De dentro das botas despontavam pacotes embrulhados em jornal, seus presentes de Natal para mim; ele deve tê-los escondido em algum lugar quando chegou, deve ter levantado à noite com cuidado para não me acordar, mudado os móveis de lugar sem fazer barulho. Ao ver aquilo, fiquei sem ar, senti uma pressão estranha e um calor subindo pela garganta. Achei que meu coração fosse explodir, essas eram as palavras certas, essa expressão batida, e agradeci a elas, eram um recipiente para o que eu sentia, prova de sua banalidade. Também fiquei grato a isso, à banalidade do meu sentimento; senti que uma persistente estranheza se afrouxava em mim, me senti parte da raça humana.

Ele havia visto neve pela primeira vez naquele inverno e adorava ficar lá fora nela, parado com os braços esticados enquanto ela caía, a boca aberta para o céu. Saímos aquela tarde, a neve já estava bem pisoteada, mas ainda assim encantadora; as ruas estavam calmas para as festas, as lojas todas fechadas. Usávamos os cachecóis que encontrei ao abrir os presentes debaixo da árvore, que eram longos e tricotados no mesmo padrão, um amarelo e outro azul; jamais seríamos esses namorados que usam as mesmas roupas, R. disse, mas dividir uma coisa era aceitável, ter uma coisa em comum era bom. Não fomos longe, só até o meio do quarteirão e, ali, dei um assobio, uma modulação curta e ascendente que repeti três vezes, o sinal de costume. Talvez ela não esteja aqui, eu havia avisado, não é sempre que ela está, ela vai a outros lugares ou pode ser que alguém a deixe entrar, mas logo em seguida ela surgiu vindo de seu lugar habitual atrás do prédio. Era linda à sua maneira, castanha-avermelhada e de porte médio, como a maioria dos cachorros de rua de Sófia, bem magrinha e com sarna num dos lados. Estava feliz em nos ver, pensei, feliz como sempre ficava ao ganhar atenção, embora lhe faltasse a confiança de alguns dos outros cães; ela se manteve perto do muro, abanando o rabo, mas sem chegar muito perto no começo. Mesmo quando nos deixou acariciá-la, tentou manter distância, agachando-se num movimento lateral que colocava seu corpo ao nosso alcance, mas mantinha a cabeça afastada, uma mistura de vontade e medo. Alguém a tinha ensinado isso, pensei, alguma pessoa já tinha batido nela, ou talvez várias, mas não nesta vizinhança, aqui todo mundo a tratava bem, ela era uma espécie de animal de estimação comunitário. Ela perdeu um pouco da timidez quando R. puxou o pacote de petiscos para cachorro do bolso do casaco, desajeitado com as luvas, que teve de tirar para abrir o pacote e puxar uma tira de carne curtida. Ao notá-la, ela começou a choramingar, se empinando para mais perto, e ele cantarolou o nome dela, Lilliyana, embora não significasse nada para ela, era apenas um nome que ele mesmo tinha inventado, que combinava com ela, pensou. *Ela tuka*, disse, uma frase que eu lhe ensinara, vem cá, e estendeu o petisco para que ela o apanhasse, o que fez esticando o pescoço e retraindo os lábios, pegando-o com os dentes da frente, como uma corça arrancando uma folha. Ele tinha comprado os petiscos na noite anterior, quando fizemos compras; ela também merece ter uma ceia de Natal, falou. Ela então nos deixou acariciá-la mais vigorosamente, se aproximando enfim, e até esfregou o dorso contra as pernas dele enquanto implorava por outro pedaço, que ele deu, embora por hoje fosse só, ele lhe disse, amanhã teria mais. Ela pareceu aceitar, não continuou implorando quando nos viramos, como a maioria dos cães teria feito, pensei; ela desapareceu atrás do prédio a caminho de qualquer que fosse seu abrigo.

Encontramos a árvore por acaso no final de uma tarde. Estávamos numa parte da cidade que eu nunca tinha visto antes, do outro lado do centro, procurando um supermercado alemão, uma rede popular na Europa Ocidental, mas que tinha uma única loja em Sófia. Na verdade era mais um armazém do que um supermercado, não havia prateleiras, mas enormes cestos em que as pessoas vasculhavam, tudo misturado, uma dezena de tipos de chocolate em um, pasta de dente e creme de barbear em outro. Essa rede tinha a própria marca de comida e R. estava com desejo de uma coisa da sua época em Lisboa, uma lasanha congelada, e quando a encontramos num freezer de tamanho descomunal, ele a apertou contra o peito com alegria. Foi uma longa caminhada do mercado até o metrô, especialmente longa pois as calçadas estavam cobertas de gelo. R. foi brigando comigo no caminho, me mandando tirar as mãos dos bolsos e deixá-las livres para o caso de escorregar, coisa que, por algum motivo, acontecia comigo com frequência; se fosse de noite, ele me daria o braço para me manter de pé. R. viu as árvores primeiro, na vitrine de uma lojinha repleta de decorações natalinas. Mesmo de fora dava para ver como eram mixurucas, todas de arame e cerdas de plástico, mas R. insistiu que precisávamos de uma, e também de enfeites e de uma caixa de luzinhas; quero ter um Natal de verdade, falou. Ela devia ter um metro de altura, não pesava quase nada, mas era um trambolho, enquanto caminhávamos eu a segurava com os dois braços igual uma criança. Me senti um pouco ridículo sentado com ela no trem, mas R. parecia orgulhoso, ele a rodeava com um braço para mantê-la firme no assento entre nós. Quando chegamos em casa, ele quis enfeitar a árvore imediatamente, e abriu a caixa de festão só para descobrir que era grande demais, não tínhamos prestado atenção, seu tamanho era pensado para uma árvore muito maior. Ele ria enquanto o passava ao redor dos galhos dando voltas e voltas; agora ela estava envolta, ele disse, isso a manteria aquecida. Ela, repeti, inquisitivo, com um tom um pouco zombeteiro, e isso lhe deu uma ideia: ela precisava de um nome, observou, e decidiu chamá-la de Madeleine, não sei de onde saiu esse nome, mas ele tinha prazer em pronunciá-lo. Ele gostava de dar nomes às coisas, acho que era uma forma de reivindicá-las, e toda vez que passava do lado dela, ele a chamava assim, quase cantarolando, Madeleine, Madeleine. Ele guardou a caixa de ornamentos para a véspera de Natal, bolas de vidro que penduramos nos galhos, enfiadas entre o festão. Nós nos ajoelhamos para colocá-las e, ao terminarmos, R. se acocorou. Não é linda, disse, tomando minha mão, mas ele mesmo respondeu, ela é, não é, eu acho que ela é linda.

Fomos à Bolonha porque era o lugar mais barato para onde podíamos voar: havia passagens por quarenta euros, um preço que cabia no meu bolso. Preparamos uma mala de mão cada um, qualquer coisa a mais significaria uma taxa, e pegamos um táxi até o antigo terminal do aeroporto, que as companhias aéreas econômicas usavam. Era a primeira vez que eu deixava o país. Durante os períodos de férias, enquanto os outros professores americanos partiam para lugares próximos ou distantes — Istambul, Tânger, São Petersburgo —, eu permanecia por ali; não queria viajar, eu dizia, queria me instalar num lugar só. Estudava búlgaro, lia, vagava pelas ruas do centro. Mas com R. eu quis viajar, sair de Sófia, onde, mesmo com seus amigos ausentes, havia uma pressão por sigilo, onde era muito perigoso andar de mãos dadas nas ruas, beijar em público, por mais castamente que fosse, onde em todos os lugares tínhamos que manter uma mínima distância; eu queria estar com ele num lugar onde pudéssemos ser mais livres um com o outro, um lugar no Ocidente. Era meu presente para ele, uma escapada, um pouco de romance. Chegamos ao aeroporto cedo o suficiente para sermos os primeiros da fila para os assentos não reservados, e nos sentamos na fileira da frente, onde havia espaço extra para nossas pernas. Mesmo assim, meus joelhos quase tocavam os da única comissária de bordo, que se sentou de frente para nós, amarrada com o cinto de segurança no assento dobrável. Ela falava inglês com um sotaque cuja origem eu não conseguia identificar, não era búlgaro, mas de algum outro lugar do Leste Europeu, e nos deu um leve sorriso, com gentileza, me pareceu, quando o avião começou a avançar pela pista, nos impulsionando para trás, e R. pôs a mão sobre a minha, apoiada em meu joelho.

Reservamos o hotel mais barato, também, de uma rede de hotéis que ficava longe do centro, com um ponto de ônibus em frente que levava à cidade. Chegamos tarde demais para qualquer exploração, teríamos que esperar a manhã seguinte para ver a cidade. Era difícil não ficar desanimado com o nosso quarto, que tinha a má ventilação corporativa desses lugares, um conforto esterilizado de qualquer toque humano. Ficava no segundo andar, com vista para o estacionamento. Não é exatamente a Itália dos sonhos, eu disse, ou seja, um pedido de desculpas, mas R. riu, fechou a cortina e me puxou para a cama. Quem é que liga para a vista, ele falou, a cama é boa, isso é tudo que importa, você deveria se preocupar com a cama, e então nós dois estávamos rindo, um em cima do outro.

O único luxo do hotel era o café da manhã que encontramos no dia seguinte, um bufê com ovos e frios, iogurte e frutas, uma mesa abarrotada de bolos e tortas. Ainda era cedo — tínhamos programado o despertador, queríamos tirar o dia para visitar a cidade — e, antes de mais nada, eu precisava de café, o que envolvia uma máquina complicada com tela digital e depois esperar que um copo de papel se enchesse. Quando dei meia-volta, vi que R. tinha entulhado nossa mesa de pratinhos com uma amostra de cada doce. Ele não tinha deixado espaço para mim, e esperei enquanto ele tentava abrir lugar para o meu café, empurrando os pratos até que um quase caiu no chão, ele o pegou bem a tempo. Fiz um barulho exasperado e divertido, e ele olhou para mim e encolheu os ombros. De cada prato, ele dava apenas uma mordida, depois o empurrava para um lado ou outro, separando as coisas de que gostava. Fiquei observando por um tempo, *Skups*, eu disse, em um tom meio de pergunta, meio de incredulidade, fazendo um gesto que abrangia a mesa com todos os pratos, a sala, as outras pessoas comendo. Ele deu de ombros novamente, olhando ao redor para a gama de outros viajantes, a maioria executivos, alguns casais. E daí, ele disse, usando o garfo para cavar outro pedaço de algo, eles não sabem quem eu sou, nunca mais vamos nos ver na vida, por que deveria ligar para o que pensam?

Eu me lembrei disso mais tarde esperando o ônibus que nos levaria à cidade. Éramos as únicas pessoas sob a pequena marquise do ponto, nos espremendo contra o vento, mais forte do que eu esperava; não fazia muito frio, mas era o bastante para justificar nossos casacos, para os cachecóis em que havíamos nos enrolado antes de sair. Então R. subiu no banco, apertou meus ombros e me virou de frente para ele. Agora eu sou o mais alto, ele disse, e se abaixou para me beijar, não um beijo casto, ele agarrou meu cabelo e puxou minha cabeça para trás para explorar minha boca com sua língua. Tentei me afastar, rindo: era uma estrada movimentada, estávamos totalmente à vista dos carros que passavam. Mas ele me abraçou forte, me beijando com urgência, até eu me dar conta de que a exposição era o propósito, que ele queria se exibir, ali onde ninguém o conhecia, onde ele podia ser anônimo e livre, podia viver um ideal de franqueza. Ele se apoiou em mim, cravando a pélvis em minha barriga, e senti seu pau rijo entre nós; exibir-se assim o excitava, eu não fazia ideia. Eu o agarrei, usando meu corpo para nos proteger, apertei-o firme com as duas mãos sobre seu jeans. Comecei a desafivelar seu cinto, querendo acompanhar sua ousadia, para lhe mostrar que eu estava a fim; e ele gemeu na minha boca antes de se afastar e empurrar minha mão. *Porta-te bem*, disse, dando um tapinha de leve no meu rosto e rindo, comporte-se.

O ônibus nos deixou na Piazza Maggiore, onde havia uma enorme estátua de madeira no meio da praça, um cilindro pintado de um verde irregular. A metade inferior não apresentava nenhum traço distintivo, a superior estava esculpida como o torso de um sapo, majestoso e empertigado, com os lábios retraídos numa expressão ao mesmo tempo benevolente e severa. Dois braços cruzados sobre a barriga, quatro dedos longos despontando de cada um; acima dos olhos semicerrados havia uma coroa com quatro pontas. Cabos se estendiam da parte central para baixo, fixando-a ao chão; barreiras de madeira delineavam um espaço ao seu redor. Ela seria queimada, o homem da recepção nos disse quando perguntamos ao voltar para o hotel, era a tradição, o ano-velho queimava com a chegada do novo. Lembrei algo que tinha visto num filme, do

Fellini talvez, uma boneca de bruxa no alto de uma pilha de lenha e móveis velhos, o lixo do passado, a promessa de um futuro limpo. Eu me perguntei por que não fazíamos isso nos Estados Unidos, onde adoramos fingir recomeçar, onde adoramos queimar as coisas. Também não havia nada igual na Bulgária, onde o Ano-Novo era celebrado em casa; as famílias se reuniam em apartamentos e à meia-noite soltavam fogos das varandas. Isso me assustou no primeiro ano, o som retumbando pelas paredes enquanto aquelas pequenas bombas caíam pelas ruas, onde todos sabiam que não deviam estar, eles se mantinham impassíveis por uma boa meia hora. O que era o oposto de desobstruir: as explosões aterrissavam por toda a cidade e ninguém as varria, os invólucros e os cartuchos ficavam espalhados pelas ruas até a chegada das fortes chuvas de primavera. Não era uma estátua tradicional, o homem nos contou, todo ano havia uma competição, os artistas apresentavam desenhos e o vencedor tinha seu trabalho exposto ali, no centro da cidade, por uma semana antes de ser queimado. Para nós, o sapo é um símbolo, o homem disse, significa pobreza, aqui em Bolonha, na Itália, então significa queimar a pobreza. Você sabe que a crise anda muito dura aqui, ele falou, a austeridade é muito dura, seria bom poder queimá-la. Ele havia pedido desculpas por seu inglês, mas era muito bom, menos rígido do que ele parecia ser no seu paletó e gravata; ele era jovem, de uns vinte e poucos anos, um estudante numa cidade universitária. Vocês deveriam ir lá, disse, é uma festa, vai ter música e muita gente e vocês vão poder ver a fogueira, é algo que deveriam ver.

Havia tanta coisa para ver, coisas demais; eu andava de lá para cá atordoado de tanto olhar. Entramos e saímos de igrejas apinhadas de quadros, enormes e escurecidos pela fumaça, os tetos cravejados de cores, eu me cansei de tentar perscrutá-los.

R. estava eufórico, queria ver tudo — vai saber quando voltaremos, ele disse. O dilema das férias, o esgotamento da última chance. Tudo se tornou banal, nada me comovia, era um grande borrão de perfeição. Eu queria pegar o ônibus de volta para o hotel, queria descansar os olhos. Só uma última coisa, R. pediu, folheando o guia que tínhamos comprado, e me levou a um pequeno museu, uma casa convertida depois da morte do artista que tinha vivido nela. Havia apenas alguns cômodos, amplos e minimalistas, as paredes pintadas de um branco misericordioso; R. não levaria muito tempo para completar o circuito. Eu o segui, mal examinando as pinturas, que eram pequenas e inexpressivas, ou notáveis apenas pela simplicidade. Eram discretas e sem ambição, desimportantes, pensei num primeiro momento, naturezas-mortas e paisagens modestas, interessantes sobretudo por terem tão pouco a ver com tudo o mais que tínhamos visto; o pintor havia passado a vida toda naquela cidade, mas parecia indiferente aos modelos que ela oferecia, à virtuosidade e à beleza que ela prezava. Peguei-me olhando por mais tempo, olhando mais devagar, deixei R. andar adiante. Os mesmos temas apresentavam-se reiteradamente, objetos domésticos, pratos e tigelas, não cheios de flores ou frutas, mas vazios, colocados contra um fundo liso. Eu me detive diante de um que tinha um jarro e alguns copos, branco e cinza sobre uma superfície cor de canela, com uma parede azul atrás deles. Algo me manteve ali olhando, algo me fez inclinar para a frente e observar mais de perto. Os copos não coincidiam nem em cor nem em forma, o jarro se alongava estranhamente atrás deles, toda a pintura era excêntrica, assimétrica. Havia uma espécie de presença no quadro, eu percebia, podia senti-la zumbindo numa frequência com a qual eu queria me sintonizar. Eu gostava daquela aparente ingenuidade, da maneira como as figuras simples tinham sido ainda mais simplificadas, depuradas ou idealizadas até as formas geométricas, quase, mas tornadas rombas, imperfeitas. E as pinceladas eram também imperfeitas, visíveis, desordenadas, a tinta distribuída de forma desigual, inábil; mas não era isso, na verdade havia ali um esforço na busca por algo ideal, era o que eu sentia, a frequência que queria captar. Aquilo que eu havia tomado inicialmente por blocos de cor dissolveu-se quando cheguei mais perto, eles eram modulados, texturizados, de algum modo cheios de movimento, não o movimento de objetos, mas de luz, que caía sobre eles de maneira suave, serena. Mas não era isso também, ela não caía sobre eles, não havia sombras; fui incapaz de localizar a luz, ou dizer se a cena retratava a manhã ou o meio-dia. Era como se os objetos emanassem luz própria, que não se movia de um quadrante da pintura para outro, tal como a luz real faria, mas que vibrava de alguma maneira, transmitindo ao mesmo tempo uma sensação de movimento e quietude. Havia uma promessa ali, eu sentia, quer dizer, uma promessa para mim, uma declaração sobre o que a vida poderia ser.

Veneza estava a duas horas de trem, outra chance imperdível. Não pernoitaríamos, o hotel em Bolonha já estava pago, passaríamos algumas horas explorando e depois voltaríamos. No trem eu olhava para os campos pelos quais passávamos, dispostos diligentemente em linhas que, percebi, nunca tinha visto na Bulgária; os campos que ladeiam a linha de trem de Sófia até o litoral eram desgrenhados, mal traçados, como os campos que eu lembrava da infância, os campos da minha família no Kentucky, bem diferentes dessa geometria impecável. Eu os contemplava, hipnotizado, e só afastei o olhar ao sentir a mão de R. em meu tornozelo me chamando de volta. Estávamos sentados de frente um para o outro, eu havia apoiado o pé no banco vazio ao seu lado, e ele havia enganchado os dedos sob a barra do meu jeans, me fazendo um leve carinho, discretamente, sem tirar os olhos de seu livro. Mas eu sabia que ele não estava lendo, ele sorria ligeiramente, com os olhos na página, se regozijando com o modo como eu o olhava.

Não tínhamos planos para Veneza, não havíamos pesquisado nada antes. Mas não importava, só estar lá já era suficiente, entre água capilar e pedra submersa; havia uma espécie de beleza uniforme em tudo, um encantamento generalizado. Cada esquina que dobrávamos deixava R. sem ar, cada igreja em que entrávamos, cada estátua de mármore espumoso feito ondas quebrando, como as involuções do pensamento. Vai se foder essa gente, R. sussurrou enquanto contemplávamos um teto pintado, vai se foder de poder viver num lugar assim. Ele sorria quando o olhei, mas eu sabia que ele estava falando sério, ou meio a sério. Com frequência, ele dizia que tinha nascido no lugar errado; Portugal de merda, ele falava, Algarve de merda, Açores de merda, Lisboa de merda, deveria ter sido tudo diferente, sua vida era toda fodida. Às vezes eu conseguia tirá--lo desse estado de espírito, o beijava e dizia que agora ele tinha uma nova vida, a vida comigo, quem saberia nosso destino, a Europa ou os Estados Unidos, quem saberia que aventuras ainda teríamos pela frente e, às vezes, ele me empurrava para longe ou virava a cara. A gente não escolhe nada, ele dizia, achamos que sim, mas é uma ilusão, somos insetos, ou pisam na gente ou não pisam, simples assim. Quando ele falava desse jeito, não havia nada que eu pudesse fazer, qualquer coisa que fizesse só piorava a situação, se eu ficasse irritado ou triste ou se tentasse fazê-lo sentir a minha própria felicidade, a felicidade que tantas vezes experimentava só de olhá-lo enquanto ele dormia ou lia, ou olhava fixamente para a tela do laptop. Era uma força inabalável, esse ânimo que às vezes se abatia sobre ele, e me preocupei que estivesse se abatendo agora, que fosse obscurecer o resto do nosso dia. Mas não se abateu. Ao sairmos da igreja e virarmos às cegas na próxima esquina, ele me puxou para um nicho e me beijou, meu rosto entre suas mãos. Não acredito que estou aqui, ele disse, é como um filme, estou em Veneza com meu namorado americano. Ele riu. Minha irmã morreria de inveja, ela sempre quis um namorado americano, mas eu consegui primeiro. E saiu andando novamente, me puxando pela mão. Fez isso repetidas vezes, me arrastando para dentro de passagens e becos para me beijar, sempre num lugar um pouco afastado, embora ainda ficássemos à vista, as pessoas que passavam nos encaravam ou desviavam resolutamente o olhar. Um homem velho e corpulento fez cara feia; um jovem casal riu — o que me incomodou mais. R. parecia não notar, mas eu notei, foi uma inversão estranha: aqui ele era o mais aberto e eu andava hiperalerta, sentindo os reflexos do medo embora não estivesse com medo, eu não achava que estava com medo.

Nossa única regra era manter distância das aglomerações dos demais turistas que se moviam em bandos migratórios, seguindo os galhardetes ou as bandeirolas que os guias ostentavam acima da cabeça, pequenos triângulos reluzentes em hastes compridas. Significava perder coisas importantes, mas eu não ligava, elas já estavam com os cantos gastos de tanto serem olhadas, não restava nada para focar a atenção. Eu gostava mais das ruas escuras pelas quais nos embrenhávamos, as passagens estreitas junto aos canais. Mesmo ali havia restaurantes e lojas, nenhum lugar dessa ilha é indiferente aos turistas, o dinheiro de outras partes é o sangue desse lugar. Paramos nas passarelas e olhamos os barcos encapados em ambas as margens dos canais, envoltos em lona, com os cascos de madeira em tons profundos de azul e verde, os reflexos de sombras mais escuras na água. Não era tarde, mas já estava ficando escuro, pelo menos onde estávamos, o sol havia abandonado os becos estreitos a uma penumbra vespertina. Havíamos deixado para trás os grandes *palazzos*, as igrejas; onde estávamos havia sacolas de mercado cheias de lixo ao lado das portas. Aqui é onde vive o povo, disse R., soando como um revolucionário por conta de uma especificidade do inglês. Ele deu uma risada e apontou para a frente, para uma sacola amarela na qual estava escrito BILLA, com as alças vermelhas atadas com um nó. Era o mercado aonde sempre íamos em Mladost, nosso mercado do bairro. Eu sabia que aquela era uma rede grande, que era possível encontrar suas lojas por toda a Europa e, ainda assim, me pareceu um sinal de boa sorte dar com ela aqui.

R. pegou então o guia, com seus mapas inúteis, ele estava com medo de que não houvesse mais luz quando fôssemos ver San Marco. Começou a andar mais depressa enquanto eu ficava para trás, reclamando; dava na mesma, tudo era lindo, tudo era algo que nunca tínhamos visto e que nunca mais veríamos. Mas ele insistia, cada vez mais frustrado pelo mapa recusar-se a se alinhar com as ruas que percorríamos; ele era melhor com os mapas do que eu, mas não muito. Ficou irritado comigo por andar devagar demais e parar com frequência, mas eu queria tirar foto de tudo, das construções, dos canais, da roupa pendurada para secar no ar úmido, da loja de máscaras com sua vitrine de ornamentos grotescos de carnaval, iluminada por trás da grade de metal que tinha sido puxada. R. estava ficando frenético de um jeito que eu não entendia. Vamos perder a luz, ele continuava dizendo, como se fosse um artista imaginando uma cena, quero vê-la antes que não tenha mais luz. Guardei a câmera e apertei o passo, mantive os olhos em R. para evitar me distrair com qualquer outra coisa. E ele a encontrou, finalmente, mais por sorte, acredito, de repente nos viramos e ela se revelou diante de nós, depois das vielas espremidas, a amplitude da praça, mais além, o horizonte de água. R. virou-se para mim, sorrindo, e certamente não foi naquele momento que os sinos começaram a tocar, é um truque da memória encenar as coisas dessa maneira, mas é como eu me lembro, os pássaros levantando voo, todos se voltando para o Campanário, inclusive nós, seu topo reluzindo com os últimos raios de sol. Os vendedores caminhavam pela multidão anunciando brinquedos para crianças, piões que brilhavam em cores de LED enquanto subiam como helicópteros pelo ar. Tudo que havia de novo ali era efêmero, os brinquedos, os turistas, R. e eu; tudo que havia de duradouro era antigo, desgastado pelos olhares e, ainda assim, contemplei fascinado: a basílica secular, os sinos, o leão dourado no pedestal, o mar que tragaria tudo; e vi também por toda parte os livros que eu já tinha lido, de modo que olhe, ali, quase pude me convencer, Aschenbach saindo da água incerta e pisando na pedra.

Eu tinha a mente povoada de coisas inúteis, sempre achei isso, ou inúteis desde a pós-graduação, em que tinham sido uma espécie de moeda de troca, as velhas histórias e fatos perdidos que eram tudo o que restava dos anos em que desejara me tornar um erudito. Os livros que eu havia lido! Mas nas igrejas de Veneza encontrei uso para elas, pude narrar os quadros para R., ou não os quadros, mas as histórias que contavam: José de Arimateia, Maria e Marta, Sebastião acalentando suas flechas. Nas igrejas da Bulgária as pinturas pareciam mais ou menos mudas, mas aqui elas criavam uma história que eu sabia ler e, enquanto lhe contava, via o prazer que R. tirava delas, a maneira como olhava para mim e depois para o quadro, eu adorava presenciar isso. Tenho uma quedinha pelo professor, ele falou, sussurrando, e sorriu aquele sorriso que significava felicidade, o rosto inteiro sorrindo, voltando-se para o quadro, embora eu soubesse que o sorriso era para mim. Mais tarde, de volta a Bolonha, aonde chegamos com o último trem quando todos os restaurantes já haviam fechado — comemos chocolate e sanduíches embrulhados em papel-filme, dividimos uma garrafinha de prosecco, tudo de uma lojinha vinte e quatro horas perto da estação —, ele me pediu para contar mais, não importava o quê. Me conta uma história, ele disse, estirado na cama enquanto eu, deitado ao lado, passava a mão por seu peito e barriga, sentindo seu pau intumescer ao agarrá-lo, me conta outra história.

Acordei algumas horas depois morrendo de calor, sufocado pela roupa de cama. Acendi a luminária ao lado da cama. R. tinha um sono tão pesado que eu nunca precisava me preocupar de acordá-lo nas noites em que não conseguia dormir, quando passava horas ao seu lado lendo ou escrevendo. Mas dessa vez ele acordou, ou meio que acordou, enquanto eu lia deitado com um livro apoiado sobre a barriga; ele se virou para mim e enlaçou o braço no meu antes de cair no sono de novo, com o rosto encostado no meu ombro. Fiquei um bom tempo olhando para ele antes de voltar ao livro. Eles podiam preencher uma vida inteira, pensei, surpreso por ter tal pensamento, esses momentos que me invadiam de ternura, que tinham mudado a textura da existência para mim. Nunca havia pensado em nada assim antes.

No início eu queria fazê-lo rir, eu disse aquilo quase como uma piada. Precisávamos rir: tinha sido difícil voltar para Sófia depois daqueles dias na Itália, continuava nevando, mas quando chegamos à cidade, já estava cinza outra vez, as férias tinham acabado, os carros espirravam uma lama negra dos pneus. E era sua última noite no meu apartamento; de manhã ele juntaria suas coisas e retornaria a *Studentski grad*, seus amigos chegariam à tarde. Voltaríamos aos nossos arranjos incertos, e-mails e encontros que ele poderia cancelar na última hora ou sem nenhum aviso, essas eram as condições, não eram negociáveis. Ele odiava aquilo, falou, não queria voltar a se esconder e, ao longo do dia, seu temor foi crescendo e ficando mais sombrio, tingindo tudo, até que à noite ele mal podia falar, havia se encolhido em si mesmo como às vezes fazia; era difícil para mim acessá-lo, ter algum efeito sobre ele. Vimos um filme sentados no sofá, não me lembro o que era, algo alegre, romântico, embora ele quase não tenha rido. Nunca assistíamos mesmo a filmes juntos, era sempre só um pretexto, começávamos a nos beijar e nos acariciar e depois esquecíamos o filme, mas dessa vez mal consegui que correspondesse a meus beijos. Finalmente, ele deixou que o tirasse do sofá, fechei o computador e o arrastei, com alguma resistência, ao quarto. Lá ele resistiu menos, de pé ao lado da cama, abriu a boca para mim, deixou que o puxasse e pressionasse a pélvis contra a dele. Levantou os braços para que eu tirasse sua camiseta e senti o clima mudando, se abrandando à medida que a passividade dele virava quase um jogo, sua passividade e minha insistência ao lutar com a fivela do cinto, o botão do jeans; eu o sentia quase sorrindo enquanto o beijava, e ele passou a corresponder mais a meus beijos, sua língua pressionando a minha. Baixei a calça e a cueca dele, interrompendo nosso beijo para me ajoelhar e empurrá-las até seus tornozelos enquanto ele dobrava as pernas para se libertar das roupas, beijando seu pau, que ainda não estava duro, uma vez só antes de voltar a ficar de pé. Ele foi me beijar de novo, mas me afastei, empurrei-o, não com força, ele poderia ter resistido, mas não resistiu, caiu para trás na cama. Na nossa cama, pensei, que era o que tinha se tornado naqueles dias, não um lugar solitário, mas um lugar que pertencia a nós dois, um lugar repleto de amor; era algo que eu podia pensar comigo mesmo, mas não dizer em voz alta. Prontamente arranquei a minha roupa e me lancei sobre ele, o que o fez recuar e rir, apenas uma vez e como contra a sua vontade. Eu me sustentei sobre as mãos e quando ele aproximou as suas para apoiá-las contra meu peito, eu as agarrei, primeiro uma e depois a outra, e as segurei acima de sua cabeça. Ele reagiu com um ruído, um grunhidinho, interessado e interrogativo, enquanto eu me atirava contra ele, seu pau agora mais duro, o meu totalmente rijo. Aproximei meu rosto do dele, mas me esquivei outra vez de seu beijo, provocando-o, e em vez disso beijei sua clavícula, primeiro de um lado e depois do outro, e a seguir a parte interna de seu braço, logo abaixo do cotovelo, onde eu sabia que ele tinha cócegas, e lambi sua axila, lentamente, porque eu amava seu gosto, primeiro a direita e depois a esquerda, e ele voltou a grunhir. Seu pau estava mais duro, ele pressionou os quadris contra os meus, mas levantei meu corpo além de seu alcance. Ele gemeu de frustração, tentou soltar as mãos, mas eu as segurei firme; *Porta-te bem*, eu lhe disse, e aí sim o beijei, coloquei a língua em sua boca e ele a sugou com força, me saboreando, mas também saboreando a si mesmo, era o que ele amava, o próprio gosto na minha boca. Interrompi o beijo e mergulhei a cabeça em seu peito, beijando primeiro um mamilo e depois o outro, coisa que ele na verdade não gostava, apenas tolerava, e para ir mais longe precisei soltar seus pulsos, mas não fez diferença, ele os manteve obedientemente acima da cabeça. Beijei suas costelas e depois sua barriga, sempre de um lado e depois do outro, mantendo um padrão simétrico, mantendo-o também em sua pélvis, pressionando meus lábios em seu quadril direito e depois no esquerdo, mas evitando seu pau com um movimento rápido. Ele fez um som de queixa, mas manteve os braços onde eu os havia deixado, ainda jogando nosso jogo. Ele se contorceu um pouco quando beijei o interior de suas coxas, era sensível ali também, mas não tentou me impedir, estava se comportando bem, estava me deixando fazer o que queria. Mas eu não tinha bem certeza do que queria, ou o que eu queria tinha mudado. Pensava que queria fazê-lo rir, que, depois disso, queria sexo, mas não queria sexo, percebi, ou não apenas sexo. Tinha deixado meus joelhos escorregarem para fora do colchão enquanto descia, logo estava de joelhos no chão aos pés da cama. Ele estava relaxado, mais ou menos, as pernas estavam esticadas, os pés caídos para os lados, mas seu corpo inteiro ficou tenso quando meus lábios tocaram a sola de seu pé, que ele recolheu no mesmo instante, precisei agarrá-lo e trazê-lo de volta para mim. Ele também tinha cócegas naquela região, não gostava que o tocassem ali. Havia sido um limite estabelecido desde cedo, quando ficou claro que eu era mais ousado no sexo, que a paleta de coisas que me excitava era mais ampla; espero que você não curta esse tipo de coisa, ele havia me dito, rindo, é nojento, não quero que você curta isso. Era uma diferença entre nós, que menos coisas me causavam aversão, que eu podia ser indiferente a algo e ainda assim me entregar àquilo para o prazer do meu parceiro. Era o que ele fazia agora, acho, quando me deixou trazer o pé de volta para mim, segurá-lo com ambas as mãos enquanto beijava outra vez a sola, o arco e depois as bases dos dedos, de cada um deles e, depois, os próprios dedos. O que você está fazendo, ele perguntou, e não pude responder, eu não sabia ao certo o que fazia enquanto tomava o outro pé nas mãos e repetia o que tinha feito com o primeiro. Estava me movendo lentamente, o tom tinha mudado; eu não queria mais fazê-lo rir, não sabia o que queria que ele sentisse. Beijei seus tornozelos em seguida, em três pontos, de fora para dentro, da direita para a esquerda na perna direita, da esquerda para a direita na esquerda, e esse seguiria sendo meu padrão. *Skups*, R. disse, uma pergunta implícita na forma como falou seu apelido para mim ou nosso apelido um para o outro. Mas não respondi, prossegui com outra série desses beijos, um pouco mais para cima que a primeira, e depois mais outra; eu o cobriria de beijos, era o que eu queria fazer, e o faria mesmo que já notasse a impaciência de R., mesmo quando outra vez ele disse *Skupi*, e então, não seja cafona, que era sua advertência diante do excesso de carinho, diante da minha exorbitância de sentimento. Eu o ignorei, subindo mais alguns centímetros. Levaria muito tempo, percebi; quando você imagina algo desse tipo, não pensa em quanto tempo vai levar, em como um corpo é grande, em como um par de lábios é pequeno. Mas eu faria isso, decidi, uma espécie de fleuma havia me dominado, uma paciência extensa e estranha na qual me afundei. Enfileirei beijos por seu corpo, panturrilhas e joelhos, coxas, a carne firme ao centro e tenra dos lados. Eram lugares que eu nunca havia tocado antes, alguns deles, e isso deu gravidade ao momento, mais gravidade; sussurrei Eu te amo enquanto o beijava e, dois beijos depois, sussurrei novamente, o que se tornou um novo padrão, sussurrá-lo repetidas vezes. Seu pau estava mole quando o alcancei, assim como o meu, não havia notado até então. Quase o pulei, beijando a parte superior de sua coxa à direita e depois à esquerda, mas não o ignorei, beijei-o também, pois eu tinha beijado o resto de seu corpo, e novamente disse as palavras que, de algum modo, se tornavam mais reais com a repetição. Normalmente, as palavras se desgastam quanto mais você as usa, tornam-se inócuas, maquinais, e isso se aplica às palavras que eu repetia a R.; mesmo em nosso relacionamento, que ainda era tão recente, elas tinham perdido a maior parte de seu sabor. Eu me lembrei do medo que havia experimentado na primeira vez em que as disse para ele, semanas antes, quando tinham toda a força; estava realmente aterrorizado, não tanto que não fossem ser correspondidas (não foram, passariam dias antes que ele as repetisse), mas que o assustassem, que ele se sobressaltasse como a criatura selvagem que eu às vezes sentia que ele era. Mas agora nós as dizíamos com frequência, quando nos separávamos um do outro e nos reencontrávamos (mesmo que tivéssemos apenas deixado o quarto, separados apenas por alguns minutos). Mas repetir as palavras não as enfraqueceu, colocou-as de alguma forma em alerta, a serviço, as restituiu, e elas se tornaram outra vez difíceis de serem ditas; eu me vi quase incapaz de falar enquanto sussurrava no silêncio de R., beijando a carne macia de seu ventre, a carne mais firme sobre as costelas, os mamilos e a faixa de pelo no meio do peito, a clavícula, a pele esticada da garganta. Seus braços ainda estavam levantados, mas ele dobrara os cotovelos, cruzando os antebraços sobre o rosto. Beijei suas axilas novamente, as partes internas expostas dos braços e (eu estava de joelhos, cada um deles a um lado de seu torso) agarrei seus braços e os afastei do rosto. Ele não havia emitido um som sequer durante todo aquele tempo, quinze ou vinte minutos que levei para subir por seu corpo, nada desde meu apelido em forma interrogativa, a advertência que ignorei; não houvera nenhuma mudança em sua respiração, ou nenhuma que eu houvesse notado, e então me surpreendi ao ver as lágrimas em seu rosto, duas linhas que desciam em direção às orelhas, ele não as havia enxugado. Ele não tentou escondê-las quando movi seu braço, ou tentou apenas virar ligeiramente o rosto, como se não quisesse encontrar meu olhar (embora seus olhos estivessem fechados, não havia nenhum olhar para ser encontrado). Eu me detive, querendo falar, perguntar o porquê delas, das lágrimas, mas eu sabia o porquê, e pairei sobre ele um instante antes de continuar a beijá-lo, a linha de seu maxilar, o queixo, a bochecha e os lábios, que não respondiam aos meus, que sofriam por serem beijados, as orelhas, os rastros das lágrimas, os olhos. Era uma espécie de escudo dele, do seu corpo, eu te amo, sussurrei repetidamente. E, então, quando tinha colocado a última linha na testa dele — uma guirlanda, eu pensei, eu o havia coroado — você é o mais lindo, eu disse, você é meu menino lindo, ele levantou os braços e me puxou contra si, me abraçando forte. Você que é, ele sussurrou para mim, você que é, você que é.

Eles usaram algum tipo de combustível, com certeza, de modo que, quando as três crianças tocaram suas tochas nele (com o corpo reclinado, o mais afastado possível do fogo), a chama disparou madeira acima, da base até a ridícula coroa, o sapo inteiro ardeu em chamas. E com isso veio uma enorme explosão de sons, buzinas, matracas e pequenas sinetas que as crianças tilintavam e, acima delas, todas as vozes humanas, a multidão celebrando tanto a fogueira quanto o Ano-Novo, que acabava de começar. Havia centenas de pessoas na praça, aglomeradas perto das barricadas de madeira que as mantinham à distância do fogo, mas mais espalhadas perto das margens, onde estávamos; ali havia espaço para as pessoas brindarem, com vinho em copos de plástico ou em garrafinhas de vidro como aquelas que R. havia nos comprado, prosecco com tampa de rosca. Depois de bebermos, eu me inclinei para ele e encaixei seu rosto na minha mão e nos beijamos. Mexi a boca de uma maneira que ele gostava, beijando primeiro o lábio superior e depois o inferior antes de me afastar, colocando meu braço ao redor dos seus ombros. E, enquanto a estátua queimava — era enorme, levaria muito tempo para ser consumida pelo fogo —, ouviu-se outro som, uma salva de bateria e um estrondo de guitarras, e na sequência holofotes iluminaram a ponta mais afastada da praça, e a multidão fez outro alarido ao mesmo tempo que se deslocava rumo ao palco onde a banda começava a tocar, quatro garotos magrelos curvados sobre seus instrumentos. Havia um teclado, além das guitarras e da bateria, era um som estilo americano, pensei, que contrastava com os edifícios de pedra ao nosso redor, com o fogo pagão. R. e eu ficamos parados enquanto a multidão se diluía; não pensávamos em ficar, estava frio e a banda não era grande coisa, assistiríamos à fogueira um pouco mais e depois regressaríamos ao hotel. R. se afastou de mim de repente e meteu a mão no bolso do casaco, tirando o pacote de uvas-passas que havia comprado antes, com o vinho. Quase esqueci, ele falou, é quase tarde demais. Ele me entregou sua garrafa e tirou uma das luvas para conseguir abrir o pacote. Me dá a mão, ele disse, e coloquei as garrafas no chão e a estendi para ele, tirando a luva como ele pediu, e ele contou doze passas, depositando-as na palma da minha mão numa única fileira desde o pulso até a ponta do dedo do meio, depois contando outras doze para si mesmo. Era a tradição portuguesa, ele tinha me contado, uma passa para cada mês do ano que tinha passado, um desejo para cada mês do ano que estava por vir. Ele olhou para mim e sorriu, *Skups*, falou, *feliz ano*, e nos beijamos novamente. Ele comeu tudo de uma vez, atirando-as na boca e vestindo a luva antes de se abaixar para apanhar sua garrafa e virar-se para contemplar a fogueira. Mas não olhei para a fogueira, mantive os olhos nele, embora estivesse frio e quisesse já estar no hotel com ele, no calor da nossa cama. Não tive pressa, coloquei as passas na boca uma de cada vez, fazendo um desejo para cada uma, ainda que todos os meus desejos fossem o mesmo desejo.

Uma despedida

Houve um momento, enquanto o pequeno e velho táxi fazia outra curva fechada em alta velocidade, no qual, subitamente à nossa esquerda, pudemos avistar de uma só vez as três colinas de Veliko Turnovo, as casas da velha cidade agarradas aos terraços, o rio Yantra serpenteando abaixo. Havia sido exatamente assim que vira a cidade quando a visitei um ano antes, e agora R., que ia sentado ao meu lado no banco de trás, respirava fundo, maravilhado diante dela. Seus dedos encontraram os meus quando eu lhe estendi a mão sobre o assento, e continuamos a contemplá-la com as mãos entrelaçadas, abrigados do olhar do motorista, livres do peso da incerteza ou tristeza que tínhamos carregado no trem de Gorna Oryahovitsa, uma pressão que quase parecia ser causada pelas árvores que se aglomeravam ao longo dos trilhos, os galhos compridos roçando o vidro embaçado do nosso vagão. Estávamos em meados de agosto, quase no final do verão; R. partiria em breve. Ele havia voltado para Sófia em maio, logo após terminar a graduação em Lisboa, e nossa ideia era que ele ficasse, embora fosse um sacrifício para ele trocar sua cidade ébria de sol, com seu rio e suas avenidas e seus azulejos, por uma cidade que mesmo em pleno verão conservava o aspecto cinzento, como um animal de alguma forma desconfiado da estação, relutante em trocar de pelagem. Mas R. rapidamente se deu conta do pouco que havia para ele em Sófia, onde não tinha amigos nem parentes, e onde, sem saber a língua, não havia quase nenhuma perspectiva de trabalho, e, assim, o que tínhamos pensado como o início da nossa vida real, acabou se convertendo em férias prolongadas, culminando nessa última viagem juntos antes que ele voltasse para casa.

A estrada fez uma curva em direção à cidade, seguindo o rio, e nós dois voltamos nosso olhar para a água. Vínhamos de Rousse, uma cidade três horas ao norte, onde finalmente pude conhecer o Danúbio, o primeiro rio que eu encontrava na Europa com uma dimensão similar àqueles junto aos quais eu havia crescido nos Estados Unidos. A cidade não tinha o que se poderia chamar de orla fluvial, apenas uma faixa solitária de grama que parecia uma mancha vazando do maior prédio local, um hotel da era soviética que montava guarda na margem. O rio estava cheio pelas chuvas de verão, e contemplamos seu imenso volume deslizar silencioso, observando também as andorinhas girando acima de nós no ar escurecido; e, logo depois, o rio passou a ser algo que mais sentíamos do que víamos, na escuridão ele era indistinguível da mata na margem romena. Não havia nada de impressionante no Yantra, um rio estreito e tão raso em alguns lugares que mal parecia cobrir seu leito; mas havia algo de dramático na forma sinuosa como cortava a terra, em certo ponto quase que se enrolando em si mesmo e ziguezagueando entre as colinas que conferiam à cidade tanto seu caráter quanto seu propósito. No topo da maior dessas colinas estavam as ruínas irregulares de Tsarevets, a principal atração de Turnovo, uma fortaleza medieval capturada pelos otomanos cinco séculos atrás, um símbolo da antiga grandeza que é, ao mesmo tempo, fonte de orgulho e sombra que se projeta sobre o presente.

Uma vista de Tsarevets, e do resto da cidade a partir de uma colina vizinha, era o principal atrativo do hotel onde o táxi nos deixou. Era um bom hotel, custava mais do que eu normalmente estaria disposto a pagar, mas seu luxo era como um gesto grandioso esquecido, o quarto amplo com uma linda vista, repleto de móveis e roupas de cama em diversos estágios de deterioração. Mesmo assim, sentimos uma pequena faísca de felicidade ao adentrá-lo; R. jogou as malas no chão e subiu na cama, pulando nela várias vezes, e ri com ele, embora percebesse, à margem daquilo que sentíamos, um temor pairar. Era um hábito meu, me precipitar em direção a um final uma vez que pensava avistá-lo, como se o ato da perda fosse mais suportável que a probabilidade dela. Não queria que isso acontecesse com R., lutei contra o sentimento; valia a pena lutar por ele, pensava, assim como pela pessoa que descobri ser ao seu lado. Então R. parou de pular e ficou de pé na borda do colchão, abrindo bem os braços, e me aproximei dele para a segunda metade do nosso ritual de boas-vindas nesses lares temporários; e enquanto rodeava sua cintura com meus braços e apertava meu rosto contra seu peito, senti uma onda de alívio, o desprendimento de algo que estava cada vez mais apertado.

Saímos pouco depois, as malas ainda por desfazer, e começamos a explorar a cidadezinha. Não era como as outras cidades turísticas da Bulgária; nas lojas havia artesanato entre os souvenires fabricados em série e, no centro antigo, com as ruas vertiginosas flanqueadas por casas do Despertar Nacional, a princípio recém-reformadas mas cada vez mais decrépitas à medida que subíamos, havia lojas de artesãos nas quais homens e mulheres levantavam esperançosamente a vista de seu trabalho e diziam *zapovyadaite*, bem-vindos, entrem, a todos que passavam. Um ano antes, a cidade estava abarrotada de turistas, com ônibus manobrando pelas ruas minúsculas e malas empilhadas nos lobbies; mas agora havia poucos visitantes, talvez porque a temporada estivesse já no final e o litoral os houvesse atraído, de modo que nos encontrávamos muitas vezes sozinhos enquanto subíamos as ladeiras íngremes, os paralelepípedos se deslocando sob nossos pés. Uma mulher estava em frente à sua loja e nos chamou, acenando tão fervorosamente que teria sido difícil recusar. Olhei para R., que deu de ombros, e fomos até ela. No início, ela falou conosco em inglês, mas ficou visivelmente aliviada quando respondi em búlgaro. Meu marido fala inglês perfeitamente, ela disse, mas ele e meu filho vão passar o dia todo em Sófia, me deixaram aqui sozinha. O lugar onde ela nos recebeu era lindo, uma casa de dois andares de pedra e madeira, com canteiros de cimento transbordando de flores na soleira. O térreo servia de galeria, as paredes estavam lotadas de quadros quase até o teto; alguns não pendurados, apoiados contra as paredes dentro das molduras. Fiquei impressionado com a quantidade, por um momento não sabia nem para onde olhar. Por favor, disse a mulher, deem uma volta, há mais nos outros cômodos, e ela gesticulou em direção a uma porta aberta à direita. Todos foram feitos por nós, ela explicou, somos pintores os três, e após minha discreta interjeição de interesse, nos formamos na Academia de Belas-Artes em Plovdiv, meu marido e eu, e agora nosso filho estuda em Sófia, na melhor instituição.

R. foi se afastando enquanto ela falava, voltando a atenção para as paredes. Ela começou a nos contar sobre as pinturas, feliz por ter uma plateia; fazia pausas entre as frases para que eu as traduzisse, embora eu nem sempre fosse capaz de seguir o que ela dizia. Observando as paredes, era fácil distinguir os três artistas: suas próprias pinturas eram abstrações pálidas; os nus femininos luminosos, do filho. O trabalho do marido era mais amplo e impactante, pintado no estilo angular da arte da era socialista. Quase toda arte pública de Sófia era desse tipo, que me agradava, mais ou menos, apesar de meus amigos búlgaros fazerem cara feia para minha admiração. *Mnogo sots*, eles diziam, socialista demais, não apenas os murais e monumentos, mas também a música, os filmes e livros, descartando de uma só vez gerações inteiras. Os maiores quadros da sala principal formavam uma série, cada um deles apresentando uma figura central com uma lira, o pescoço curvado para ela como se estivesse tocando só para si mesmo. Esse é Orfeu, disse a mulher, você conhece a história? Eu conhecia, havia lido Ovídio na escola, e quando lhe contei isso seu rosto ganhou vida e se iluminou. Que maravilha, ela disse, e, em seguida, ele era daqui, vocês sabem, era búlgaro, vocês podem visitar o túmulo dele no Sul. Emiti um som de interesse educado, já tinha ouvido aquilo antes, e sabia que para muitas pessoas aqui a nação espiritual ainda era definida por suas fronteiras mais extensas, *Bulgaria na tri moreta*, a Bulgária dos três mares, quando chegou, por um breve momento, a abranger toda a Trácia. Traduzi isso também para R. e, como ele não conhecia a história, fiz um resumo: o casamento e a serpente, a descida, as árvores que se desarraigaram para poder dançar, e então (embora isso não estivesse nos quadros) as bacantes, a matança, a cabeça cantando no caminho para Lesbos. Avançamos devagar, respeitosamente, por cada uma das salas e, na última, a mulher nos conduziu a uma escada estreita que levava ao andar de baixo. Era íngreme demais para ela, explicou, e não nos seguiu, mas não tenham pressa, olhem o que quiserem. As tábuas de madeira fizeram ruídos alarmantes ao descermos, e me apoiei na parede para buscar equilíbrio; no meio do caminho, R. botou a mão no meu ombro, como se eu o estivesse guiando através da escuridão. O porão era dividido tal qual o andar acima dele, mas estava inacabado; o chão era de concreto, o espaço iluminado por lâmpadas nuas pendendo de fios. As paredes estavam ainda mais febrilmente abarrotadas de quadros, pendurados ao acaso, onde quer que houvesse espaço, sem nenhuma coerência. Numa das salas havia uma pilha de telas amontoadas uma em cima da outra, várias colunas que chegavam quase ao teto, e me detive diante delas enquanto R. explorava os outros cômodos. Era ali que eles guardavam as pinturas que não vendiam, imaginei; ficavam expostas no andar de cima por um tempo e depois se mudavam para cá para abrir espaço. Havia centenas, o suficiente para o trabalho de uma vida, de várias vidas. Era uma espécie de pilha de lixo, pensei, ou poderia muito bem ser; os quadros estavam ali, juntando poeira e mofo, jamais voltariam a ser vistos. Estavam enterrados, junto com as horas e os dias gastos para serem feitos, o esforço. Temos a ideia de que as coisas que fazemos vão perdurar, mas nunca é o caso, ou quase nunca; nós as fazemos e lhes damos valor por um certo tempo, mas então elas são removidas. Não há nada de metafísico nisso, pensei enquanto olhava para aquele monte de lona e tinta; era como um processo automático, quase biológico, uma espécie de excreção, não havia nenhum significado nisso, não se reivindicava nenhum futuro. E é claro que pensei nas páginas que numero e empilho como aquelas pinturas, nas coisas que fiz, tão árduo e ardente tinha sido o esforço, pensei, embora contar pedras teria sido o mesmo que páginas, teria sido o mesmo que empilhar grãos de areia. Repeti as palavras para mim mesmo, ardor e arduidade, impactado, como outras vezes, pela falsa equivalência entre elas; fiquei dando voltas nelas sem nenhum propósito, não se pode nem chamar de pensamento, até que, como se por sua própria engendração, aparecesse entre ou contra elas uma nova palavra, adubo, as três ligadas e emaranhadas, consequência e causa, e então R. surgiu por trás de mim e colocou a mão no meu pescoço, puxando meu rosto de frente para o seu.

Eu me afastei dele após um instante. Vamos, falei, pegando sua mão e puxando-o em direção à escada; queria escapar da casa e do peso que a enchia. Quando emergimos do porão, encontramos a mulher esperando por nós na sala principal, com um ar esperançoso, parada ao lado da mesa de vidro que servia de balcão. Sua postura murchou um pouco ao ver que voltávamos de mãos vazias, algo como uma onda recuando, embora seu sorriso não tenha vacilado ao nos perguntar se algo do que vimos tinha agradado. Ah, sim, eu disse, muito, muitas coisas maravilhosas, como se tentasse me redimir pelos pensamentos que acabara de ter. Não parecia correto sair correndo depois de ter passado tanto tempo ali, e perguntei se ela tinha um cartão, comentando que adoraríamos visitar o estúdio que eles mantinham em Sófia. Não tinha, ela disse, mas tirou uma folha de papel de uma gaveta e escreveu com uma bela caligrafia cirílica um endereço que prometemos visitar. Ela continuou sorrindo enquanto o entregava para mim, mas percebi que não acreditava no que eu havia dito; seu olhar tinha desfocado, ela já o tinha voltado para a rua vazia atrás de nós.

Uma vez lá fora, quis contar a R. por que tinha precisado sair tão de repente, mas quando comecei a falar o que havia sentido me pareceu ridículo, desproporcional, e deixei para lá. Já era final de tarde, e voltamos para a parte mais movimentada da cidade. Não tínhamos planos para a noite e, enquanto andávamos, fiquei de olho nas paredes dos prédios que ladeavam a rua, lotados de cartazes de shows, exposições e peças de teatro, um número surpreendente para uma cidade tão pequena, pensei, cartazes colados por cima de cartazes, protuberando como gesso das paredes. A maioria deles era de espaços pequenos, clubes e cafés, mas também havia uma série de apresentações que aconteciam dentro dos muros da fortaleza em ruínas; o palco das eras, assim o chamavam, sinfonia e ópera e balé. Havíamos deixado para ir a Tsarevets de noite, de qualquer maneira; seria brutal ir de dia, expostos ao sol e quase sem sombra à vista. Vi que haveria um espetáculo naquela noite, membros da Ópera e Balé de Sófia apresentando *Lakmé*, a ópera de Delibes. Nunca a havia visto ao vivo, comentei com R., mas foi a primeira ópera que tive em CD, dois discos que toquei um sem-número de vezes. Era como uma porta se abrindo para minha adolescência, senti, uma oportunidade de compartilhá-la com ele e, de repente, me pareceu importante que fôssemos, Por favor, pedi, podemos ir, por favor, surpreendendo a ambos com minha insistência. Ele nunca tinha ido a uma ópera na vida, mas estava disposto; seria uma nova experiência, ele disse, estava ávido por novas experiências.

Almoçamos tarde num restaurante perto do hotel. Estava quase vazio, apenas alguns homens solitários bebericavam suas cervejas, embora o ar ainda estivesse carregado da fumaça da agitação vespertina. Os janelões da parede dos fundos ofereciam a mesma vista do nosso quarto, e R. e eu nos sentamos numa mesa ao lado de um deles, olhando para as casas aglomeradas nas colinas. Elas já devem ter sido magníficas, pensei, tinham três ou até quatro andares; as mais imponentes se erigiam bem na beirada da rocha, com as paredes rentes ao penhasco. A maioria das fachadas era branca, e elas cintilavam onde o sol as tocava, as janelas fechadas contra o calor, mas também havia outras cores, os amarelos vivos e os azuis e vermelhos do Despertar Nacional. Eu teria medo de morar lá, R. confessou, parece que as casas vão simplesmente despencar montanha abaixo. Murmurei uma resposta e ele riu. Você ama isso, né, ele falou, você sempre gosta dos lugares tristes. Então ele se levantou da cadeira para ter uma visão da encosta da nossa própria colina, em direção às margens do rio. Olhe, ele disse, e apontou para um conjunto de casebres que pareciam quase abrigos temporários entre as árvores que enchiam o vale, com paredes feitas de blocos de concreto e telhados de metal corrugado. Você acha que alguém mora ali, ele perguntou, e respondi que sim, dava para ver um jardim e um quintal minúsculo com espaço apenas para a mula que ele abrigava. Para que eles precisam de um cavalo, R. indagou, e então ele mesmo respondeu, talvez seja onde os ciganos vivem. Voltou a se sentar, já desinteressado, mas eu ainda segui olhando para aquela casinha à sombra das árvores e não muito longe do rio, onde deve fazer frio, pensei, mesmo nos dias mais quentes. Quando me virei de novo para ele, R. me observava, dobrando a borda do guardanapo para cima e depois alisando-a novamente para baixo. Você está triste, perguntou, e encolhi os ombros, sem saber dizer se estava. Olhei de volta para a janela, não mais para as casas, mas para as colinas florestadas além de Tsarevets, que pareciam quase imaculadas, exceto por um cume onde letras graúdas de um outdoor diziam TECHNOPOLIS, uma rede de lojas de eletrônicos. É a única coisa que podemos fazer, né, disse R., é a única coisa que faz sentido. Aquela era uma conversa que havíamos tido muitas vezes nas últimas semanas, e como ele já sabia o que eu pensava, não respondi. O garçom veio naquele momento trazendo a pizza que tínhamos pedido. Você não acha, R. perguntou assim que ele saiu, e hesitei antes de responder, olhando para o pedaço de pizza que tinha sido servido, sem ainda levantá-lo do prato. Não sei, falei finalmente, não sei se é a coisa certa. E, depois de uma pausa, mas não é a única, continuei, você sabe, você sabe que pode ficar, talvez a gente esteja desistindo rápido demais. Eu teria continuado falando, mas R. me cortou, fez o barulhinho de irritação que eu já esperava, estalando a língua. Mas nós já tentamos, disse, e não posso viver aqui. Eu ia passar o dia todo sozinho, esperando você voltar para casa, jogando no computador, isso não é vida, falou, não dá para sermos felizes assim. Comecei a dizer que ele faria amigos, que poderia continuar procurando emprego; havia call centers que buscavam idiomas europeus, com português e bom inglês ele poderia encontrar alguma coisa num deles. Ou ele poderia fazer algum curso, falei, ele poderia seguir estudando na escola de *Studentski grad* onde havia passado um semestre. Você poderia ficar, eu disse, você poderia fazer uma vida aqui, você não teria que ficar só sentado em casa. Mas não fui capaz de colocar muita energia no que dizia; ele já havia tomado uma decisão, qual era o sentido de falar? Eu te amo, falei, nós nos amamos, deveria ser o suficiente, embora ao dizer isso soubesse que era injusto.

R. estava até então me olhando, mas baixou os olhos. Ele levou a mão ao rosto e curvou a cabeça, estendendo os dedos como se fosse passá-los pelo cabelo, que até alguns dias atrás era longo, antes de raspá-lo a um ou dois centímetros de altura. Ele esfregou o couro cabeludo algumas vezes e depois deixou cair a mão de volta na mesa. *Skupi*, disse, seu tom me implorando por algo, não sei, e se não der certo quando eu for embora, talvez seja essa a chance e eu esteja estragando tudo, disse, talvez eu só tenha uma chance de ser feliz. Estou fazendo errado, ele perguntou, olhando para mim, me diga o que tenho que fazer. Seus olhos encontraram os meus, e senti que ele realmente queria que eu escolhesse por ele, que ele aceitaria a decisão que eu tomasse; posso dizer sim a ele, pensei, posso dizer sim, fique comigo, posso sustentá-lo aqui. As palavras estavam na ponta da língua, cheguei até a tomar ar para dizê-las, mas não consegui falar, e baixei de novo os olhos para o prato. Teria violado algo ao pronunciá-las, sua liberdade, suponho, a escolha que ele estava prestes a delegar. Você tem que decidir, finalmente falei, eu não posso te dizer o que fazer.

Ele olhou pela janela, assentiu e depois se virou para trás. Bom, disse, nós já decidimos, não é mesmo, já compramos a passagem, mudar de ideia agora seria burrice. Além disso, ele continuou, não vamos desistir, vamos dar um jeito para que dê certo, você vai a Lisboa quando estiver de férias, e no inverno tem a feira de empregos em Londres, você vai encontrar alguma coisa. Eu estava procurando trabalho como professor numa cidade onde ele gostaria de morar, em algum lugar ao norte, num lugar limpo, segundo ele, um país onde as coisas funcionavam como deveriam. Mas achar um trabalho era difícil, e era difícil para mim acreditar que R. encontraria nesses países, em qualquer país, a vida que ele acreditava desejar. Embora não fosse a maneira correta de dizer, pensei, ele não tinha uma vida específica em mente, algo pelo qual poderíamos lutar juntos; ele agia como se a vida fosse algo que o encontraria, em alguma cidade que ele ainda não conhecia. Ainda assim, fingi ter certeza, tanto para mim quanto para ele, de que iríamos achar uma solução, eu confirmei, claro que iríamos, nós pertencíamos um ao outro, eu era dele.

Enquanto subíamos a colina até a fortaleza depois de comer, quase pude sentir os séculos se desprenderem, revelando um mundo cuja brutalidade estava exposta nos muros levantados para resistir a ela. Do jeito que as coisas estão hoje em dia, é difícil imaginar o país que poderia construir uma coisa assim, comentou R. quando compramos nossos ingressos e começamos a caminhar pela longa faixa de pedra que levava à fortaleza, parando para olhar para a enorme estrutura quadrada dos portões que no passado teriam barrado nosso acesso. Não estávamos sozinhos na rota que ascendia à colina; havia outros também, casais na maioria, alguns deles trajados de modo que me fazia sentir malvestido, as mulheres andando cuidadosamente com salto alto sobre o solo pedregoso. Além das placas ocasionais e de algumas escadas de madeira que permitiam o acesso às ruínas, havia pouco que pudesse nos distrair enquanto caminhávamos pelo terreno irregular que circundava as grandes rochas e as ruínas dos muros. Quando passamos por um desses muros, surpreendemos três homens conversando, vestidos com trajes medievais, dois seminus e musculosos em túnicas de couro, e um terceiro usando uma espécie de tecido camponês. Eles arrancaram os cigarros da boca e se empertigaram, um dos homens mais corpulentos desenrolou seu chicote; mas logo depois, vendo nossa falta de interesse, voltaram a se apoiar contra a pedra, totalmente contemporâneos com aquelas roupas estranhas. Num primeiro momento pensei que poderiam ser da ópera, membros do coro esperando para entrar em cena, mas os figurinos não estavam certos, e me dei conta de que deveriam estar atuando em alguma reconstituição histórica para turistas, soldados otomanos e um camponês búlgaro. De qualquer forma, lembravam as imagens dos livros que me davam ideia da história do lugar, um conjunto de volumes ilustrados, quase histórias em quadrinhos, uma história infantil da Bulgária povoada de representações claramente delineadas de invasores bárbaros e mães em lágrimas, vilões e vítimas. Havia várias versões da história, eu sabia; em algumas, os búlgaros eram valentes, em outras, selvagens e cruéis, resistindo meses a fio contra forças esmagadoras, cedendo terreno centímetro a centímetro. Não há como chegar à verdade de tais coisas, elas estão tão longe no passado, embora quase todas as pessoas que eu conhecesse falassem da queda dos Tsarevets em 1393 como se fosse um luto pessoal. Eu odeio os turcos, a mulher que corta meu cabelo sempre encontra ocasião de dizer toda vez que sento em sua cadeira; desculpa, mas nunca vou conseguir perdoá-los, são um povo terrível.

Chegamos ao topo da colina, onde a atmosfera medieval era quebrada por dois grandes caminhões estacionados perto das ruínas, ambos estampados com SOFIISKA NATSIONALNA OPERA I BALET nas cirílicas maiúsculas dos pronunciamentos governamentais. Tendas haviam sido montadas para vender vinho e refrigerantes, e elegantes cadeiras dobráveis brancas estavam dispostas em plataformas de madeira em frente ao palco, onde homens vestidos com figurinos faziam também as vezes de ajudantes de palco, preparando cenário e adereços. Alguns vasos com plantas e um pano de fundo pintado esboçavam a ideia de floresta, enquanto um complexo andaime de madeira escalava o muro medieval, no topo do qual uma grande estátua de Ganesh estendia seus múltiplos braços. Tentei assimilar tudo aquilo enquanto R. folheava o programa: as ruínas, os caminhões da era socialista, o refinamento europeu do público, os cenários do século XIX, o olhar sereno do deus antigo; era como um palimpsesto sem texto original, apenas camadas infinitas se descamando, e senti um calafrio repentino de vertigem, como se o chão pudesse se abrir debaixo dos meus pés.

Fiquei surpreso com a quantidade de público presente para assistir a uma ópera de verão numa cidadezinha, e uma ópera que não fazia exatamente parte do repertório padrão. R. não sabia nada sobre ela, é claro, e enquanto esperávamos a apresentação começar, ouvindo os sons de aquecimento da orquestra invisível, um eventual instrumento de metal limpando a garganta, fiz-lhe um resumo da história, de como um soldado britânico se apaixona por uma jovem sacerdotisa, que trai seus votos e, quando ela por sua vez é traída, se suicida num bosque sagrado. Nossa, parece horrível, R. disse. Não é mesmo a melhor escolha para uma primeira ópera, comentei, querendo diminuir as expectativas, tentando proteger a experiência que eu estava tão ansioso para compartilhar. Mas eu a adorava quando era mais novo, contei, e a música é linda; embora me preocupasse que até mesmo a música fosse menos arrebatadora do que me lembrava. E tive razão, havia algo de embaraçoso; tudo parecia irremediavelmente datado, a música sentimental e a fantasia oriental da trama, e logo nas primeiras notas da abertura ficou claro que a apresentação não seria tão boa. A Bulgária tinha uma célebre história operística, havia produzido alguns dos melhores cantores que eu escutava em meu quarto quando adolescente, minhas gravações entesouradas; mas os músicos também estavam fugindo para o Ocidente, agora que podiam, deixando para trás aqueles cujos talentos não eram grandes o suficiente para ir embora. Era um pensamento cruel, me envergonhei dele mesmo enquanto me afligia com as cordas mal afinadas e os metais ásperos, os movimentos pesados do coro e dos bailarinos. A maioria dos cantores já estava longe de qualquer que tenha sido seu apogeu, embora os veteranos fossem os que mais impressionavam, pensei, um baixo quase ancião e especialmente uma mezzosoprano, cujas vozes, por mais vacilantes ou desgastadas que fossem, haviam conservado uma textura âmbar de plenitude. Eu me perguntei se alguma gravação de suas vozes mais jovens teria sobrevivido; eu só podia conjeturar, nos momentos de ressonância, nos poucos tons vibrantes, a maestria que já haviam alcançado um dia. Essa maestria deve definhar dia a dia, pensei, deve ser doloroso senti-la partindo. Mas era a própria Lakmé quem mais importava, as suas músicas eram praticamente as únicas da ópera que valiam a pena ouvir: o dueto das flores, que todo mundo conhece e que tem perdido o brilho por tanta repetição, e a canção do sino, quando o pai a obriga a cantar até desmaiar, a música exigindo a resistência física e o sofrimento que a ópera sempre esperou das heroínas. A soprano no papel era a única cantora realmente jovem, de vinte e poucos anos, uma mulher no início da carreira; era um prazer lhe assistir, encantadora e esguia e com uma voz bonita e afetuosamente pura, talvez inexperiente demais para o papel, de modo que o contorno entre a personagem e a cantora se turvava, e me vi preocupado com ela nos últimos compassos de sua grande cena.

Eu me lembrava de cada nota da música, embora fizesse anos que não a ouvisse. Devia ter catorze anos quando comprei o CD, um álbum duplo da gravadora London que escolhi por causa de um único nome, uma soprano que eu sabia que meu professor adorava, desde lá eu já queria imitá-lo em tudo. Lembro-me de adormecer nas árias do soldado, cantadas por um tenor cuja voz, que nunca encontrei em outra gravação, era bela e leve e pura, encarnando todas as minhas ambições; enquanto o escutava, imaginava a vida à qual minha própria voz me levaria, desprovida de vergonha. Não importava que a apresentação em Veliko Turnovo fosse fraca; sentado ali ao lado de R. senti novamente aquela esperança. Estava tomado de sentimentos por ele, e foi doloroso não tocá-lo nem levar minha mão à sua. A cautela havia se convertido num instinto, e até ali, mesmo que não houvesse um perigo real, eu era capaz de imaginar o desconforto que qualquer demonstração de afeto causaria. Mas tínhamos nosso repertório de gestos encobertos, o roçar de um cotovelo ou joelho, a ligeira pressão de um pé, e fizemos uso deles à medida que a noite se aprofundava e o ar arrefecia e as ruínas ganhavam contornos mais assustadores sob as luzes. Olhando para elas, senti, com uma força para além das ilustrações do meu livro de histórias infantis, para além de qualquer história, como aquele lugar era antigo; estávamos sentados num campo de batalha, cada centímetro do chão tinha sido banhado em sangue que até hoje deve fazer parte da composição química do solo.

Ao final da ópera, quando os corpos dispersos se levantaram para receber os aplausos, R. parecia menos comovido que perplexo, me olhando como se dissesse isso é tudo? As ovações foram longas e generosas, especialmente para Lakmé, que deixou o palco semienterrada em flores. Então, antes que pudéssemos nos levantar, ouvimos o anúncio de que em vinte minutos teria início o *spektakul zvuk i svetlina*, o show de som e luzes sobre Tsarevets. Era algo famoso o bastante para que R. já tivesse ouvido falar a respeito, e ele quis vê-lo, mesmo que fizesse frio, a temperatura tinha caído bastante durante a ópera, e que estivéssemos ambos cansados depois de todo o dia. Eu havia me decepcionado com o show de luzes do ano anterior e não estava entusiasmado com a ideia de assisti-lo outra vez; mas era curto, cerca de quinze minutos, e me resignei ao descermos a colina com a multidão. Não havia nenhuma luz para nos guiar, exceto pelos feixes de uma ou duas lanternas que algumas pessoas da plateia haviam se lembrado de trazer. Houve tropeções e palavrões, mas também uma espécie de bom humor, as pessoas estavam rindo e conversando, e, no escuro, enlacei meu braço com o de R. e o apertei contra mim. Eu sabia que a ópera o havia decepcionado, que não havia nos aproximado como eu esperava, e senti de um jeito obscuro que tinha fracassado. Um grupo de jovens nos empurrou de lado ao passar, barulhentos, entonando melodias da ópera e agitando garrafas plásticas de dois litros de cerveja: estudantes de música da universidade que pareciam conhecer bem o caminho no escuro.

Soltei o braço de R. quando chegamos ao pé da colina, onde fomos recebidos outra vez pelas luzes que margeavam a rua de pedra, e dali até o ponto em que assistiríamos ao show seria uma caminhada de cinco ou dez minutos. Poucos dos demais espectadores da ópera se juntaram a nós, a maioria se dispersou para seus carros ou seguiu andando para casa. Ainda assim, os bancos da pracinha estavam cheios, repletos de crianças e o que imaginei serem seus avós, os muito velhos e os muito jovens, como se todos na idade ativa tivessem sido dispensados. R. e eu ficamos atrás dos bancos, observando os últimos casais bem-vestidos entrarem em seus carros e partirem, até que os alto-falantes despertaram num estrondo e as luzes da praça se apagaram. R. soltou um zumbidinho de expectativa, e todos os corpos nos bancos se aprumaram atentos. Mas quando a música começou, uma fusão kitsch de instrumentos folclóricos e coro eslavo e sintetizadores datados, enquanto diferentes quadrantes da colina e de seus muros antigos eram iluminados, ora em vermelho, ora em azul e verde, senti que me afastava da praça, da luz e do som. Durante horas tinha conseguido evitar pensar na partida de R., na incerteza do nosso futuro, na culpa que sentia, por mais que tentasse tirar aquilo da cabeça. Antes, nunca havia desejado permanência, não de verdade, ou havia desejado sobretudo liberdade; tinha aceitado a ideia de que os sentimentos passionais se extinguiam, toda minha experiência anterior havia confirmado isso, quando o amor que parecia certo simplesmente se dissolvia, de um lado ou de ambos, sem nenhuma razão em particular, quase sem deixar rastro. Mas o que eu sentia por R. era diferente, não se dissolveu, e eu queria acreditar em nossa linguagem de infinitude e na impossibilidade de mudança; deixá-lo partir significaria que tinha havido má-fé, de uma parte ou de ambas, talvez não fosse justo pensar assim, mas pensei.

As luzes estavam encenando um drama crescente, era difícil apontar exatamente qual. A colina, que no início fora iluminada por quadrantes, agora era varrida por luzes vermelhas e azuis, primeiro numa direção e depois na outra. Deviam representar o choque de exércitos, embora quais eram as forças virtuosas búlgaras e quais os turcos vencedores era algo que me escapava, apesar da narração de duas crianças que estavam de pé no banco mais ao fundo de todos, sussurrando empolgadas uma para a outra *Turtsite! Turtsite!* a cada varredura das luzes. O que quer que estivesse acontecendo, um clímax se aproximava, estava claro pelo lamento marcial da música e também pelas luzes, que se elevavam cada vez mais alto, em direção à própria cidadela e sua torre reconstruída, embora o efeito fosse atenuado por uma linha anacrônica de veículos, os caminhões da ópera à frente, descendo pela colina. Então, da torre, foram lançados feixes de luz, primeiro numa direção, depois em outra e, em seguida, nas duas ao mesmo tempo. O que poderia significar isso, me perguntei; era claro que significava algo, até mesmo as crianças estavam absortas, todos se encontravam transfigurados. Na ponta de um dos bancos, vi que um velho havia baixado a cabeça e coberto o rosto com as mãos, e que seus ombros tremiam enquanto chorava. Até que as luzes se apagaram, os alto-falantes atrás de nós caíram em silêncio e, da própria colina à nossa frente, irrompeu o som lento, sem amplificação, dos sinos. Havia muitos deles tocando juntos no breu, as badaladas sobrepostas em camadas e fluidas, a música mais comovente da noite, pensei, dolorosa e nua. E enquanto eles ainda repicavam, a colina de repente ardeu em luz, não aquelas enxurradas coloridas dos lados em guerra, mas uma luz branca, implacável, que fez cada árvore se avultar e cada pedra se revelar, os muros inoperantes, todo seu esqueleto reconstruído exposto, de forma ao mesmo tempo dolorosa e orgulhosa. Ouvi R. suspirar ao meu lado, de enlevo ou espanto, e, de repente, eu estava ali dentro, na maravilha daquele lugar, por um breve instante pelo menos eu também o senti. Então a colina ficou novamente às escuras, e silenciosa, e nesse hiato, antes que alguém falasse ou se levantasse para sair, me inclinei para R. desejando senti-lo ao meu lado e, por um momento, ele premeu-se cálido contra mim na escuridão.

III

Porto

Até no escuro eu gostava de olhar para ele, embora o mar nunca ficasse realmente escuro, mesmo na baixa temporada ele refletia a luz da lua, que pairava alta e quase cheia, e a dos poucos restaurantes e hotéis que estavam abertos na nova zona da cidade, fazendo com que todo o porto cintilasse com pontos de luz. Fazia meses que eu não via o mar, um ano, e estava ansiando por ele; havia caminhado até a borda do terraço para checar o celular, mas, em vez disso, me vi olhando para o mar. Dava para se perder nele, era o que me atraía, era lindo, mas era também como olhar para nada, sua visão afogava o pensamento do mesmo modo que seu som afogava o barulho e, a princípio, não ouvi os outros me chamando para perto deles. Sorri ao me virar, embora me ressentisse por ter sido trazido de volta, e vi que estavam de pé formando uma roda ao lado das mesas onde antes haviam fumado e conversado, os copos vazios. Venha cá, disse um dos escritores americanos, estamos fazendo a brincadeira de girar a garrafa, dei risada e ocupei meu lugar. Estávamos escolhendo parceiros; haveria uma leitura para fechar o festival no final da semana, e a faríamos em pares, um americano, um búlgaro. Um escritor búlgaro segurava uma das garrafas de vinho que havíamos esvaziado; ele se agachou no centro da roda e voltou para a margem assim que a botou para girar, o que ela fez loucamente sobre os paralelepípedos do pátio. Ele era o mais velho de nós, cinquentão e boa-pinta, campeão de boxe quando jovem e hoje algum tipo de treinador. Todos os búlgaros tinham outros trabalhos, não existe essa coisa de escritor profissional na Bulgária, e também nenhum programa de escrita, ou praticamente nenhum; eles trabalhavam em empresas ou como jornalistas, um tinha um site satírico que meus alunos adoravam, outro era padre. E todos tinham livros publicados, alguns deles vários, de modo que, embora o programa fosse para escritores emergentes, era difícil ver a diferença entre eles e os que continuavam dentro do restaurante, os escritores famosos. Não se podia dizer o mesmo sobre os americanos, que eram mais jovens e menos tarimbados; a maioria ainda estava em programas de pós-graduação em escrita, ou tinha acabado de terminá-los. Éramos sem graça em comparação a eles, pensei no momento em que a garrafa parou e, a um coro de vivas, o boxeador deu um passo à frente e apertou a mão de um dos americanos. Havia algo de acanhado na junção dos dois, talvez as conotações eróticas do jogo os tenham feito se distanciarem um do outro ao darem as mãos, cada um plantado decididamente em sua respectiva esfera. N., aquele que dirigia o site, foi o próximo a pegar a garrafa. Ele era um homem corpulento, não exatamente gordo, não exatamente bonito, mas o mais simpático e engraçado do grupo; ele nos tinha feito chorar de tanto rir durante o jantar e nos fazia rir agora ao tomar seu parceiro americano pelos ombros e lhe dar um forte abraço, ele estava tão feliz, eles seriam irmãos para sempre, um brinde, disse, e levou-o em direção à mesa e à garrafa de *rakia*.

Agora restavam seis de nós, fechamos nosso círculo enquanto outra escritora búlgara, a única mulher do grupo, apanhava a garrafa e a fazia girar sobre os paralelepípedos. Mas antes que ela pudesse parar, ouvimos uma voz gritando em búlgaro e uma garçonete veio de dentro do restaurante e se meteu no meio de nós, balançando o dedo e arrancando a garrafa do chão. *Chakaite*, um dos búlgaros falou, espere, estamos quase terminando, mas a garçonete disse *Ne, ne mozhe*, isso não é permitido, estávamos fazendo muito barulho, morava gente em cima do restaurante, e a garrafa, e se ela quebrasse, que bagunça, e ela deu meia-volta e marchou de novo para dentro, a garrafa aninhada no peito. Olhamos um para o outro, constrangidos, e a búlgara encolheu os ombros e voltou para a mesa. A maioria se uniu a ela, um ou dois entraram no restaurante, onde os escritores que davam as oficinas estavam sentados, um búlgaro e um americano, nós tínhamos tido nossas primeiras sessões naquele dia. Eu me afastei outra vez, sem vontade de me juntar a eles, tirei o celular do bolso, mas o botei de volta sem olhar para a tela. Não consigo, R. havia dito, enxugando o rosto, não acho que vou conseguir, não sei o que sinto, tenho que decidir o que fazer da minha vida. Ele estava sentado de pernas cruzadas na cama, de frente para o computador aberto, balançando continuamente para a frente e para trás. Mas, *Skups*, falei, usando meu apelido para ele, nosso apelido um para o outro, é o que temos feito, decidindo o que fazer das nossas vidas, você é a minha vida, eu não disse, mas pensei, por dois anos ele havia sido a minha vida. A cada dois meses eu voava a Lisboa para passar um fim de semana prolongado com ele, uma semana, sempre que tinha uma folga, eu ficava no seu dormitório minúsculo de estudante, dormíamos juntos na cama estreita onde agora ele estava sentado. Estou tentando, falei, estou me candidatando às vagas, mas não havia trabalho, ou pelo menos nenhum para mim, era muito caro contratar americanos, eles diziam, especialmente com a crise, se eu tivesse um passaporte da União Europeia seria diferente. É impossível, disse R., você sabe que é impossível, a gente precisa aceitar, tenho que viver minha vida. Eu também tinha que viver minha vida, e queria uma vida diferente, não uma vida sem R., mas uma vida num novo lugar, não aguentava mais continuar vivendo o mesmo dia sempre de novo, as horas de ensino, eu também queria uma nova vida.

No pátio, estavam delineando um plano para deixar o restaurante e explorar a cidade. Era uma noite quente, começo de junho, faltava ainda uma ou duas semanas para que as lojas abrissem para os veranistas, com placas em russo penduradas sobre souvenires baratos; teríamos as ruas só para nós. N. fez uma rápida incursão ao restaurante, até a mesa comprida onde haviam disposto a comida, e voltou com uma garrafa de vinho, que manteve para baixo e apertada contra o corpo, escondendo-a da garçonete. Mantimentos, ele disse, muito importante. O restaurante ficava perto do hotel, na ponta da pequena península que formava o extremo sul do porto, e a rua em que caminhávamos era como todas as outras da cidade velha, de paralelepípedos e flanqueada por casas de madeira sem pintura, no estilo do Despertar Nacional, construções de dois ou três andares, estranhamente desarmônicas e assimétricas, com elaboradas vigas de madeira saindo das fundações para sustentar os andares superiores. Elas estavam em diferentes estágios de manutenção, algumas reformadas, outras nada mais que choupanas, mesmo aqui nas ruas mais desejadas perto da costa, onde os edifícios se acotovelavam para ter um vislumbre do mar. A maioria deles estava vazio, hotéis fechados e casas de férias, mas ocasionalmente chegava até nós o som de uma televisão vindo de dentro, ou uma luz se espalhava através das ripas das persianas de madeira, algumas pessoas moravam ali o ano todo. Eu estava caminhando com outro americano, um pós-graduando inscrito num programa no Sul, que ele odiava. Era mais jovem que eu e estava em forma; pela manhã, corria na orla, no caminho que levava à parte nova da cidade, onde as lojas estavam abertas, ele contou, era uma cidade de verdade, não apenas um museu. Ele era simpático e tentei corresponder à sua simpatia, esse era o motivo de eu estar ali, falei para mim mesmo, para conhecer pessoas, para fazer amigos. Mas eu não confiava em mim mesmo, estava muito ansioso, me peguei olhando para ele, para quase todos os homens que passavam, com uma avidez da qual R. tinha me protegido, quer dizer, pensar em R. Talvez fosse possível, eu estava considerando o outro escritor, ele me olhava de uma forma que me fazia pensar que talvez eu pudesse levá-lo para a cama, ou ele me levar, poderíamos ter um casinho, embora não fosse o que eu desejava; eu queria algo brutal, era o que me assustava, eu queria voltar para aquilo de que R. tinha me tirado. Era um sentimento infantil, talvez, eu queria destruir o que ele havia feito, o que ele havia me feito, quer dizer, a pessoa na qual ele havia me transformado.

Havíamos ficado um pouco para trás dos demais, podíamos ouvi-los à nossa frente na escuridão, as ocasionais explosões de riso. Subíamos pela Apolonia, a rua principal, embora apenas ao chegarmos ao centro da cidade encontramos reais sinais de vida, algumas lojas abertas, um restaurante, um homem numa mesa na calçada curvado sobre uma fatia de pizza. Alcançamos os outros em frente a uma loja de conveniência, e esperamos até que N. e o padre surgissem com novas garrafas de vinho e uma pilha de copos plásticos. Enquanto N. os distribuía, o padre se ocupava com uma das garrafas, cortando a cápsula do pescoço dela com um canivete que levava acoplado ao chaveiro, muito lentamente, com a consciente meticulosidade da embriaguez. Ele havia chegado depois do resto de nós, dirigindo desde Veliko Turnovo. Estávamos todos curiosos para conhecê-lo, mas não havia nada de muito sacerdotal no homem que apareceu vestido de preto, não de batina, mas de jeans e camiseta, que usava ensacada, bem justa no corpo esguio. Ele tinha a barba de um jovem, toda desgrenhada, um sinal mais de preguiça que de devoção, podia-se pensar. Apenas as mãos o distinguiam, os dedos longos e finos, as mãos de um estudioso, que se moviam com a estranha graciosidade de alguém habituado ao ritual. Ou talvez eu tivesse essa impressão pela maneira como o vi levar a mão aos lábios de um homem no início da noite, quando o distinto escritor búlgaro, idoso e recluso, pediu-lhe a bênção antes de ler. Naquele momento ele se tornara sacerdotal, ele tinha se erguido solenemente enquanto o escritor pousava os lábios sobre a terceira articulação do dedo indicador da sua mão direita, e ele fez o sinal da cruz sobre a cabeça curvada do escritor. Isso me surpreendeu, era um gesto que eu não via há anos, não feito com seriedade, não desde o ano em que eu havia flertado com a conversão durante a pós-graduação, quando eu mesmo tinha feito o sinal ou o tinham feito sobre mim no comungatório de uma igreja em Boston, de pé com os braços cruzados sobre o peito, os lábios selados pela minha vida desordenada, como eu pensava então.

Agora não havia nada de solene no padre. Assim que abriu a garrafa, ele estabeleceu uma conexão com D., a americana mais jovem, que desde o primeiro momento vinha sendo objeto de grande interesse dos homens búlgaros. Isso era especialmente verdade no caso do padre, cujas atenções rapidamente passaram de simpáticas a cômicas e, mais tarde, conforme persistiam, a inquietantes. Para a mais bela primeiro, ele disse, servindo o vinho no copo dela, com seu inglês quase inexistente, e ela sorriu e olhou para o lado, um pouco constrangida. Ele se dirigiu então a cada um de nós, sendo cortês enquanto enchia nossas taças, embora se recusasse a encontrar meu olhar, como havia feito durante todo o dia, minhas tentativas de conversar com ele derrotadas pela maneira estranha como ele falava búlgaro, muito rápido e com uma enunciação entaramelada que tornava impossível para mim entendê-lo. Era o sotaque de sua região, um dos outros búlgaros me contou, *selski aksent*, um sotaque rural. Mas não era o sotaque que o afastava de mim, pensei, apesar de talvez ter sido um pouco indelicado da minha parte presumir que ele compartilhava a opinião de seus colegas, ou de alguns de seus colegas, como o padre que, no verão anterior, havia convocado todas as pessoas decentes a seguirem a rota da Parada do Orgulho e atirarem pedras nas bichas.

Aproveitei a pausa para checar outra vez o celular. Estávamos dando um tempo, era assim que R. tinha deixado as coisas, mas embora eu tentasse não pensar naquilo, sabia que o rompimento era definitivo. Durante as últimas duas semanas, não havíamos tido nenhum contato, parando com as conversas por Skype e os e-mails, que haviam se tornado essenciais na estrutura do meu dia, embora também tenham começado a parecer uma emboscada, me afastando da escrita, me fazendo ficar acordado até tarde. Ele nunca queria desligar, vou morrer de tédio, dizia, vou me sentir tão sozinho, e no dia seguinte eu lutava para conseguir chegar ao fim das aulas. Tinham começado a parecer uma emboscada, mas sem isso as noites me pareciam insuportáveis, havia tempo demais para pensar, tempo demais para remorsos. Não era bem verdade que não tínhamos mais contato, continuávamos entrando nos perfis do Facebook um do outro; na noite anterior eu havia postado fotos da viagem de Sófia para Sozopol, do nosso grupo junto ao mar, provavelmente fora isso que o motivou a enviar, naquela manhã bem cedo, a mensagem que havia me deixado preocupado o dia todo. Estava carregada de arrependimentos e autorrecriminações, eu estraguei a melhor coisa que já tive, ele escreveu, não sabia por que tinha feito isso, era sempre assim, disse, é como se eu odiasse a minha própria felicidade, uma frase que passei o dia repetindo para mim mesmo. Esta era a pior parte da distância, a impotência que eu sentia quando ele estava ansioso ou triste, como acontecia com frequência, quando nada que eu pudesse dizer o confortava. O sexo podia confortá-lo, ou a mera presença do meu corpo ao lado do seu, ele queria conforto físico, e era terrível pensar nele sozinho naquele quarto. Sei que não dá mais para eu consertar as coisas, ele havia dito, sei que é tarde demais, não podemos voltar atrás, ele falava como se se referisse a um passado distante, e isso me enfureceu, afinal, qual era o objetivo daquela mensagem, por que ele a tinha enviado para mim, por que ele tinha me atraído de volta, por que me atraía de volta mas só até um certo ponto.

O padre havia terminado as rodadas, havia esvaziado uma garrafa e tinha outra na mão, meio cheia, que levou à boca e entornou de uma maneira profunda, sedenta. Ele começou a cantar enquanto caminhávamos, seguindo a rua enquanto ela se abria, passando pelas casas do centro antigo, numa espécie de praça para além da qual uma avenida arborizada dava acesso à estrada. Eu não conseguia entender a letra da canção, mas a melodia me era familiar e, após um momento, percebi que era o hino de um dos times de futebol, eu já tinha ouvido homens aos bandos cantando-o pelas ruas, bandeiras búlgaras drapejando sobre seus ombros. Ninguém o acompanhou, embora ele não parecesse incomodado, seguiu na frente cantando, agitando a garrafa de vinho para pontuar as frases.

N. subiu num banco na borda da praça tentando chamar nossa atenção. *Dami i gospoda*, disse, repetindo em inglês, senhoras e senhores, e nos juntamos ao redor, exceto pelo padre, que continuou marchando na escuridão, cantando sua canção, até que a búlgara correu até ele e o puxou pelo ombro, virando-o para nós. Ah, ele disse, baixando a cabeça como para pedir desculpas, e se posicionou na parte de trás do grupo, com as mãos entrelaçadas à cintura, mantendo a garrafa baixa, uma imagem de mansidão. Senhoras e senhores, N. repetiu, abrindo os braços como um político e fazendo todos nós rirmos. Ele era de Burgas, uma cidade a cerca de vinte quilômetros de distância, e entre todos os búlgaros ali, era o que melhor conhecia Sozopol. Trabalhei como guia turístico aqui quando era jovem, ele anunciou, e agora gostaria de contar a vocês, amigos americanos, algumas coisas sobre o meu país. Esta é a cidade mais antiga da Bulgária, disse, seu nome é grego, significa — e ele fez uma pausa, buscando a palavra — *spasenie*, e alguns dos búlgaros disseram salvação, que ele repetiu, assentindo, salvação. Como isso já foi grego, há muitos gregos ainda por aqui, eles construíram muitas igrejinhas que ainda são conservadas, e era fato, para todos os lugares que se olhava, havia minúsculas capelas, lugares para rezar pelos pescadores no mar. Havia uma bem em frente ao nosso hotel, de cara para o mar, e eu havia entrado nela naquela mesma manhã bem cedo, ao sair para passear pela cidade por conta própria. Ela fora restaurada, cada centímetro das paredes tinha sido coberto de azuis e dourados reluzentes, retratos da Virgem, dos santos, e no teto uma grande e intrincada pintura do sol, múltiplos discos com raios de sol dispostos uns sobre os outros como um complexo conjunto de engrenagens. Os resíduos das velas sobressaíam de bandejas cobertas de areia perante a imagem da Virgem; uma pilha dessas velas, muito finas e compridas, se encontrava ao lado de uma caixa de doações na porta. Em lugares assim há uma espécie de sentimento acumulado, um resquício de uso, e considerei pegar uma dessas velas e fazer uma oração, algo a ver com R., talvez, que ele seja feliz, que nós dois sejamos felizes, juntos ou separados. Agora, na praça, enquanto N. continuava a falar, eu olhava para o padre, que estava em silêncio, ainda calmo, as mãos entrelaçadas à cintura, a garrafa suspensa, a cabeça levemente curvada. Ele quase poderia estar rezando, embora não estivesse, ele estava bêbado, ou talvez estivesse rezando também, não sei. Era uma postura — a cabeça curvada, a aparente mansidão — que me lembrava do homem que eu tinha conhecido naquele ano em Boston, o padre cujo ofício eu havia frequentado quase todas as semanas; era a postura com a qual ele encontrou meu ardor ou desejo de ardor, o que pareceu desconcertá-lo, como se ele achasse tanto sincero quanto irreal, o que de fato era. Não reconheço a pessoa que eu era ao ler meu diário daquela época, ou o punhado de poemas que escrevi. Eu buscava me desfazer, me parece agora, eu queria encaixar minha vida num sistema que a deformaria tão completamente a ponto de torná-la irreconhecível.

Mas agora, N. interrompeu a palestra dizendo que ali estava, nos contando sobre a cidade, era um trabalho duro, e ele era um profissional, ele não deveria trabalhar de graça. Quero dinheiro, ele disse, fazendo-nos rir, dinheiro americano, alguém tem uma moeda, e alguém tinha, ela foi fisgada de um bolso e entregue a ele. George Washington, ele exclamou, uma mudança repentina de tom, eu amo George Washington, ele é minha pessoa favorita. Rimos novamente e ele lançou um olhar em nossa direção, Por que vocês estão rindo, ele perguntou, o que nos fez rir ainda mais. Olhem, ele falou, segurando a moeda, diz aqui Liberdade, essa é a coisa mais bonita, a palavra mais bonita, é por isso que eu amo George Washshington. Ele luta pela liberdade, assim como nós, os búlgaros, também lutamos pela liberdade. Por quinhentos anos, fomos escravos dos turcos, mas hoje somos livres. É a coisa mais importante, a liberdade. Apoiado!, alguém disse, um americano, e todos erguemos nossos copos a N., ainda que a maioria já estivesse vazio. Ele pareceu satisfeito com isso, fez uma rápida reverência, e nosso brinde ficou mais ruidoso, *Nazdrave*, gritamos, o brinde búlgaro, *Nazdrave*. Ele saltou de sua tribuna nos fazendo sinal para que baixássemos a voz, Não somos romenos bêbados, ele disse. Então ergueu a moeda, contemplando-a novamente e, com um tom de verdadeira estupefação, perguntou O que faço com este dinheiro, o que provocou novamente nosso riso. Guarde-o, disse D., de trás da nossa roda, com o padre bem perto dela, significa que alguém nos Estados Unidos te ama. Ah, reagiu N., sorrindo para ela, sem palavras de tão contente, e escorregou a moeda para dentro do bolso da camisa e pousou as mãos sobre ele. Eu a guardarei para sempre, disse.

Então o padre falou algo que não entendi, apontando com a garrafa, e N. exclamou Sim! A praia! Eu os levo lá, e nós o seguimos atravessando a praça. Eu estava louco para sair festejando com aquelas pessoas, para me distrair do sofrimento que sentia desde que havia recebido a mensagem de R., meu próprio sofrimento e o sofrimento de imaginá-lo sozinho no quarto em Lisboa — embora eu não soubesse onde ele estava, é claro, ele havia me enviado a mensagem horas antes e já poderia estar recuperado do seu espasmo de arrependimento, quem iria saber. Fiquei um pouco para trás, ao chegarmos do outro lado da praça, para observar a estrutura que estávamos cruzando, algo como um pátio coberto entre dois prédios, enquanto os outros desciam uma escada de madeira até o mar. Havia um conjunto de balcões de madeira, o que parecia ser um bar de tamanho considerável, mas tudo estava abandonado, coberto de lixo e garrafas vazias. Deve ganhar vida na alta temporada, pensei, ainda que houvesse um ar de irreversibilidade em seu desuso, era difícil imaginar que em poucas semanas estaria transformado, abarrotado de jovens. Senti um certo desconforto e, de repente, percebi que não estava sozinho; um homem, que devia estar nos observando ao passarmos, estava encostado na parede. Ele deu uma longa tragada no cigarro, a ponta ardendo vermelha no escuro, e me olhou nos olhos por um momento antes de baixar o olhar. Quase pensei que ele estava lá para caçar, que talvez aquele fosse um lugar que os homens usavam para pegação, mas ele tinha um ar de pertencimento, apoiado contra a parede, e decidi que ele deveria ser uma espécie de vigia, alguém de olho no lugar até que voltasse a reviver no verão. Talvez ele passasse a noite toda ali, pensei, mas não notei nenhuma tevê ou nenhum rádio para lhe fazer companhia, qualquer coisa, não havia nada para marcar o tempo além do mar. Ou talvez houvesse um escritório ou uma cabine para onde ele voltaria assim que tivéssemos passado, talvez ele só tivesse saído ao ouvir que nos aproximávamos. Acenei com a cabeça para ele enquanto me dirigia para a escada, murmurando *Dobur vecher*, mas ele apenas ergueu os olhos outra vez e piparoteou no chão o cigarro consumido.

Havia uma plataforma de madeira ao pé da escada, ao lado da qual os outros tinham empilhado os sapatos. Eu via toda a costa, estendendo-se desde o centro antigo, onde havíamos jantado, que estava silencioso e escuro, até a parte nova da cidade, com hotéis altos, janelas de frente para o mar. Um restaurante ainda estava aberto, iluminado em vermelho e azul, e eu ouvia uma música, pop balcânico, a percussão irregular e as gaitas, a voz de uma mulher cantando sem descanso em torno delas. Eu não conseguia entender a letra, mas era sempre a mesma coisa: algo sobre o amor, imaginei, algo sobre a perda. A praia era artificial, alguém havia dito, caminhões haviam descarregado toneladas de areia nesta enseada em particular; o resto da costa era rochosa, não havia onde se banhar, embora alguns rapazes, ignorando as placas de advertência, escalassem as pedras a cada verão para saltar no mar. A muralha romana ao longo do centro antigo estava constantemente iluminada por holofotes aparafusados às rochas abaixo dela. Eu havia passeado junto a ela naquele mesmo dia com um amigo que havia viajado de Burgas para passarmos uma ou duas horas juntos, e ele me mostrou onde a muralha original terminava e a reconstrução moderna começava, uma fina tira de metal correndo entre elas. Apenas as pedras mais baixas eram antigas, e me ajoelhei para deitar as mãos sobre elas, corroídas e cravejadas pela maresia, imaginando as mãos que, gerações atrás, as haviam depositado ali. Esta cidade já tinha sido um grande porto, os romanos a haviam dedicado a Apolo, erigindo uma grande estátua do deus como guardião diante do mar, embora a estátua já tivesse desaparecido havia bastante tempo.

De onde eu estava, dava para ver o caminho que tínhamos percorrido, meu amigo e eu, e me lembrei também de como ele havia apontado para esta praia, dizendo que no verão, a altas horas da noite, podia se encontrar homens aqui, que havia lugares escondidos nas rochas para ir com eles. Perguntei-me se era o que eu desejava, se haveria homens aqui para me iludir. Pouco depois de R. ter me dito que queria terminar, fui ao centro da cidade procurando não sei o quê. Por quase dois anos eu não havia estado com ninguém além de R., e nos últimos três meses, não tinha estado com ninguém; saí em busca de sentir algo, suponho, ou talvez de não sentir nada. Desci os lances de escada até os banheiros do Palácio Nacional da Cultura, embora por muito tempo tenha achado que os havia deixado para trás, que havia sido tirado de lá, como tinha o hábito de dizer para mim mesmo, rumo a uma nova vida. Eu já havia pensado isso antes, sentado naquela sala em Boston com o padre, eu havia pensado precisamente nesses termos, eu estava sendo tirado de lá, não por vontade própria, mas por alguma força interventora: Deus, amor, *edno i sushto*, um e o mesmo. Mas nunca somos tirados de tais lugares, eu acho hoje, de forma que voltei aos banheiros no subsolo do NDK, nunca tinha parado de pensar neles; mesmo quando estava na cama com R., inundado de amor, havia uma parte de mim intocada por ele, uma parte que ansiava por voltar para lá. Minhas mãos tremeram enquanto abria o cinto no mictório, por excitação ou por medo, sentia que mal podia respirar. Quase imediatamente um homem se aproximou de mim, dezenove ou vinte anos talvez, muito bonito, com pau grande e já duro. Possivelmente era um michê, ele estava tão impaciente, embora não tenha pedido nada quando estendi a mão e o agarrei, sentindo seu calor espesso ao mesmo tempo que fechava os olhos e inspirava profundamente, tentando discernir o que eu queria, sabendo como seria fácil levá-lo para uma das cabines do cômodo ao lado. Ouvi-o sussurrar *Iskash li*, você quer, e embora eu quisesse, soltei sua mão, escondi a ereção e fugi.

Fazia uma noite linda, a lua quase cheia lançando luz sobre a água, e eu desejava estar com eles, essas pessoas que eu mal conhecia e que pareciam tão à vontade umas com as outras. Tirei os sapatos e caminhei até N., nosso outrora guia, que fumava um cigarro longe da rebentação onde os outros vadeavam, deixando que as ondas acariciassem tornozelos e panturrilhas, aos risos e gritos. Ei, ele disse, com um sorriso, falando em inglês, embora meu búlgaro fosse melhor, bonito aqui, né? Eu disse sim, muito, *prekrasno*. Ele me perguntou sobre a oficina daquela manhã e eu lhe disse que havia sido boa, que havia escritores interessantes, eu tinha gostado bastante deles. E como foi o grupo búlgaro, perguntei, e ele se virou para mim com um grande sorriso e disse Hoje falamos sobre o ponto G de uma história, que é como o de uma mulher, é difícil satisfazer uma história. Ah, reagi desconcertado, sei. E a seguir, depois de um instante, Mas não entendo, falei, por que uma história deveria ser uma mulher? Era uma pergunta razoável, pensei, mas ele me olhou com abissal incompreensão, apesar de eu ter me expressado em sua língua. Não poderia ser um homem, perguntei, será que mudaria alguma coisa, e esperei que ele dissesse algo em resposta, mas nossa atenção foi reclamada por um tumulto mais distante na praia. O que é isso, perguntei enquanto começávamos a caminhar na direção dos outros, que haviam formado uma roda, o que está acontecendo, e quando ouvimos assobios e gritos e vozes cantando tira, tira, N. me contou que o padre dissera que queria nadar. Podíamos vê-lo agora, já com o peito desnudo, o rosto barbudo brilhando à luz das câmeras dos celulares que emergiram dos bolsos. Imediatamente, ao vê-lo, me senti nesse estranho estado de agitação e inércia, como uma chama submersa em vidro, isolado, como sempre quando sinto um desejo que não deveria sentir. Não que ele fosse tão desejável: ele era magro e pálido, com uma cruz prateada reluzente no peito. A mão dele deslizou por seu jeans e se deteve, deixando que o frenesi crescesse, olhando ao redor da roda até encontrar D., extasiada como os demais, gargalhando e gritando Tira, e, com um olhar que parecia dedicar a ela o ato, a noite toda, a noite e o mar, ele abriu os botões da braguilha e se despiu. Houve uma explosão de vivas e ele começou a atuar para o público, levantando os braços e flexionando-os, sorrindo para os flashes; agora ele era verdadeiramente um deles, pensei, toda santidade havia evaporado. Ele não estava nu, ainda vestia uma cueca preta apertada, e me surpreendi ao ver que era de marca, moderna e europeia, bem diferente do que eu esperava. Ele posou por um momento, equilibrado nas pernas finas, nos deu as costas e correu para a água, chapinhando desajeitado no início e depois mergulhando, completamente submerso. Jesus, falei, sem me dirigir a ninguém em particular, deve estar tão gelada. Ele é louco, comentou N. ao lado, e acrescentou, três semanas atrás ele estava em Israel, a Terra Santa, nadando no rio Jordão. É proibido nadar lá, mas ele nem ligou, nadou assim mesmo. Ficamos observando-o por um tempo até a maioria do grupo perder o interesse, voltando-se para outras distrações, entornando o resto do vinho. D. e a mulher búlgara escalaram juntas a plataforma do salva-vidas, acenando para nós lá de cima. Mas continuei observando-o, visível ao luar; ele era um bom nadador, parecia estar à vontade na água, pensei, tal como uma criatura reconciliada com sua essência. Fiquei esperando que ele virasse, nadasse de volta, mas ele não voltou e, ao final, na escuridão, mal conseguia vislumbrá-lo. Ele está meio longe, né, perguntei em voz alta, novamente para ninguém em particular, ele já não deveria estar voltando, e N., que não estava prestando atenção, disse Idiota, é perigoso à noite, e nós dois começamos a gritar para que ele voltasse. Ele não nos ouviu de início, continuou nadando, e os outros também se puseram a gritar, em inglês e búlgaro, e estávamos todos balançando os braços. Ele se deteve finalmente e agitou também um braço em resposta, e então recomeçou a nadar em direção à orla, mais lentamente, pensei, como se houvesse alguma força puxando-o para trás, algum elemento ocupando-se de carregá-lo para ainda mais longe.

O santinho

Seu nome significava luz, ou essa era a raiz do nome, a raiz também da palavra sagrado, de uma série de termos ligados à santidade e à Igreja; e foi por isso que, tempos depois, quando me afeiçoei a ele, passei a chamá-lo de *Svetcheto*, o santinho. Ele achava graça, não só porque soava errado em búlgaro, ele me explicou, ninguém que realmente falasse a língua diria aquilo, mas também porque ele gostava, eu achava, não do nome em si, mas de eu o ter inventado para ele. Eu também gostava, sobretudo porque estava em total contradição com as coisas que fazíamos juntos, com a maneira como eu o usava ou como nos usávamos um ao outro. E talvez houvesse mesmo algo de santo nele, na leveza e na tranquilidade sob o capuz que emoldurava seu rosto como o capuz de um monge quando o vi pela primeira vez, ou no roupão no qual estava enrolado posteriormente, quando cheguei à sua porta; e talvez houvesse algo de santo também em sua resistência, creio que havia, no seu desejo pela dor.

Mas naquele primeiro dia eu não sabia seu nome, pensei que provavelmente nunca mais o veria. Tínhamos conversado online pela primeira vez fazia só uma hora mais ou menos, embora eu visse seu perfil com frequência; ele estava sempre online, havia meses que me fascinava. Era um tipo de perfil bastante comum nos Estados Unidos ou na Europa Ocidental, mas nunca tinha encontrado um assim por aqui; ele afirmava que quem quisesse podia fodê-lo, que gostava de sexo violento, que sua única exigência era ser comido sem camisinha, ele queria receber o máximo de leitadas possível. Putinha sem limites, dizia em bom inglês pornográfico, seguido abaixo por uma tradução em búlgaro. Eu estava curioso para saber o que isso significava aqui, sem limites, e onde ele tinha aprendido isso. Muitas das coisas que ele listava eram coisas que eu também gostava, que eu desejava que fizessem comigo, e foi por isso que demorei tanto para lhe escrever; queríamos as mesmas coisas e por isso éramos incompatíveis, como costumam dizer. Talvez eu tenha ficado animado com a ideia de fazer com ele o que outros haviam feito comigo, o que naquelas semanas ou meses eu desejara fazer com maior frequência e em níveis mais extremos. Pode ser que tenha ocorrido lentamente, mas pareceu repentino o desejo que senti pelo garoto cujas fotos se encontravam em pequenos boxes que acompanhavam seu perfil, num, seu rosto retorcido numa careta erótica; noutro, três dedos, seus mesmos, enfiados no cu.

As fotos não transmitiam a imagem real dele, fiquei surpreso ao ver como ele era bonito quando abaixou o capuz que usava para se proteger da chuva, que era só uma chuva leve, uma trégua do calor no início do verão. Era baixinho e tinha pele escura, cabelo preto bem rente e, quando me olhou, me dei conta de que eram os olhos que o tornavam atraente; eram grandes e amendoados, uma tonalidade verde-acinzentada. Eu estava me abrigando sob o toldo do café onde ele tinha me dito para esperá-lo, numa parte de Mladost impossível de se orientar, disse; era preciso ter vivido ali muito tempo para conseguir decifrar a selva de prédios, os labirintos de ruas sem nome. Não ficava longe do apartamento no campus onde eu morava, mas era do outro lado do bulevar Malinov, e não havia muitos motivos para explorar mais além do supermercado em que toda a vizinhança fazia compras.

Era sábado, o café estava cheio de casais e crianças. Fizemos um aceno com a cabeça ao nos reconhecermos, e lhe estendi a mão enquanto ele virava o rosto timidamente, o que me fez sentir que o havia envergonhado, que tinha agido de um modo indevido. Murmuramos uma saudação, mas não mais que isso, ele deu meia-volta e começou a andar, me fazendo segui-lo.

Seu prédio não ficava longe, mas ele tinha razão, teria sido difícil encontrá-lo. Outrora havia ali um projeto, nos tempos do comunismo, os imensos *blokove* erguidos em intervalos para que houvesse espaços verdes entre eles, parques e playgrounds, cujos vestígios cruzávamos. Mas qualquer senso de ordem havia desaparecido, os parques foram pavimentados, novos edifícios brotaram em cada espaço vazio. Carros estavam estacionados nas calçadas das vielas entre os edifícios, em ambos os lados da rua; os motoristas precisavam passar com cuidado em fila única, células numa artéria entupida. Ele andava na frente, sem falar ou olhar para trás, movendo-se rapidamente por causa da chuva, embora talvez fosse também por avidez, pensei, talvez ele estivesse sentindo a mesma excitação que eu, o sangue convergindo para a virilha. Vou te pegar com força, eu havia escrito depois de ele me dizer o que queria, se prepara, vou te usar sem dó. Não é fácil encontrar homens que digam essas coisas, a ideia disso os assusta ou os afasta; quando encontrava por fim alguém que me dissesse algo assim, havia excitação, mas também gratidão e alívio, talvez fosse o que ele estava sentindo. Mesmo usando uma blusa de moletom, dava para ver como era magro, ele estava com as mãos nos bolsos da frente e forçava o tecido, que se agarrava ao corpo, revelando seu físico, e usava jeans apertados que marcavam as pernas e a bunda, que me peguei observando enquanto andávamos. Era a única condição que eu havia estabelecido, que não queria gozar no cu dele; eu queria esporrar na boca, eu tinha dito, na boca e na cara. Para falar a verdade, não tinha certeza nem se eu queria comê-lo, eu me preocupava com doenças, e quanto mais tempo eu passasse o fodendo, mais risco teria. Risco para ele também; eu fazia teste a cada seis meses, mas nem sempre tinha cuidado, não era obsessivamente precavido. Em seu perfil ele havia selecionado a terceira opção, nem negativo nem positivo, mas não sei, e no texto dizia não se importar com status sorológico, todo mundo era bem-vindo, ele não queria saber. As pessoas sempre mentem, ele me disse mais tarde, por que perder tempo perguntando, por que eu deveria acreditar nelas, por que eu deveria ligar para isso.

Seu apartamento ficava no andar térreo de um prédio mal conservado, dez ou doze andares de concreto descolorido, a fachada cortada por rachaduras. A porta era uma chapa grossa de metal para dar segurança, embora não estivesse trancada, nem sequer encostada; ele a abriu agarrando-a com as duas mãos e puxando-a com força para arrastá-la. Deixou-a aberta ao entrarmos; mais tarde me contaria que as velhas do prédio não conseguiam abri-la sozinhas caso se encontrasse fechada, elas ficavam gritando ou batendo nas janelas para que alguém fosse abri-la. Na minha janela, ele se queixou, já que o apartamento dele era o segundo no longo corredor do térreo pelo qual o segui, é um saco. Seu próprio espaço estava mais protegido por uma série de fechaduras que ele foi destrancando, e pelas grades da estreita janela que vislumbrei antes que ele corresse a cortina. Ficamos no cômodo maior, que tinha uma TV e, de frente para ela, um sofá e, entre ambos, uma mesa baixa com um laptop aberto, um cinzeiro abarrotado; o segundo cômodo ficava à direita, com uma cama estreita visível pela fresta da porta aberta. Havia outra cama, ou algo à guisa de cama, atrás de mim, encostada na parede ao lado da porta da frente, uma pálete fina colocada sobre um baú de madeira comprido ou um tipo de armário, uma estrutura improvisada. Não estava arrumada, os lençóis estavam embolados numa das pontas. Era onde ele dormia; o apartamento era da irmã, na verdade, ele não morava ali. Estava apenas visitando Sófia, embora estivesse lá havia um bom tempo, contou, e não tinha planos de ir embora.

Eu não sabia se deveria sentar ou deitar naquela cama, fiquei esperando por um sinal. Ele olhou para mim, hesitando, e deu um passo à frente. Nenhum de nós falou. Observei-o, sem saber como começar, embora soubesse que deveria ser o primeiro a agir. Ele sorriu levemente, como se visse minha incerteza e a perdoasse, ou debochasse dela, não tenho certeza de qual. Eu conhecia bem esse tipo de desdém que havia sentido por homens que não sabiam o que queriam, você sente logo de cara, desde o primeiro movimento morno; eu os tinha desprezado algumas vezes por oferecerem menos do que prometiam. Ele ergueu a mão e a botou no meu peito, um gesto de ternura, e se aproximou para me beijar. Mas não deixei que me beijasse, eu o beijaria mais tarde, mas aquela não era a maneira correta de começar, agarrei-o pela garganta para detê-lo. Ele estava de olhos fechados, mas os abriu surpresos, e sustentei o olhar enquanto apertava mais forte, não muito, não para machucá-lo ou assustá-lo, mas para afirmar algo, para castigá-lo um pouco por ter dado o primeiro passo, embora ele tivesse sido obrigado a fazê-lo, nós dois sabíamos, ele havia me dado permissão para começar. Houve uma espécie de negociação enquanto olhávamos um para o outro, uma pergunta, e ele gemeu baixinho sob a garganta e fechou os olhos outra vez, e vi que nos daríamos bem. Virei um pouco a cabeça dele, inclinando-a primeiro para a esquerda e depois para a direita, como se o estivesse examinando, mas na verdade era a mim mesmo que examinava, minha vontade de dominá-lo tanto quanto a vontade dele de ser dominado. Então o afastei de mim com um empurrão, abaixei o braço e rispidamente mandei-o se despir.

Ele deu outro passo para trás e levou a mão ao zíper do moletom, que abriu bem lentamente, olhando para mim e depois virando o rosto, sedutor ou tímido. Seu peito era juvenil, esbelto e quase sem pelos, os mamilos pequenos e escuros e já enrijecidos de excitação. Ele também se demorou com o cinto, e com o zíper do jeans, sem estar exatamente atuando para mim ao tirar e baixar a calça e a cueca para revelar o pau, que já estava duro e proeminente, ávido e cômico. Ele posou por um momento, exibindo-o. Era grosso e encapuzado, o longo prepúcio lhe recobria a cabeça embora estivesse ereto. Ele puxou-o para trás, deslizando a mão duas ou três vezes antes que eu o mandasse parar, e então o soltou. Eu havia falado com severidade, mas gostei de vê-lo, de ver que estava tão ansioso, que estava se deleitando. Eu não queria tocá-lo, era parte do meu papel quase fingir que ele não estava lá; quero ser um buraco, ele havia digitado em nossa conversa, nada além de um buraco. Era importante parecer que eu não ligava para seu prazer, mas eu ligava, e muito, queria vê-lo excitado. Dei um passo em sua direção, reclamando terreno e chegando bem perto; senti o calor dele através do tecido da minha camisa. Olhamos um para o outro e, antes que ele baixasse os olhos, senti uma onda de ternura por ele. Queria beijá-lo, estar com ele num cenário diferente, mas evidentemente eu não podia mudar o cenário, teria sido uma quebra do contrato. Se meu papel habitual fosse o de dominar, ser cruel, ser cruel daquela maneira, meu papel ou minha natureza, eu teria simplesmente agido de acordo com minha inclinação, acredito; pelo menos é isso que imagino que signifique agir como esses homens que eu desejo, querer algo e jamais questionar. Mas não o beijei, em vez disso, passei as mãos por seu tronco, as costas das mãos, me detendo quando cheguei aos mamilos, os quais rocei suavemente várias vezes, sentindo-os cada vez mais duros. Depois os segurei entre o polegar e o indicador, no início com delicadeza, esfregando as pontas em pequenos círculos, como balas, sem torcê-los, mas os massageando, de modo que ele emitiu um leve murmúrio para me mostrar que estava gostando e, lentamente, comecei a agarrá-lo com mais força, ouvindo à medida que o murmúrio tornava-se mais glotal e mais agudo, se convertia num gemido. E então os agarrei com bastante força, beliscando-os e torcendo-os com intenção de machucar. Ele abriu a boca, não gemendo e sim expelindo uma única sílaba, Ah, com os olhos fortemente fechados. Mas ele não mexeu as mãos, que era o teste, ele não as ergueu para se proteger ou para afrouxar meu controle, quando olhei, vi que estavam comprimidas contra as coxas, os dedos estendidos, as pontas cravando na carne. Bom garoto, pensei, embora não tenha dito em voz alta. Aquilo então se tornou uma espécie de competição, eu queria obrigá-lo a me pedir para parar. Mas ele aguentava tudo que eu fazia, quando os puxei com força, ele chegou a se inclinar para trás para se manter no lugar, embora isso só devesse ter aumentado a dor. Ele não tinha limites, ou pelo menos não assim, e reconheci isso ao mudar a direção da puxada, trazendo-o pelos mamilos não mais para mim, mas para baixo. Ele também resistiu no início, debatendo-se para manter a posição, sem entender o que eu queria dele até que puxei com mais força. E ele caiu de joelhos.

Eu o tinha soltado quando senti que ele começava a tombar, fiquei de pé, com as mãos junto ao corpo. Ele havia caído com força, mesmo com o tapete sobre o qual estávamos, deve ter doído. Ele se inclinou ligeiramente para a frente e abaixou a cabeça até sua testa quase me tocar, deixando um mínimo espaço entre nós. Olhei para baixo, para seu cocuruto, o cabelo bem aparado nascendo desde o centro numa espiral em sentido anti-horário, e reparei que, sem que eu tivesse mandado, ele tinha entrelaçado as mãos atrás das costas. De novo me perguntei onde ele havia aprendido, se alguém havia lhe ensinado esses gestos e códigos, se ele os havia aprendido sozinho pela internet. Eu me perguntava se eles configuravam um padrão coerente, um tipo de vida, consistente, algo como virtude, de verdade, ou se eram apenas uma espécie de enfeite, um sonho para se mergulhar de tempos em tempos. Mas não fiquei me perguntando por muito tempo; eu estava excitado, queria mais, e me inclinei um pouco, quase nada, e deixei que minha virilha roçasse sua testa. No mesmo instante, ele levantou o rosto, afundou o nariz em mim respirando forte, me cheirando, e começou a esfregar a cara contra mim, contra meu saco e ao longo do meu pau sob o jeans, esfregando primeiro a testa e depois o lado do rosto e depois a boca e o nariz, novamente até os olhos e a testa, fazendo um movimento circular que colocava seu rosto inteiro em contato comigo. Eu também já tinha feito aquilo, muitas vezes, era uma espécie de instinto animal, o prazer não de marcar o próprio território, mas de ser marcado; era o prazer de pertencer a alguém, suponho, o prazer de saber o seu lugar. Em seu rosto havia uma expressão de necessidade e provocação, me implorando por algo ou me desafiando, as duas coisas, acho, ele estava me levando aonde queria.

Fiquei ali e o observei, gostando de não dar o que ele queria, embora não seja bem verdade, não dar era parte do que ele queria; e parte do que eu queria, vê-lo desejar ou demonstrar desejo, mais intensamente agora que ele começava a se enrodilhar em mim, quase me fazendo recuar. No começo eu não conseguia entender o que ele estava fazendo, ele mexia sutilmente a cabeça para a frente e para trás e percebi que ele estava tentando virar a aba que cobria o zíper da minha calça. Assim que conseguiu, dobrando o tecido para trás com o nariz, ele esfregou o rosto contra o metal, para cima e para baixo, como se estivesse tentando abri-lo dessa maneira, o tempo todo com as mãos unidas atrás das costas. Ele não estava tentando abri-lo, claro, aquilo fazia parte da performance, mas estava esfregando tão forte e tão rápido que pensei que deveria haver algo além, um desejo por dor ou, se não dor, um determinado tipo de sensação, uma espécie de intensidade. Tire, mandei enfim. Ele olhou para mim, sorrindo, e levou as mãos ao meu cinto, lentamente, a urgência havia desaparecido, desafivelando a tira de couro. Ele me surpreendeu ao tirar o cinto inteiro, tomando um tempo para enrolá-lo em torno da mão antes de depositá-lo cerimoniosamente ao seu lado. Havia algo de cerimonioso em todos os seus movimentos, se antes eram animalescos, agora eram exageradamente refinados, cuidadosos e precisos. Ele puxou minha calça para baixo, esperando até que me desvencilhasse dela antes de dobrá-la e depositá-la ao lado do cinto e dos sapatos que eu havia descalçado. Só então trouxe as mãos de volta à minha cintura e puxou minha cueca para baixo, esticando o elástico para deixar meu pau pular para fora, balançando no ar enquanto eu levantava primeiro um pé e depois o outro para deixá-lo tirar o tecido. Ele pegou a cueca com as duas mãos, estendendo-a nas palmas abertas e enterrou o rosto nela, inspirando com sofreguidão, desejando qualquer vestígio químico que eu tivesse deixado ali, alguma mistura de suor e urina, de detergente e sabão. Suas mãos estavam cobrindo os olhos, mas quase revirei os meus em solidariedade, eu havia sentido essa avidez tantas vezes, por esse cheiro, mas nunca tinha visto alguém arrebatado por ele, nunca havia sido a causa disso. Ele a dobrou cuidadosamente e se ajoelhou diante de mim.

Ele entrelaçou as mãos atrás das costas de novo, mas quase ao mesmo tempo estendeu o braço para segurar minhas bolas com uma mão, a primeira vez que ele realmente me tocou, minha pele nua; inspirei através dos dentes ao choque, que não foi nem de prazer nem de dor, mas sensação, pura e indistinta. Com a outra mão, ele agarrou meu pau e o moveu para a direita e para a esquerda, para cima e para baixo, não eroticamente, mas como se o estivesse examinando, pensei, como um médico; e talvez ele estivesse examinando, em parte, procurando por sinais de doença, embora tivesse dito não se importar com isso, não sei. Minha primeira rola americana, falou então, olhando para mim e sorrindo, minha primeira rola circuncidada; seu inglês era impressionante, falava impecavelmente a linguagem dos sites de encontros e de pornografia. Ele me apertou com mais força ao puxar meu pau para cima, me ordenhando, e da ponta emergiu uma gotícula, opalina, quase translúcida. Devia tê-lo feito parar quando ele se inclinou, eu estava dando muita rédea, mas permiti que tocasse a gota com a ponta da língua, não a recolhendo, mas saboreando e, então, ele recuou, de modo que ela se esticou num fio entre nós. Ele fechou os olhos, com a língua ainda esticada, e senti outra vez que ele estava atuando de alguma forma, que ele estava mergulhado numa fantasia que tinha muito pouco, possivelmente nada, a ver comigo. Estava posando, habitando uma cena, algo tirado de um pornô, alguma imagem na qual ele era um astro. Ele criava essas imagens, me contaria mais tarde, eram sua principal fonte de renda, ele se apresentava por webcam para homens que lhe pagavam para fazer o que queriam. Eu adoro, disse, todos aqueles caras me observando e se masturbando, é uma coisa que eu amo. Havia dezenas de homens às vezes, numa delas quase uma centena, um pequeno contador na tela dizia o número, eles o instigavam enquanto ele apresentava seus brinquedos, vibradores cada vez maiores e plugues. Nunca dava muito dinheiro, disse, a menos que um cara quisesse um show particular, aí depois eles podiam sair do site e ir para o Skype, e ele ganhava uns trinta ou quarenta euros. Mas, na verdade, não é pelo dinheiro que eu faço, ele revelou. Uma vez, tinha participado de um teste para fazer pornô, não exatamente um teste, haviam feito uma convocação num dos sites que ele usava e ele enviou fotos para uma empresa na Alemanha, mas não me quiseram, contou, nem mesmo me responderam. Você acredita, eu teria arrasado, nem precisariam ter me pagado nada, eu teria sido um astro. Talvez tenha sido para arrancá-lo de sua fantasia que, quando ele avançou para botar meu pau na boca, eu o detive, segurando sua testa. Ele objetou, deu um grunhidinho, metade protesto, metade indagação, dobrando a cabeça para trás para me olhar. Agarrei seu queixo com a outra mão e forcei-o para baixo até ele abrir completamente a mandíbula. Ele me deixou fazer isso, e continuou me olhando até que, ao perceber o que eu pretendia, fechou os olhos e cuspi com força em sua boca. Ele fez outro barulho, dessa vez de prazer, e quando o soltei, ele avançou em mim e, num único movimento, engoliu meu pau inteiro, praticamente até a base, e novamente quase fui para trás, me curvei ligeiramente sobre ele e o agarrei pela cabeça, não para forçá-lo ainda mais, e sim para imobilizá-lo, a sensação estava intensa demais. Mas a sensação não parou, eu estava segurando sua cabeça mas a língua continuou se movendo, sugando repetidamente, se movimentando para cima e para baixo, muscular e serpenteante, e me peguei fazendo um barulho que não tinha a intenção de fazer, não apenas um barulho, mas uma palavra, não me lembro qual, alguma interjeição, porra ou caralho, em voz baixa, uma palavra que pode significar qualquer coisa e que no momento queria dizer que o que ele estava fazendo era maravilhoso, e foi ainda mais maravilhoso quando o soltei.

Todo mundo acha que chupa bem, mas não é assim, geralmente, não cobrem os dentes ou ficam só fazendo o mesmo movimento ou não aguentam engolir o suficiente ou engolem sem muita empolgação, mesmo caras que dizem adorar mamar, que se orgulham disso. Mas ele era diferente, ele era o melhor que já tinha me chupado, e me entreguei àquilo, a ele, esqueci o papel que deveria desempenhar e o deixei fazer o que queria. Pensei inesperadamente numa garota que eu conhecia quando era novo, uma garota grandalhona que era minha amiga, impopular exceto pela fama de ser fácil, de deixar qualquer um fazer o que quisesse com ela. Fazia anos que não pensava nela. Os mesmos garotos que a insultavam na escola a fodiam à noite, ou fodiam ou lhe pediam para chupá-los, de tal modo que ela tinha uma vida pública em que era humilhada e uma vida privada em que era desejada. Era uma espécie de poder, imagino, ou algo que nos parecia poder, para nós dois, conversávamos por telefone e contávamos nossas aventuras um ao outro, as dela no carro ou no quarto de um garoto, as minhas no banheiro ou no parque; sua puta, dizíamos um para o outro, rindo, sua putinha ordinária. Ela era dois anos mais velha que eu, dezesseis, estava no terceiro ano do ensino médio na nossa escola, e gostava de dizer que era minha professora, embora naquela época acho que eu já havia feito mais sexo que ela; numa única noite no parque eu pegava três ou quatro caras, não demorou muito para que eu a alcançasse. Mas foi a forma que nossa amizade tomou, de eu ser seu aluno, de ela me ensinar a ser uma puta. Você tem que se apaixonar por eles, ela me disse uma vez, por cada um deles, você pode até odiá-los em outros momentos, mas você precisa amá-los enquanto estiver fazendo um boquete, você tem que imaginar que nunca vai poder lhes falar isso, que a única maneira de dizer é pela maneira como você os chupa. Você tem que dar tudo de si, ela disse, essa é a única forma de fazer um boquete. Eu não pensava nela fazia anos, mas pensei naquele momento, porque era assim que ele chupava, me engolindo até onde podia e depois beijando a ponta, levando minhas bolas à boca, esfregando a cara em mim até brilhar com a própria saliva. Era um tipo de amor, ou ao menos parecia amor, reverência talvez, adoração, e isso me encheu de algo como orgulho, embora não seja a palavra certa, algo como arrogância ou agressividade, talvez seja essa a maneira de descrever, senti que estava me tornando o que ele queria. Incentivei-o a continuar, falei Isso, mama essa rola, a linguagem da pornografia, que é tão ridícula, a menos que você esteja ardendo com um desejo que a transforma na linguagem mais linda do mundo, cheia de significado, profunda, você gosta dessa rola, perguntei, mas não era realmente uma pergunta, ou era uma pergunta que ele já tinha respondido, mostra pra mim o quanto você gosta. E ele mostrou, ele já não estava usando apenas a boca, estava usando as mãos também, esfregando meu saco e acariciando meu pau escorregadio de baba, ele estava aprendendo o que eu gostava.

Ele não conseguia engolir tudo, não estava na posição certa, torcia a cabeça para investir no meu pau de diferentes ângulos, mas a curvatura da garganta o bloqueava. Finalmente, ele parou de tentar, ficou de joelhos e depois de pé, uma quebra de contrato, que ele reconheceu ao dizer Desculpe, e então, será que você poderia deitar, perguntou, vai ser melhor assim. Ele me pegou pelo braço e me levou em direção à cama improvisada junto à parede. Fiz como ele pediu, sentindo como era fino o colchãozinho, menos um colchão que um colchonete, como os de academia; mais tarde eu pensaria nas noites desconfortáveis que ele devia passar ali. Deitei-me de costas, dobrando o travesseiro sob a cabeça, e ele se colocou ao meu lado. Ele ficou na direção oposta, com a cabeça voltada para os meus pés. Meio que montou em mim, botando uma mão em cada lado da minha cintura, mas mantendo os dois joelhos juntos, não exatamente a posição que segundo Whitman a alma assume em relação ao corpo (eu não ia chupá-lo, ainda não tinha tocado em seu pau), e num único movimento rápido, quase violento, me engoliu. Ele tinha razão sobre mudar de posição, agora ele conseguia botá-lo todo na boca, e gemi à sensação de penetrar sua garganta, da passagem apertada. Ele se forçou a descer ainda mais, pressionando o queixo contra meu osso púbico, o nariz no meu saco, e pôs as mãos nos meus quadris, e me puxou em direção a ele, pressionando minha pélvis para cima. Eu estava sendo muito passivo, percebi, não era o que ele queria, ele queria que eu agisse. Então peguei a cabeça dele nas mãos e comecei a foder sua cara, e a puxá-lo na minha direção enquanto levantava os quadris, extraindo dele toda arte, toda ou quase toda. Quando alguém é usado dessa maneira, torna-se um objeto, é aí que está o prazer, seu único papel é ser o melhor objeto possível, manter os lábios em volta dos dentes, curvar a língua para proporcionar a abertura adequada, ora mais apertada, ora mais larga; a pessoa tem que se tornar um buraco, que era o que ele tinha dito que desejava. Comecei bem devagar, já que muitos homens dizem que querem isso, mas, na verdade, não querem, engasgam ou sufocam e depois já não conseguem mais; é mais uma fantasia sobre si mesmos, o que acham que querem não é o que realmente querem. Mas ele era diferente, recebia sem reclamar, e o fodi com mais força, segurei-o mais firme e fui dobrando seu pescoço para lá e para cá, provando ângulos diferentes. Por fim, ele engasgou, pela primeira vez, não apenas na garganta, e sim mais fundo no abdômen, e o soltei. Mas ele não queria que o soltasse, agarrou meus joelhos com as duas mãos e os prendeu ao redor da cabeça, me impedindo de recuar. Algo me invadiu novamente, aquela intensidade ou agressividade que sentira antes, uma espécie de crueldade, e disse Toma, quase cuspindo as palavras, agarrando a parte de trás de sua cabeça e fodendo-o com força, em investidas curtas e selvagens enquanto ele engasgava, toma, e o imobilizei, apertando-o contra mim enquanto seu corpo se sacudia, e senti prazer com seu sofrimento, com sua vontade de sofrer. Era o prazer de ser homem, acho, não sei se já havia sentido isso antes. Inebriei-me, não queria soltá-lo, segurei-o mesmo depois que ele me pediu para parar, só o larguei quando ele começou a bater nas minhas coxas. Ele resfolegou com intensidade, apoiando a cabeça sobre meu pau, fios de saliva ainda nos conectavam, viscosos e pesados, até que ele enxugou o rosto com uma mão. Tão bom, disse enfim, a voz grossa, bom pra caralho, e sorriu para mim antes de recomeçar a me chupar.

Joguei a cabeça de volta no travesseiro, deixando-o fazer seu trabalho. Ele abriu um pouco as pernas, revelando o cu, limpo e sem pelos, lindo, que se movia suavemente, talvez ele não estivesse ciente, se contraía e relaxava como a boca de uma criatura primitiva, toda apetite. Encostei ali o polegar e ele gemeu de novo e o apertou mais, como um beijo, quase, ou como se quisesse me engolir, me convidava a entrar. Mesmo sem lubrificante foi fácil penetrá-lo, ele relaxou e recebeu meu polegar até o primeiro nó do dedo sem nenhum esforço e se contraiu novamente. Pressionou para trás, inclinando levemente a pélvis. Mas eu não podia ir mais fundo, ou não com facilidade, só podia aplicar pressão para dentro ou para fora, estimulando seu próprio movimento, seu balanço para a frente e para trás. Mas não bastava, nem para ele nem para mim. Ele parou de me chupar quando tirei o polegar, levantando a cabeça e olhando para trás, e o abocanhou, sugando avidamente, assim como fez com o indicador e o dedo médio da mesma mão quando eu os ofereci, tomando ambos ao mesmo tempo, movendo a cabeça para levá-los mais fundo, até onde pudessem chegar. Levantei a cabeça para cuspir em seu rabo, esfregando-o de forma a lhe dar prazer, e meti dentro o polegar inteiro, até a segunda articulação, e como ele o havia recebido tão fácil, iniciando de imediato o movimento para a frente e para trás, enfiei os dois outros dedos de uma vez só, juntos, sem muita gentileza, cravando-os num movimento único até a base.

Isso o fez parar, ele arqueou as costas, levando um tempo antes de voltar a foder a si mesmo, a ser fodido nas duas extremidades, se atirando para trás sobre meus dedos e depois mergulhando sobre meu pau. Eu pressionava para a frente enquanto ele se movia para trás, enfiando até a segunda ou mesmo a primeira articulação quando me movia, cada um de nós encontrando o outro em nosso movimento até que ele se tornou único, um movimento destinado ao seu prazer, embora houvesse algo de selvagem nele também, a maneira como gemia quando a cada terceira ou quarta investida eu girava o pulso, abrindo seu cu um pouco mais; ele fazia um som que não era tão agudo quanto um grito, mas que não era inteiramente de prazer, e eu gostava de arrancar dele aquele som. Eu o sentia se movendo contra mim, não apenas para a frente e para trás, mas também pressionando em volta dos meus dedos, apertando e cedendo logo depois. Ele estava me mostrando do que era capaz, pensei, como ele sabia ser fodido. Ele tinha falado sério cada palavra que escreveu sobre si mesmo online, acho que nunca havia conhecido alguém que encarnasse tão plenamente a fantasia de si mesmo. Pensei em todos os homens que o tinham fodido, adicionando um terceiro dedo aos dois já dentro, experimentando novamente aquela estranha ternura por ele, mesmo quando revirava a mão para lhe dar a dor que ele desejava, enquanto levantava meus quadris para engasgá-lo. Por que deveria importar quem me fode, ele me diria mais tarde, por que deveria dizer não a qualquer um, não quero dizer não. Por que não deveria dar, seu corpo, ele queria dizer, o que eu posso fazer com ele que seria melhor que isso? Eu gosto que os caras me fodam, o que é que tem se são feios ou velhos, não suporto essa coisa, pessoas que se acham tão especiais que ninguém merece fodê-las. Por que é preciso merecer, ele diria, com a cabeça apoiada no meu peito, quem é que não merece foder um pouco? Acho que todo mundo deveria se entregar, não seria maravilhoso, todo mundo fodendo o tempo inteiro, em todos os lugares, eu adoraria, e eu ri, falei Eu também, seria a minha ideia do paraíso. E quando perguntei se não se preocupava com as doenças, ele disse Que se foda a preocupação, odeio isso, não quero me preocupar. Não quero viver para sempre, prefiro viver mais dez anos do jeito que quero do que viver para sempre de um jeito miserável, eu quero ser feliz. Não me importo com segurança, ele disse, não ligo se ficar doente, por que eu deveria ser especial, e me perguntei com base em que sentimento ele estava falando, se alegria ou desafio ou desespero, queria saber onde terminava um e começavam os outros. Eu queria discutir com ele, mas não o fiz, de que serviria e, de qualquer forma, discutir com ele teria sido reivindicar direito sobre ele de algum modo, infringir sua ética de não ser reivindicado. Por ser uma ética, pensei deitado ao seu lado, era mais coerente do que minha própria vida, com a alternância de precauções e riscos; tentei imaginar essa vida de incondicionalidade absoluta, mas sabia que jamais seria a minha.

Era sobre alegria, a história que ele depois me contaria, mas não era alegria que eu via enquanto ele se movia para a frente e para trás entre meu pau e minha mão, ou não só alegria. Eu tinha a sensação de que ele estava procurando algo e não encontrava, tornando seus movimentos mais bruscos e rápidos; ele estava me fazendo uma pergunta que eu não sabia como responder, que tentei responder agitando a mão e a girando a cada movimento que fazia. Mas ele estava frustrado, pensei, e enfim parou de se mover, e abaixou-se para engolir meu pau, tão fundo quanto conseguia, balançando um pouco a cabeça para fazer entrar ainda mais, como um cachorro atacando um brinquedo. Com a mão livre, agarrei sua cabeça e o fodi o mais forte que pude, brutalmente, de um jeito que o machucasse. Inclinei-me ligeiramente de lado e enrosquei as pernas em volta da cabeça dele, prendendo-o e movendo meus quadris bem rápido, o mais forte e rápido que pude, um movimento descontrolado, uma espécie de espasmo que reproduzia seu próprio espasmo ao se engasgar comigo dentro dele, mas, mesmo se engasgando, ele fechou os braços em volta da minha bunda para me impedir de me afastar. Emiti também um som, alto e gutural, quase um grito, e foi só quando o ouvi que percebi que era raiva o que eu sentia, abrasante e impaciente, eu não sabia de onde vinha, mas o faria sentir também, pensei. Imobilizei-o mesmo quando o senti tentando puxar a cabeça para trás, mesmo depois que ele começou a bater em minhas coxas novamente eu o mantive preso. Eu queria assustá-lo, acho, queria que não fosse uma brincadeira. Você quer, eu disse, enquanto ele se debatia, você quer, toma, falei, toma, sua puta de merda, e foi o choque das palavras que me fez soltá-lo, as palavras e o que senti enquanto as dizia.

Tirei meus dedos dele (devagar dessa vez, com cuidado), e ele agarrou minha mão e a levou à boca, limpando-a, embora não estivesse suja, ele estava imaculado, havia se limpado antes de eu chegar. Enquanto se deitava de lado ofegante, ele repetiu Bom pra caralho, agora sem sorrir, e pensei que o havia deixado satisfeito. Mas quando ele ficou de pé, vi que não, seu pau ainda estava duro enquanto cruzava a sala e se agachava para pegar meu cinto enrolado. Sentei-me e ele o estendeu para mim, e quando não o peguei, ele disse Quero que você me bata, a voz neutra, prosaica, Quero que você me açoite com ele. Baixei as pernas da cama, mas não me levantei, hesitei antes de finalmente tirar-lhe o cinto da mão e ficar de pé. Aquilo não fazia parte do roteiro que tínhamos planejado, ele não tinha dito que queria isso, eu não tinha certeza se era um cenário de que eu gostava. Ele se ajoelhou na cama outra vez, de quatro, oferecendo o rabo. Andei até o pé da cama, desenrolando o cinto na mão, peguei a ponta novamente para dobrá-lo, eu o golpearia com metade do seu comprimento. Nunca tinha açoitado ninguém antes, mas era assim que meu pai fazia quando nos dava cintadas, como ele dizia, era assim que ele nos castigava. Segurei o cinto dobrado com as mãos e juntei-as, fazendo as metades se dobrarem como asas, e o estalei no ar duas vezes, o barulho alto ressoou na sala pequena, e me fez estremecer. Era assim também que meu pai sempre fazia, nos assustava para redobrar o castigo, acredito, para nos fazer temer o cinto antes de senti-lo. Ao ouvir o som ele mudou de posição, abaixou o tronco, apoiando os cotovelos na cama e descansando a cabeça sobre as mãos entrelaçadas. Demorei um pouco mais, esfreguei sua bunda com minha mão livre, agarrando a carne. Então o golpeei, não foi com suavidade, mas eu sabia que ele percebia minha relutância, e depois de uma segunda e uma terceira vez, ele disse Mais forte, com a voz abafada entre as mãos, e outra vez, mais forte, e obedeci, açoitando-o cada vez com mais força e entusiasmo. Mas, mesmo assim, ele dizia Mais forte após cada golpe, quase como um insulto, e eu não sabia se era em resposta à sua voz ou ao meu movimento que me tornei cruel mais uma vez, me tornei todo aquiescência, se era castigo o que ele queria, era o que eu lhe daria. Eu ia rachá-lo de pancadas, pensei, que era outra coisa que meu pai dizia quando nos batia, eu vou te rachar de pancada; ele falava com a voz que usava apenas quando estava muito zangado, a voz de sua infância, a voz do campo. Talvez fosse a mesma raiva que eu sentia, aquela coisa abrasante que me invadia enquanto o açoitava sem parar, eu vou fazê-lo calar a boca, pensei, mas não o calei, ele ainda falava enquanto eu batia nele, dizendo Sim depois de cada pancada, sim, sim, e isso me enfurecia também, não sei por quê, alimentava a sensação ardente que me fazia bater nele com mais força. Cala a boca, pensei, embora não tenha dito as palavras, cala a boca, e me alegrei quando ele parou de dizer sim, quando fez outros ruídos, desarticulados, animalescos, quando parou de me dar permissão; talvez fosse isso, eu não queria permissão, já havíamos deixado as permissões para trás, pensei. Meu pau estava duro novamente, bater nele havia me deixado excitado; eu não sabia que seria capaz de gostar do sofrimento de alguém tanto assim, mas gostei, eu queria que ele sofresse mais. Quando meu braço já estava cansado, ergui-o acima da cabeça, o braço direito, e o descarreguei com mais violência, não na bunda dele, mas nas costas, que açoitei três vezes bem rápido e com toda força. Ele soltou um grito penetrante, um grito real de dor, desesperado e agudo, mas não saiu da posição, permaneceu agachado com as mãos entrelaçadas debaixo da cabeça. E tampouco se moveu quando larguei o cinto e me coloquei atrás dele na cama. Eu tinha pensado que não ia fodê-lo, mas agora queria, precisava fazer isso, era uma espécie de obrigação, uma conclusão necessária ao que ele me fez sentir, precisava entrar dentro dele. Sua bunda estava vermelha da surra, estava quente ao toque quando lhe dei um tapa, o que provocou outro grito, mais de surpresa que de dor, pensei. Cuspi nessa mesma mão e a deslizei pelo meu pau, só um pouco; eu sabia que estava quase no ponto, se me esfregasse demais, gozaria logo, e também não queria que escorregasse demais, queria que ele o sentisse. Eu já havia aberto seu cu, ele ainda estaria molhado da minha mão, mas não queria que fosse muito fácil para ele, queria que doesse.

Coloquei-me em posição e então hesitei, lembrando da minha preocupação inicial com doenças, os homens que o tinham fodido e eu, era um risco idiota; mas ele jogou o corpo para trás até tocar meu pau, seu cu se apertando de novo como uma boca, e não liguei mais para doenças, para doenças ou para qualquer outra coisa, se houvesse um risco, compartilharíamos isso também, e num único movimento meti tudo. Fiquei parado um instante, esperando o prazer atenuar. Quando o puxei para trás ele se apertou em torno de mim, com o corpo se esforçando para me reter, e então segurei sua pélvis estreita entre as mãos e o fodi com força. Sim, ele disse outra vez, sim, mas não me irritava mais, soava doce, gostei quando ele disse Me fode, quando ele disse me fode mais forte, esse diálogo vazio; Vou te foder, eu disse, vou te foder muito, toma, eu disse, puxando-o para trás enquanto metia, batendo-o contra mim. Ele tinha voltado a se apoiar nas mãos, e arqueou as costas, se empurrando para mim. Assim, ele disse, assim, quero ser sua puta, e ri um pouco, falei Ah, é isso que você quer, você quer ser minha puta? Dei-lhe um tapão, com força, e ele gemeu, por favor, ele disse, com a voz eletrizada pela necessidade, por favor, me come como se eu fosse a sua puta, eu quero ser a sua bichinha puta, e ao som disso senti algo se mover em mim, como uma mudança de marcha. Isso, eu disse, você é a minha bichinha puta, e o joguei para baixo, com força, e caí em cima dele, prendendo-o sob o meu peso. Passei o braço por baixo do seu pescoço e trouxe seu rosto para perto do meu, sufocando-o, Sua bicha, eu disse, fodendo-o mais devagar, mas com mais selvageria, cravando nele, sua bicha de merda. Minha voz estava baixa, eu estava falando em seu ouvido, você sabe o que você é, eu disse, você é uma puta, é só pra isso que você serve, eu disse, isso aqui é a única coisa que você merece. Talvez elas sempre tenham estado presentes, essas palavras, talvez, uma vez que essa linguagem seja ouvida, ela te contamine, foi o que me pareceu, como se algo explodisse dentro mim, corrosivo e fumegante, sem fim, eu havia esperado a vida toda para dizer aquelas palavras. Levantei a cabeça e cuspi em seu rosto, duas vezes seguidas, dizendo Bicha a cada vez, sua bicha nojenta, e ele gritou novamente, com as pálpebras apertadas. Esfreguei-lhe a saliva no rosto e deixei minha mão sobre sua cabeça, apoiando meu peso nele, esmagando sua cara contra o colchão fino, contra a madeira dura debaixo dele. Por favor, ele disse mais uma vez, com a voz abafada, por favor, eu não sou nada. Ele repetiu, eu não sou nada, eu não sou nada, e lhe fiz eco, eu disse Isso mesmo, eu o estava fodendo com todo o corpo, me erguendo e me jogando de volta sobre ele, você é uma bicha, eu disse, você não é nada, você é uma bicha, você não é nada. Continuei metendo nele enquanto sentia crescer em mim aquela crueldade e raiva, aquela dor ácida, e quando gozei, notei que ele gozava debaixo de mim, seu corpo sacudia, eu o ouvi dar um grito de alegria.

Fiquei em cima dele até ele se aquietar, depois puxei para fora e caí de costas ao seu lado. *Mnogo hubavo beshe*, disse, como foi bom, falando búlgaro pela primeira vez, com o rosto virado para o outro lado. Quando não respondi, ele se virou para mim e se ergueu de lado. Ei, disse, com voz solícita, ei. Pus a mão no rosto, que estava molhado de lágrimas. Eu estava envergonhado, não queria que ele me visse, quando perguntou qual era o problema, não pude responder. Pare, ele disse, puxando minha mão, pare, o que me fez chorar ainda mais forte por algum motivo, e ele me beijou, testa e bochechas, lábios, e quando tentei me afastar, ele segurou minha cabeça com as duas mãos para que não me movesse. *Sladurche*, ele falou, docinho, pare já, não seja assim, e começou a lamber meu rosto, rápido, brincalhão, como um gato, onde quer que tivesse beijado, ele lambia, segurando minhas mãos quando eu tentava me proteger ou afastá-lo, até que acabei rindo e chorando ao mesmo tempo, parei de lutar e o deixei lamber meu rosto. Ele também riu, rolando em cima de mim, ainda me lambendo, e percebi que eu estava errado antes; tinha um fim, o que eu havia sentido, o fim estava aqui, ele havia me trazido aqui. Ele apoiou enfim a cabeça no meu peito. Não seja assim, ele disse novamente enquanto eu colocava os braços ao redor dele. Viu? Você não tem que ser desse jeito, ele disse. Você pode ser deste.

Uma saída à noite

Z. havia esvaziado metade da caixa de suco e eu a segurava enquanto ele despejava a vodca pelo bico plástico de cima. Tínhamos dado risada ao vê-lo jogar a cabeça para trás e beber o suco, entornando-o mesmo enquanto fazia uma careta devido ao sabor, que era enjoativamente doce. Ele havia se recusado a despejá-lo na sarjeta: Meu avô era russo, contou, nunca desperdiçamos nada. E isso também nos fez rir, embora ele estivesse sério ao verter a vodca, virando a garrafinha plástica até a última gota de líquido entrar perfeitamente na caixa. Ele também não queria desperdiçar isso, e eu estava tão concentrado em segurar a caixa parada — e também concentrado em Z., que ficou perto de mim, nossos ombros quase se tocando — que quase havia me esquecido de N. quando ouvi o clique de seu celular tirando uma foto nossa. O que você está fazendo, perguntei, e tenho certeza de que em minha voz havia uma nota de preocupação genuína com a ideia de a imagem ser compartilhada com os outros, mas já tínhamos bebido o suficiente para que essa apreensão se encontrasse distante, e N. riu disso. Sinto muito, disse, é épico demais, estamos esperando por esse momento há muito tempo. Ele riu de novo quando o adverti para não postá-la no Facebook. Eu te pego, hein, falei, uma das frases que usei com frequência nos meus sete anos como professor. Ele levantou as mãos, com um sorriso de orelha a orelha. Não se preocupe, disse, eu não vou, só quero poder lembrar disso para sempre.

Z. tirou a caixa de mim e rosqueou a tampa, sacudindo-a vigorosamente e por bastante tempo, nos fazendo rir de novo. Era o segundo frasco de vodca, a segunda caixa de suco, a segunda vez que Z. se encarregava de preparar nossos drinques. Ele teria nos servido se tivéssemos algo para usar como copos; em vez disso, bebemos direto da caixa, que ele passou primeiro para mim e depois para N. antes de ele mesmo beber. Estávamos numa rua estreita no centro da cidade, sob um poste de luz de frente para o mercadinho vinte e quatro horas onde havíamos comprado nossos suprimentos. Já era tarde, mas tínhamos ainda uma hora ou mais antes do show na boate, que era nosso real destino. Sófia é famosa por essas boates, onde os ricos da cidade bebem e dançam; são chamadas de *chalgoteki*, em referência à música pop-folk que tocam. Eu nunca tinha ido a uma antes. Mas como eu estava de partida de Sófia, Z. havia insistido para que eu tivesse ao menos uma vez o que ele chamou de uma autêntica noitada búlgara, e seu poder de sedução havia superado toda minha aversão a bebedeira e barulho. Eu estava ansioso por isso, de verdade, havia planejado me divertir, dançar e beber, relaxar na companhia desses garotos de quem eu realmente gostava, por uma noite ser amigo e não professor deles.

A noite havia começado algumas horas antes, num restaurante onde eu havia prometido encontrar um grupo de alunos para me despedir. Eles já estavam lá quando cheguei, dez ou doze deles sentados às mesas que tinham juntado. Ao me avistarem, vários deles se levantaram, as cadeiras rasparam no chão irregular do pátio, e chamaram por meu nome, não meu nome de fato, e sim o sobrenome, quer dizer, o sobrenome do meu pai; em breve eu deixaria de ser esse nome, pensei, sentindo um súbito alívio. Claro que era assim que eles me chamavam, embora não fossem mais alunos, ou não fossem mais meus alunos; tinham se formado um ano antes e estavam de volta a Sófia após o primeiro ano no exterior, nos Estados Unidos ou na Inglaterra ou em Amsterdã, tinham se dispersado como todos os meus alunos aqui fazem, nunca ficava nenhum. Já havia vinho sobre a mesa, três garrafas abertas para respirar, um branco búlgaro barato para uma noite de final de junho, senti a pontada no paladar mesmo antes de me sentar. Mas era um prazer segurá-lo contra a luz, e mais do que um prazer ouvi-los dizer meu nome novamente, o sobrenome do meu pai, e Z. disse Aos novos começos, e bebemos. Era um vinho terrível, mas não importava, eu estava feliz como nunca naquele momento. Houve mais brindes durante o jantar enquanto os garçons traziam pratos de que meus alunos sentiram falta no tempo em que estiveram fora, saladas e carnes grelhadas e caçarolas de cerâmica com legumes e queijo. Eles brindaram uns aos outros, ao ano que estiveram fora, às histórias de Londres e Nova York.

Tive um ano de merda, N. falou quando chegou a sua vez, quer dizer, eu sabia que ia ser ruim, mas foi um ano de merda do cacete. Eu te falei, Z. disse, sabia que você não tinha nascido para ser advogado, e a garota ao lado o apoiou É verdade, e todos na mesa concordaram em alto e bom som, levando N. a erguer as mãos em rendição. Ei, ele disse, não fui eu que quis, mas nem mesmo *Gospodinut* — e apontou para mim — conseguiu convencer minha mãe de que era uma péssima ideia. Era verdade que eu havia tentado, no início do último ano letivo de N., quando sua mãe veio para a reunião trimestral. Ela nunca faltava às reuniões, mesmo que significasse dirigir duas horas desde sua casa em Plovdiv, perdendo meio dia de trabalho. Ela era uma mulher séria, vestia invariavelmente calças de alfaiataria, azul-marinho ou cinza, tinha o cabelo preto cortado bem reto logo acima dos ombros. Era também gentil e, uma vez, havia agradecido por minha influência, foi assim que ela disse; você é o único professor para quem ele se esforça, disse, sua matéria é a única que ele gosta. Ele não é um garoto burro, ela falou, como sempre falava quando discutíamos suas más notas, os trabalhos que ele entregava atrasado ou não entregava, mas, ai, é tão preguiçoso. Dessa vez discordei, não é que ele seja preguiçoso, eu disse. Notei seu rosto tensionar levemente com o receio que eu via muitas vezes nos pais quando começava a falar de seus filhos, um cenho franzido que poderia significar um tipo especial de atenção, mas que normalmente era o contrário, normalmente indicava que estavam perdendo toda a atenção. Quando N. tem interesse, ele rende, falei, se é algo que ele gosta — e nisso ela virou o rosto de lado, fez um som áspero com a língua no fundo da garganta. Por favor, disse a mãe de N. voltando-se para mim, o tom da voz ao mesmo tempo desdenhoso e implorante, por favor, se ele gosta? O que ele vai fazer quando tiver um emprego, ele não pode trabalhar apenas quando tiver vontade. Assenti e comecei a falar, mas ela continuou, por favor, repetiu, sei o que você vai dizer, N. já me contou várias vezes, você fala que eles devem fazer aquilo que gostam, é lindo o que você diz para eles. Entendo por que gostam tanto de você, disse, com um sorriso tenso, conciliador.

Sim, é o que digo para eles, falei, é nisso que acredito. Respirei fundo. Ele tem um talento, continuei, acho que ele tem sorte de tê-lo encontrado, e sim, acho que ele deveria seguir o que ama e construir sua vida em torno disso. Fiz uma pausa. Estava torcendo as mãos sob a mesa, enlaçando e desenlaçando os dedos, e as estiquei sobre o tampo. Eu me preocupo com N. na faculdade de direito, disse, me preocupo que ele continue indo mal. Eu acho, e nisso tentei suavizar o tom de alguma forma, acho que ele deveria fazer o que se sente inclinado a fazer, acho que ele deveria estudar o que quiser. Ela permaneceu sentada bastante quieta enquanto eu falava, com o sorriso tenso e imutável. Sim, ela disse novamente, é muito bonito o que você diz, muito inspirador. Mas o que ele vai fazer então, ela disse, depois de estudar o que quiser, o que ele vai fazer quando tiver que procurar um emprego? As coisas aqui são diferentes, *Gospodine*, talvez nos Estados Unidos o que você diz seja verdade; você tenta algo lá e se falhar não é problema, você tenta outra coisa, os americanos adoram começar de novo, vocês dizem que nunca é tarde demais. Mas para nós sempre é tarde demais, ela disse. Quando N. tirar o diploma, ele vai ter de encontrar um emprego, imediatamente, um bom emprego na Inglaterra, caso não consiga, ele vai precisar voltar para cá e, se voltar, vai ser muito difícil sair de novo, você entende, se voltar para cá, ele vai ficar preso aqui. Eu sei que você se importa com ele, ela disse, recostando-se na cadeira, conheço seu coração, e ela hesitou, buscando a expressão, seu coração está no lugar certo, mas o que você diz não é verdade em nosso caso, por favor, você precisa ajudá-lo a entender isso. N. resmungou quando lhe repeti aquilo na manhã seguinte na escola. Você está vendo, ele disse, ela não escuta, é impossível falar com ela. É porque ela te ama, falei, é uma maneira de te amar, e ele suspirou e virou o rosto.

Bom, disse N. à mesa do restaurante, baixando as mãos antes que Z. o interrompesse. Ouça, *Gospodine*, ele falou, você vai gostar desta. N. sorriu para mim. A faculdade de direito já era, ele anunciou, estou me transferindo, no outono começo a fazer literatura. Houve uma aclamação geral ao redor da mesa, vários alunos o cumprimentaram *Chestito*, parabéns, e levantamos nossas taças. Mas e sua mãe, perguntei depois que bebemos, como você a convenceu? O sorriso de N. se alargou. Foi fácil, disse, eu simplesmente bombei em todas as matérias, e todos deram risada. Eu não aprovo seus métodos, falei, embora também estivesse rindo, e Z. levantou a taça e disse Ao que quer que funcione, e brindamos novamente.

Brindamos também na rua, de certa forma, erguendo a caixa uns para os outros antes de bebermos. Aquele havia sido nosso plano, deixar os demais após o jantar e bebermos juntos, apenas nós três, um prelúdio para os drinques na boate. Fomos passando a caixa enquanto andávamos pelas ruas estreitas, mas na segunda ou terceira rodada a entreguei direto para Z. Ei, ele disse, tentando me devolvê-la, você não pode pular sua vez. Mas não a peguei. Preciso ir mais devagar, falei, não posso beber tanto quanto vocês. Eu já começava a sentir isso, o vinho antes e depois a vodca, que estávamos bebendo muito rápido, notei como as bordas do meu ser suavizavam, uma espécie de formigamento, como o despertar de um braço ou uma perna. Era perigoso beber tanto; eu não fazia ideia de quem me tornaria se ficasse totalmente bêbado, nunca tinha me soltado dessa maneira, como faziam os homens à minha volta na infância, sempre fui diferente deles também quanto a isso. *Gospodine*, disse Z., com a voz pesada de desapontamento, vamos lá, e sacudiu a caixa ainda segurando-a para mim, não nos decepcione. Tudo bem, falei, cedendo. E com um sotaque eslavo caricato, outro truque da sala de aula, eu disse Esta noite eu abro uma exceção, e dei um longo trago. Bravo, disse Z., é assim mesmo, e N. falou novamente Isso é épico demais, e então, esta é a melhor noite da minha vida, o que nos fez rir os três.

Eu não estava prestando atenção para onde Z. nos levava e fiquei surpreso quando chegamos ao Jardim dos Médicos, um pequeno parque repleto de árvores a oeste da universidade. Havia estado ali muitas vezes, eu o adorava durante o dia e, à noite, ele se enchia, como todos os parques, de gente jovem bebendo. Vamos parar um pouquinho, disse Z., pegando o celular do bolso e fazendo a pequena tela acender, ainda tínhamos algum tempo para matar antes da hora em que precisávamos estar na boate. Z. saiu do passeio quase no momento em que entramos no parque, levando-nos para uma região com árvores e relva coberta de fragmentos de mármore, pilares quebrados e pedaços de cornijas. Essa parte do jardim estava escura e as pedras brilhavam levemente, refletindo a luz dos passeios e dos playgrounds. Eu já havia visto esses fragmentos antes, durante o dia, lendo as placas no chão com informações sobre a procedência, as diversas escavações arqueológicas em que haviam sido encontrados, traduções das inscrições. Z. escolheu um pilar na altura certa e botou a caixa em cima dele e, numa careta de aflição, sorvi o ar entre os dentes. Que foi, ele perguntou, e eu falei algo sobre a antiguidade daquilo, que tinha milhares de anos e ele o estava usando de mesa. N. riu. Todo esse tempo na Bulgária, disse ele, e você ainda continua tão americano. A gente tem essas coisas por toda parte, ele falou, se não pudéssemos tocá-las, não poderíamos nem viver. E, além disso, Z. acrescentou, você não acha que é melhor estar aqui do que num museu, eu acho que ela gosta, e correu a mão pelo comprimento da pedra, um gesto estranhamente sensual, acho que ela gosta que a gente a toque. Vamos lá, ele disse, toque nela também, e quando hesitei, pegou meu braço logo acima do pulso e o puxou até a pedra. Eu ri, me rendendo, e a acariciei como ele tinha feito, a pedra mais quente que o ar, banhada pelo sol da tarde e cravejada, nada lisa, ou lisa apenas onde as letras tinham sido entalhadas, as bordas inclinadas do corte ainda perfeitamente polidas. Tirei as mãos e as limpei no jeans. O parque estava cheio, não apenas de estudantes universitários, mas de casais nos bancos que forravam os passeios, e de crianças brincando nos balanços e escorregadores. Você está preparado então, perguntou Z., pegando a caixa e desenroscando a tampa, embora eu achasse que nós três estivéssemos aliviados de deixá-la intocada por um tempo, tudo embalado para a mudança, e eu disse que sim, mais ou menos, ainda havia alguns dias antes de partir. Você vai sentir saudade, perguntou N., se referindo ao país, pensei, ou talvez do magistério, e respondi que iria, é claro, que pergunta.

Ouviu-se então um estrondo à distância, uma buzina de ar, seguido por um tambor batendo bem rápido, o som de algumas pessoas fazendo o máximo de barulho que podiam. Eles ainda estão nisso, perguntei, e Z. assentiu com a cabeça, Alguns, eles passam a noite toda ali. Haviam ocorrido protestos enormes semanas antes, mas foram perdendo a força com o passar do tempo e nada mudou, o governo se recusou a renunciar e os manifestantes foram diminuindo até restarem apenas poucas dezenas circulando pela cidade a cada noite gritando palavras de ordem. *Neshtastnitsi*, disse Z., babacas. Por quê, perguntei, o que você quer dizer, e ele encolheu os ombros. O que eles acham que vai acontecer, disse, nada vai mudar, eu nem acho que eles se importam com quem está no governo, tudo não passa de um jogo. E esses caras, ele continuou, a voz mais amarga, com seus tambores, dormindo em barracas, eles estão só jogando também, para eles dá na mesma, eles não conseguem achar emprego, é assim que passam o tempo. N. resmungou. Merda, ele disse, esse vou ser eu daqui a alguns anos, e Z. riu. Vai nada, eu disse, estendendo a mão para colocar no ombro dele, inclinando-me demais, precisei botar a outra mão de volta no pilar para manter o equilíbrio. Você vai ficar bem, falei olhando para ele, faça seu trabalho e não tenha medo, só isso, é tudo o que pode fazer. Ele encolheu os ombros enquanto eu tirava minha mão para colocá-la ao lado da outra na pedra. Sei lá, ele disse, minha mãe deve estar certa, não tenho ideia do que vou fazer depois da faculdade, provavelmente vou ter que voltar e virar um vagabundo. Z. riu novamente erguendo a caixa para fazer uma espécie de brinde. Estabilidade de emprego, disse ele, sempre haverá vagabundos, e N. resmungou outra vez.

Vamos, disse Z., olhando a hora, e começou a andar rápido pelo parque, de modo que N. e eu sofremos para acompanhá-lo. *E, kopele*, disse N., desgraçado, mais devagar, por que você está correndo, e Z. virou e sorriu, sem parar de caminhar, avançando de costas pela rua. Não queremos chegar atrasados, vamos perder o show, disse. Ele mexeu os quadris, meio que um movimento de dança turca, antes de dar meia-volta. A boate não ficava longe, no Tsar Osvoboditel, parte de um complexo em que se encontrava um dos hotéis mais luxuosos da cidade. Mostramos nosso *lichni karti* aos dois homens parados na porta, com torsos obscenos de tanto músculo, e descemos uma escada comprida atapetada, iluminada tenuemente por luzes vermelhas dispostas no alto ao longo das paredes. Havia espelhos instalados a cada poucos metros, e me peguei olhando-os furtivamente ao passar, vendo o grupo incongruente que formávamos, imaginando o que pensariam de mim ao lado desses homens muito mais jovens que eu, ainda garotos, na verdade. A música foi soando cada vez mais alta à medida que nos aproximávamos das portas de vidro que separavam o corredor e a boate propriamente dita, e me impactou brutalmente quando Z. as abriu e entramos numa sala escura e cavernosa bombardeada de luzes que giravam em algum lugar acima de nós. O ar estava carregado com a fumaça dos cigarros, abrasiva como areia, apesar da nova lei que havia sido aprovada meses antes; eu a via flutuar sob a única fonte estável de iluminação, em cima do bar no centro da sala, em que quatro homens com ternos pretos idênticos preparavam as bebidas. Caminhamos em fila indiana pelo local lotado até o canto mais distante da entrada, onde havia algumas mesas livres, pequenas e na altura do peito, cada uma com um cinzeiro e uma garrafa de gim fechada. Mais perto do bar, as pessoas estavam com garrafas e copos, mexendo ombros e quadris, dançando sem sair do lugar. Não havia uma pista de dança, embora qual mais seria a finalidade daquele lugar; a música estava tão alta que era quase impossível conversar, apenas um minuto depois, meus ouvidos já estavam doendo.

Uma jovem veio em nossa direção, segurando uma bandeja acima da cabeça enquanto abria caminho no meio da multidão. Ela vestia uma blusinha branca vários números menores que o dela, expondo o umbigo, mal abotoada acima dos seios, que ela permitiu que tocassem Z., casualmente erótica, enquanto se inclinava e aproximava seu rosto do dele. Ela gritou algo no ouvido dele enquanto colocava três copos e um pequeno balde de gelo sobre a mesa. Ele retribuiu o gesto dela colocando um braço ao redor de seus ombros, e N. e eu nos olhamos e rimos. Z. sempre foi teatral com as mulheres, uma caricatura de Casanova aos dezesseis anos, que cresceu para se tornar um verdadeiro sedutor; era como se exalasse sexo enquanto trocava comentários com a garçonete, parecia que estavam quase se beijando enquanto levavam a boca ao ouvido um do outro. Mas Z. se afastou deixando o braço cair do ombro dela, e a olhou com incredulidade. Ele sacudiu a cabeça num único movimento vertical, um decidido não. Começou a virar na direção de N., mas a garçonete colocou a mão no peito dele e gesticulou para que ele voltasse. Dessa vez ela falou por mais tempo, com a mão no peito dele, equilibrando a bandeja vazia sobre a mesa. Então Z. virou-se para N., gritando em seu ouvido, e N. gritou para mim que para ficarmos na mesa precisaríamos comprar o gim. Certo, gritei de volta, quanto é, e quando ele me disse cento e sessenta *leva*, oitenta euros, desatei a rir, fazendo Z. e N. rirem também. Mas a mulher não riu, ela deu de ombros, toda a sedução evaporou. É uma loucura, Z. gritou, mas a alternativa era ficar no espaço lotado entre o bar e o *lounge*, onde mal se podia respirar, que sentido teria, e puxei a carteira. Uma noite, eu disse, a garganta já irritada pelos gritos e pela fumaça, e eles sorriram e sacaram as deles. Não, não, eu disse, agitando o dedo indicador, não queria que eles gastassem seu dinheiro. Eu tinha ido ao *bankomat* mais cedo naquele dia, minha carteira estava cheia de notas e tirei várias para entregar à mulher, que voltou a sorrir, abrindo o gim e uma lata de tônica e nos servindo as primeiras bebidas antes de dar um giro e ir embora.

Havia talvez sete ou oito mesas em nosso canto, quase todas tomadas por turmas de jovens, alguns deles estudantes do ensino médio, pensei, dois ou três casais reunidos em cada uma. N. agitou o braço para chamar nossa atenção, depois apontou para a entrada, acenando com a cabeça para Z. antes de sair. Z. me disse algo, mas não entendi, a música estava muito alta, e depois de repetir sem sucesso, levou as mãos à virilha e imitou um homem mijando, com os dedos curvados como se estivesse segurando um pinto impossivelmente grande. Eu ri, tanto porque era engraçado quanto porque escondia a outra coisa que eu sentia. Fiz troça dele, primeiro curvando a mão no alto como a dele, fazendo cara de dúvida, e levei as mãos à minha própria virilha, como se segurasse um pinto duas, três vezes maior, e Z. riu também, uma risada genuína, pensei, embora não tivesse muita graça, e nós dois parecemos um pouco constrangidos assim que o riso cessou. Depois Z. disse outra coisa que novamente não entendi, e ele tirou o celular do bolso e digitou, me mostrando a tela para eu ler. A noite está incrível, ele havia escrito, e levantei os olhos e disse Sim, e erguemos nossos copos, tocando-os antes de beber.

A música mudou enquanto pousávamos os copos na mesa, houve um súbito ataque de *gaidi*, as gaitas de foles da montanha, onipresentes na música folclórica balcânica e, depois, uma batida sincopada de tambores que nos fez sorrir. Era uma música que conhecíamos bem, um dos grandes sucessos do último ano de Z., e voltamos a erguer os copos, brindando um ao outro e à canção e à memória que tínhamos dela. Com o copo ainda nos lábios, Z. se pôs a dançar, estendendo o outro braço para longe do corpo e girando levemente de um lado para outro e, embora fosse meio irônico, me fez sentir uma espécie de pontada, já que era para mim, a dança, eu era seu único público, só podia ser para mim. Depois de alguns segundos, ele botou o copo na mesa e baixou também o outro braço, abandonando a performance. Mas, então, eu levantei os braços, desajeitado e pouco americano, arrastei um passo na sua direção e ele voltou com tudo. Foi como se eu tivesse dado a ele permissão para dançar, para fazer bobagens na minha frente já que eu estava sendo muito mais bobo, sem sua beleza ou juventude, eu era um velho ocupando aquele lugar. Mas ele sorriu para mim e sorri de volta e estávamos dançando um com o outro, à nossa maneira, criamos uma pequena órbita juntos, um centro de gravidade. A certa altura estiquei a mão e a coloquei em seu ombro, um gesto amigável, casual, como o de um tio, talvez, e deixei-a deslizar por seu braço e, enquanto sentia-o flexionar o bíceps, um reflexo, dobrei os dedos ao redor do músculo dele e apertei, sentindo como era sólido. Eu sabia que o gesto não era mais casual, que estava mostrando demais, eu o estava tocando como nunca antes havia me permitido tocar um aluno. Mas ele não era meu aluno, disse a mim mesmo, por uma noite, podíamos olhar um para o outro sem nada disso, eu poderia tocar o braço dele e fazer com que tudo isso sumisse. Ou, talvez, não tenha pensado desse jeito, talvez esteja acrescentando isso agora, talvez tudo o que senti foi uma costura ou um fio esticado da garganta até a virilha, um circuito que ganhava vida em contato com ele. Ele sorriu e dobrou o cotovelo, inchando o bíceps, e deixei que a outra mão se unisse à primeira, enlaçando os dedos ao redor de seu braço para tomá-lo em toda sua envergadura. Eu tinha parado de dançar, me dei conta, e baixei as mãos envergonhado por admirá-lo por tanto tempo. Mas ele não parecia constrangido, ele não tinha parado de sorrir, embora também não estivesse mais dançando; ele se deteve para deslizar a mão dentro do bolso da frente de seu jeans, que era agarrado, meus olhos acompanharam enquanto ele movia os dedos para dentro e fazia surgir o celular. Seu rosto tinha uma expressão concentrada à luz da tela, e ele o virou para mim e vi que tinha digitado tudo em maiúsculas HOMEM DE FERRO. Ele esperava que eu risse, mas não ri, olhei para ele, para além do brilho do celular que devia estar iluminando meu rosto, deixando-o ler o que estivesse vendo nele, olhei e balancei a cabeça da direita para a esquerda em afirmação; *Da*, eu disse, embora ele não pudesse me ouvir nem o tom em que havia dito, que era um tom sério, grave, *Da*. Ele voltou a guardar o celular no bolso, sorrindo mais amplamente, e deu um passo em minha direção. Ele ficou de frente para mim, me encarando e plantando bem os pés, como um desafio, fechou o punho e bateu na própria barriga duas vezes, com força, exibindo também os músculos que tinha ali, antes de abrir a mão e fazer um gesto acolhedor, sacudindo a cabeça num convite. Ele queria que eu tentasse, e quando não lhe golpeei imediatamente, ele estendeu a mão e agarrou meu pulso, puxando-o em direção à sua barriga. Cerrei o punho e deixei que batesse em si mesmo, *era* como ferro, pensei, ou como algo mais precioso, como mármore, e quando ele gritou para que eu batesse outra vez, com mais força, eu o fiz, não muito forte, mas o suficiente para satisfazê-lo. Deixei a mão ali, os nós dos dedos alinhados com seu abdômen e, depois, abri a mão e espalmei-a sobre sua barriga, o algodão da camisa estava levemente úmido de suor, e deixei meus dedos traçarem o desenho dos músculos, elevando-os em fileiras enquanto ele os contraía, curvei as pontas dos dedos ao redor deles e os apertei até o máximo que me atrevi. Então soltei a mão e sorri e esfreguei seu abdômen rapidamente com as costas da mão, como se para apagar os rastros da forma que eu o havia tocado. Peguei o copo na mesa e com uma careta entornei o resto.

Ainda estava tocando a mesma música, só haviam passado uns poucos minutos. Mal pousei o copo e Z. já o estava enchendo, novamente galante, e logo depois N. estava de volta do banheiro, erguendo o próprio copo com expectativa, de modo que Z. o serviu também, e depois a si mesmo, e mais uma vez estávamos brindando entre nós. Olhei em volta, ciente de que tudo o que eu havia sentido teria sido óbvio para qualquer um nos observando, mas ninguém nos olhava; vi na penumbra as outras mesas e, além delas, a inalterada sala lotada. Coloquei um braço em volta dos ombros de N., amigável, tentando normalizar o toque, e ele e eu dançamos um pouco. Outra música havia começado, uma que eu não conhecia, mas dava na mesma, sempre se pode dançar a *chalga*, esse é o objetivo da música, sua única virtude. Eu tinha me afastado de Z. para dançar com N., que não era um bom dançarino, ele nem mesmo tentou dançar bem: ele fazia todos os movimentos serem irônicos, autodepreciativos, uma extensão da persona que havia assumido em sala de aula, que era cativante, mas também produto da incerteza ou da dúvida, uma espécie de abnegação. Eu queria que ele parasse com aquilo, mas agora eu estava entrando na brincadeira, rindo, dançando da mesma maneira, fazendo movimentos bobos e arrastando os pés, um jogo que de certa forma era o oposto de erotismo e, portanto, um alívio para mim.

Eu só o havia perdido de vista por um minuto ou dois, mas quando olhei novamente, Z. tinha desaparecido. Deve ter ido ao banheiro, pensei, e imediatamente parei de dançar. Gritei para N. que ia mijar, ao que ele acenou com a cabeça, e o deixei sem pensar em como aquilo era estranho, largá-lo ali sozinho, em como deve ter ficado óbvio, eu só pensaria nisso mais tarde. Avancei o mais rápido que pude, me contorcendo pela multidão, buscando brechas entre os grupos de bebedores; eu não estava tão bêbado, pensei. Eu estava quase alcançando um espaço aberto perto da entrada quando me choquei com as costas de um homem. Ele se virou rápido, musculoso e ofendido, mas sorriu quando levantei as mãos pedindo desculpas, *Izvinyavaite*, perdoe-me, *suzhalyavam*, sinto muito, e pousou a mão enorme em meu ombro e o apertou, amigável e clemente, me acolhendo na camaradagem da embriaguez feliz. E, então, na penumbra à minha frente, surgiu subitamente um retângulo de luz de porcelana ao abrir de uma porta e me vi numa grande sala brilhante, ladrilhada e limpa. Havia três mictórios numa das paredes, e um homem se afastava nesse momento de um deles, fechando a braguilha. Z. ainda estava lá, vi com alívio, não era tarde demais, e me pus ao lado dele, quebrando aquela propriedade distributiva dos banheiros masculinos, uma proteção contra olhares descontrolados, contra o desejo. Ele olhou para o lado, viu que era eu e sorriu, um pouco atordoado, pensei, ele estava mais bêbado do que eu, ou mais bêbado do que eu sentia estar, e voltou a olhar para a frente. Não olhei para a frente, embora pudesse ter olhado, ainda poderia ver o que queria. Deixei que meus olhos descessem por seu peito, seguindo a fileira de botões da camisa que, na luz fluorescente, era ridícula, uma espécie de violeta berrante. Mesmo excitado como estava, admirei o cuidado com ela, os botões perfeitamente alinhados, e pensei, pela primeira vez em muitos anos, em meu pai me vestindo como um garoto, me ensinando sobre o jeito certo de alinhar a roupa, os botões e a fivela do cinto formando uma ordem que significava mais que vaidade, que sinalizava uma retidão mais profunda. A lembrança veio num flash antes que eu me permitisse olhar para seu pau, pálido na sua mão e mijando uma linha clara contra a porcelana, nada de extraordinário, nem pequeno nem particularmente grande, um belo pau, e senti o meu próprio endurecer um pouco quando vi que com o dedo indicador ele estava esfregando bem de leve a parte inferior da cabeça, onde segurava o prepúcio para trás, um gesto inconsciente, provavelmente, embora deva ter enviado uma pequena corrente de prazer junto ao prazer de mijar. Eu sabia que estava agindo mal, que estava olhando muito descarado e por muito tempo, que eu não deveria nem ter virado para olhar. Eu sentiria vergonha mais tarde, mas agora não estava envergonhado, continuei observando como o jato enfraquecia e ficava intermitente, deixe que ele saiba, disse para mim mesmo, ele já sabe, deixe que ele veja. Ele soltou a cabeça para puxar o prepúcio para trás e sacudi-la antes de pegar a base e deslizar os dedos por seu pau, esticando-o em todo o seu comprimento e sacudindo a gota de urina que havia ficado pendurada na ponta. Ele fez isso duas ou três vezes e depois parou, deixando o pau pendurado por um momento, em que senti a excitação crescer e se tornar insuportável, ele deve estar me deixando olhar, pensei, pode ser uma espécie de convite, até que ele o guardou e fechou a braguilha.

Só então olhei para seu rosto. Nossos olhos se encontraram: ele estava me observando ou talvez só tivesse olhado naquele instante, não sei. Ele sustentou o olhar sem falar nada, e eu sabia que se ele me desse qualquer sinal, eu faria o que ele quisesse, ou melhor, o que ele me deixasse fazer, entraria numa das cabines com ele ou sairia da boate, iria embora sem dizer uma palavra sequer a N., eu não estava nem aí, faria qualquer coisa que ele quisesse. Ele fechou os olhos e oscilou um pouco antes de reabri-los. Depois se inclinou para mim, entrando no meu espaço, e disse Estou muito bêbado, quase gritando, a música estava alta no banheiro também. Ele se inclinou novamente, Vamos ver o show e depois ir para casa, ele disse, e se virou, caminhando até a pia para molhar as mãos antes de voltar para dentro. Não o segui imediatamente, fiquei no mictório esperando a excitação acalmar, até que a porta se abriu e outro homem entrou, um gordo num terno caro, que se plantou no mictório ao lado e, com um suspiro, começou a mijar.

N. e Z. estavam de pé junto à mesa, já sem dançar, com os copos cheios à sua frente, e quando me uni a eles, Z. reabasteceu o meu também. Ele estava sorrindo, não havia nenhum vestígio do que havia acontecido quando batemos nossos copos, olhando um nos olhos do outro para dizer *Nazdrave*, procurei ler nele alguma mensagem especial, mas não havia nenhuma. Enquanto bebíamos, a música diminuiu abruptamente e parou, deixando na sua esteira uma espécie de estampido. E, nesse momento, pelos alto-falantes, a voz de um homem, forte e profunda, teatral, disse *Dami i gospoda*, senhoras e senhores, e numa explosão rápida de sílabas que não entendi muito bem, anunciou Andrea, a cantora que tínhamos ido ver. Com uma única batida de tambor, as luzes se apagaram, e com outra batida, um palco que eu não havia notado se banhou subitamente em luz branca. Estava na parede oposta, do outro lado do bar, ainda que desse para ver bem, não era um espaço tão grande quanto eu havia imaginado. Fez-se um clamor quando a música começou, a introdução da canção mais conhecida de Andrea, "Haide opa", e outro clamor quando uma porta na parede se abriu e ela subiu ao palco seguida por outras quatro mulheres. Elas usavam roupas de duas peças minúsculas que deixavam a barriga à mostra, as quatro dançarinas quase idênticas, Andrea se diferenciava delas pelo que parecia ser um colete de pele, branco e felpudo, aberto ao redor dos seios, e pelo cabelo, que não estava preso para trás como o das outras, mas solto numa volumosa juba loira. O palco era pequeno, elas mal conseguiam se mexer, se limitando a levantar os braços e girar, às vezes dobrando bastante os joelhos, tudo exageradamente sexual. Havíamos deixado nossos lugares ao redor da mesa e estávamos de frente para o palco, Z. no meio, dançando, de modo que esbarrávamos um no outro, nossos ombros e quadris, e Z. botou os braços ao redor dos nossos ombros e nos trouxe para mais perto um do outro num abraço forte. Quando olhei, ele estava sorrindo, contemplando Andrea, e sorriu mais ao virar a cabeça e olhar para mim, e sorri de volta, feliz, me apertando contra ele, estendendo a mão para abraçar o ombro de N., que sorriu para mim também.

As mulheres no palco fizeram uma pose quando a canção terminou, e a música mudou, tornou-se ainda mais frenética, uma música que eu não conhecia, embora a multidão tenha feito outra gritaria de reconhecimento. N. e Z. sempre haviam dito que não gostavam de *chalga*, mas gritaram também, um pequeno hurra, e começaram a dançar com mais entusiasmo, levantando os braços. Afastei-me para dar mais espaço a Z., mas ele me agarrou com um braço pelos ombros e me puxou novamente para perto, me fazendo dançar ao seu lado, seu flanco quente contra o meu, seu braço quente contra as minhas costas, e me senti invadido por uma onda de felicidade, meu rosto se estendeu estupidamente num sorriso. Eu devo estar parecendo um bobo, pensei, mas era tão prazeroso ser um bobo, por que eu tinha passado tanto tempo da minha vida me protegendo disso? Olhei para Z. e N. e vi meu sentimento refletindo de volta para mim, seus rostos brilhavam na escuridão, ou é assim que me lembro, como se estivessem presos no clarão do flash de uma câmera. Mas não havia ninguém tirando fotos, é apenas a minha imaginação que lança essa luz sobre eles. No palco, Andrea andava de um lado para outro como uma gata enjaulada. Então Z. tropeçou ao meu lado, perdeu o equilíbrio e caiu, ou quase caiu, agarrando meu ombro, de modo que fui puxado para a frente com ele, e estendi o outro braço para pegá-lo pela cintura. Opa, falei, lutando para segurá-lo, por um segundo ele foi um peso morto em meus braços. Ele conseguiu achar apoio e, enquanto se endireitava, notei que minha mão havia parado na sua virilha. Não acho que tenha sido de propósito, não exatamente, acho que foi quase um acidente, mas também não a removi, olhei para ela como se fosse uma coisa desligada de mim, com impulsos e atos próprios, culpabilidade própria e, ainda que não o estivesse apalpando ou se movendo, ela *era* culpada, percebi isso no mesmo instante em que a observava com uma espécie de choque. Olhei para o rosto de Z. e vi que ele estava olhando também, sem uma reação que eu pudesse decifrar, então ele ergueu a vista, não para mim ou para o palco, mas para a frente, o rosto enevoado, com uma expressão não de raiva ou consternação, mas de perplexidade, pensei, e voltando a mim de repente, puxei a mão depressa. Olhei para N., que parecia não ter notado nada, ele ainda estava dançando, assistindo ao show, concentrado na música ou em Andrea. Z. estava imóvel ao lado, com o braço em meus ombros, o rosto não mais anuviado, mas com uma expressão vazia. Desviei o olhar para o palco, sentindo um calor nas entranhas que reconheci como vergonha, mas ainda não era intensa, estava distante ou amortecida e, embora soubesse que nos próximos dias ela me faria sentir terrível, eu a afastei de mim naquele momento. Amanhã você vai senti-la, disse a mim mesmo, deixe para sentir depois, não agora. Voltei outra vez a dançar e quando me movi, Z. começou também, deixou o braço cair do meu ombro, mas se pôs a balançar de um lado para o outro com a música, e não demorou para que estivesse sorrindo novamente. Talvez ele ache que foi um acidente, pensei, talvez *tenha sido* um acidente, talvez não haja necessidade de sentir vergonha, mesmo sabendo que não era o caso, ou talvez ele estivesse tão bêbado que esqueceria aquilo e a única vergonha que restaria seria uma vergonha particular, a vergonha a que eu estava acostumado, a vergonha que me fazia sentir em casa.

Z. tropeçou outra vez, caindo em direção a N., que o agarrou e o manteve de pé. N. olhou para mim e riu enquanto Z. se reerguia, fechando os olhos e oscilando; nós dois o seguramos pelos ombros para mantê-lo ereto. Olhei para N. e acenei com a cabeça em direção à entrada. É melhor a gente ir, gritei, e ele assentiu movendo a cabeça da esquerda para a direita. Seguramos Z., cada um num braço. Tivemos que caminhar de lado e em fila para passar entre a multidão, embora as pessoas tentassem abrir espaço para nós, sorrindo e saindo do caminho o melhor que podiam. Devíamos evocar uma imagem familiar, dois amigos ajudando um terceiro e, outra vez, tive aquela sensação de pertencimento em relação a eles, calorosa e presente e que mitigou meu presságio de vergonha. Subimos as escadas e saímos para a noite, acenando com a cabeça para os dois seguranças, que nos ignoraram, e respirei profundamente como se estivesse me faltando ar. Z. cambaleou mais uma vez, apoiando-se com força em mim, e nos sentamos nas escadas para esperar o táxi que N. havia chamado. Z. se dobrou para a frente, os cotovelos apoiados nos joelhos, e gemeu, e N. e eu rimos dele. *Mnogo si slab, be*, eu disse, você é muito fraco, eu esperava mais de você, e o agarrei pelo ombro para puxá-lo para mim. Mas ele escorregou ou perdeu o equilíbrio e caiu no meu colo, e um único e fluido jorro de vômito atingiu a calçada ao lado dos meus sapatos. Ele permaneceu naquela posição, estirado em meu colo, e me inclinei sobre ele, como se para protegê-lo de algo, e esfreguei suas costas, o tecido da camisa úmido de suor. *Ne se chuvstvam dobre*, ele disse, apoiando-se sobre os braços para se endireitar, não estou me sentindo bem, e N. falou para ele não se preocupar, que eles estavam indo para casa, que aquilo passaria quando dormisse. Eles iriam para o apartamento de Z., que ficava em algum lugar próximo, a quitinete que a família mantinha e que Z. tinha reivindicado como sua, um lugar para levar garotas e fazer pequenos encontros, grande o bastante para cinco ou seis pessoas, ele tinha me dito. Ele ainda estava caído em mim, eu sentia seu calor no meu flanco. Quando o táxi chegou, ficamos de pé, N. e eu puxamos Z. para cima e o levamos até o carro. Você vai ficar bem, perguntei, enquanto Z. metia as pernas para dentro, meio deitado no colo de N. Mas você também vem, disse N., você não quer vir com a gente, podemos dar um tempo na casa do Z., e Z. lhe fez eco, dizendo Sim, venha, *Gospodine*, com a voz pastosa pela bebida. Fiquei parado com a mão em cima do carro, hesitando, querendo me juntar a eles e imaginando o que ainda poderia acontecer, as possibilidades de privacidade com Z., e me senti tentado a experimentá-las. Mas, em vez disso, dei um passo para trás. Não, falei, tenho que ir para casa, já está tarde. Mas obrigado pela noite, disse, me diverti muito, obrigado. Foi uma noite incrível, Z. disse, deixando cair a cabeça enquanto eu fechava a porta.

Não precisei esperar muito tempo para que outro táxi aparecesse, um encostou quase imediatamente, deixando um casal em frente à boate. No caminho até Mladost, me senti afundar na embriaguez, ou senti a embriaguez se elevar ao redor de mim; mesmo respondendo ao papinho do motorista, fechava os olhos e notava minha cabeça rolando para o lado antes de endireitá-la bruscamente. Acenei para os vigias da guarita no American College enquanto o táxi se afastava, e logo já estava além do clarão dos holofotes, na rua escura que levava à escola. Durante anos eu havia percorrido aquele caminho diariamente, de manhã e à tarde, com o peso do dia à minha frente ou com o alívio de tê-lo deixado para trás e, inclusive agora que vivia no campus, eu o atravessava com frequência, para ir até o mercado ou a academia, até os táxis parados perto dos portões. Eu estava andando devagar, percebia como seria fácil tropeçar, dando um passo ou dois para os lados antes de voltar a seguir reto. Então é assim, pensei, me lembrando dos bêbados que eu já tinha visto ziguezaguear dessa maneira, imaginando como os guardas na guarita deviam estar me vendo, como talvez tivessem se virado para me olhar, muitas vezes as pessoas param para assistir a bêbados cambaleando, isso as diverte, não sei por quê. Em mim costumava despertar um sentimento mais sombrio, pena ou, às vezes, desdém; não era nada engraçado, eu pensava, não havia nada de inocente naquilo, era uma espécie de renúncia deliberada de discernimento, de responsabilidade. O que foi que eu fiz, pensei de repente, o que foi que eu fiz. Virei para o caminho entre os prédios, o asfalto da quadra de basquete à direita, onde garotos jogavam futebol pela manhã, e a fileira dos edifícios acadêmicos à esquerda, no mais imponente dos quais eu havia dado aulas a todos os meus alunos, turmas entrando e saindo, tive Z. e N. duas vezes, ainda meninos no décimo ano e, dois anos depois, algo mais próximo de homens. É um tipo de atuação, é claro, todo ensino é fingimento; eu me apresentava diante deles como uma espécie de poema de mim mesmo, uma imagem ideal, quando algumas horas por dia eu era capaz de ocultar ou ocultar em grande parte a desordem da minha vida, e se não havia tido sucesso totalmente com Z., havia chegado bem perto, se antes ele havia visto lampejos do que eu era, até aquela noite ele jamais tinha me visto por completo. Eu o encarei lascivamente, eu o toquei, eu fui uma caricatura de mim mesmo, pensei, mas não é verdade; eu fui eu mesmo sem restrições, talvez seja essa a maneira de dizer.

Segui o caminho pela parte arborizada do campus, as árvores que separam os edifícios principais das casas dos professores. Os dois andares da minha pequena residência haviam sido divididos em apartamentos, dos quais o meu era o mais bonito, pensei, no andar térreo, com janelas voltadas para as árvores. Eu tinha me mudado menos de um ano antes, cansado de tomar o ônibus todas as manhãs do apartamento fora do campus. Eu não sabia quando iria partir, não apenas de Sófia, mas também da docência em geral, tudo havia se tornado insuportável, a labuta e a rotina, no início daquela primavera eu havia me dado conta de que não conseguiria encarar outro ano. Um pequeno lance de escada levava até minha porta, quatro ou cinco degraus e, quando comecei a subi-los, tropecei, amortecendo a queda com as mãos, e depois caí de lado contra o concreto, onde fiquei deitado ou meio deitado por um momento antes de me sentar ereto no primeiro degrau. Engoli em seco para evitar uma onda de náusea, de náusea e algo mais, eram indistinguíveis, sete anos, eu pensei, sete anos destruídos, uma traição à vocação. Mas descartei a ideia assim que a pensei, não era minha vocação, era apenas uma ocupação, uma maneira de passar o tempo; não banque o hipócrita, disse alguma coisa dentro de mim, e outra coisa retrocedeu covardemente. Engoli em seco novamente, não podia vomitar ali, todo mundo ia ver, se fosse vomitar, precisava entrar em casa. Mas embora quisesse me levantar, permaneci onde estava, mal ereto, com as mãos escoradas ao lado do corpo e com o tronco inclinado para a frente, oscilando um pouco. Eu estava exagerando ou arranjando desculpas, não era tão ruim ou era pior. Agora não dá para saber, pensei, de manhã você saberá, e temi o que sentiria, como minhas ações pareceriam à luz do dia, eram essas as palavras que eu usava, à luz do dia, eu estava pensando em frases antigas.

Tentei outra vez ficar de pé, me levantando apenas alguns centímetros antes de desabar novamente. Ouvi então um som e olhei para cima, e vindo em minha direção vi a figura gorda de Mama Dog, com o rabo balançando no escuro. Ela era o único cachorro permitido no campus; por anos, ela havia mantido outros cães longe dali, mas estava velha demais para tomar conta de qualquer coisa agora, e passava a maior parte do dia dormindo nos alpendres de nossas casas ou ao lado dos vigias quando eles estavam sentados à sombra. Ela ficava sempre feliz em me ver, eu lhe dava alguns petiscos às vezes, mas nesse momento não tinha nada para ela, e disse isso, *Nyamam nishto*, abrindo as mãos vazias. Ela inclinou a cabeça, aquele olhar de compreensão dos cães, ou de querer compreender, um pedido de atenção. *Obicham te*, disse a ela, eu te amo, mas hoje não tenho nada, vá embora, disse, *mahai se*, e fiz um movimento para ela ir embora. Mas ela não foi, ficou ali me encarando, o movimento do rabo diminuiu um pouco e ela se aproximou bem devagar e pressionou a cara contra a minha mão, o focinho úmido na minha palma. Continuei sem reagir, mas ela insistiu, sacudindo o focinho para cima como se quisesse jogar minha mão sobre sua cabeça, onde ela queria ser coçada. Eu ri e disse Certo, Mama, certo, enquanto passava os dedos por seu pelo. Ela ganiu de alegria e chegou mais perto, pressionando o tronco contra minha perna e ondulando o corpo naquele movimento canino que comunica felicidade melhor que qualquer coisa que somos capazes de fazer, e usei ambas as mãos para coçar suas costas inteiras, sentindo pedaços de folhas e agulhas de pinheiro e sujeira acumulada. Você está imunda, falei, mas eu te amo, e baixei o rosto em direção ao dela, encostando nossas testas e agarrando-a em uma espécie de abraço. Ela tolerou isso brevemente e, depois, inclinou o focinho ligeiramente para cima e, num movimento rápido, lambeu meu rosto, a língua molhada nos meus lábios. Joguei-me para trás, fazendo um som de nojo e limpando a boca, mas ri outra vez.

Ela se apertou contra mim com mais insistência, esfregando o alto da cabeça no meu jeans. Ela queria um petisco, e, mais que isso, queria que a deixasse entrar. Ela já havia sido um animal doméstico, eu tinha ouvido dizer, anos antes havia pertencido a um professor estrangeiro que a deixou para trás quando voltou aos Estados Unidos, ela adorava dormir em nossas casas. Mas haviam nos dito que não era permitido; ela estava quase sempre suja e, embora fosse tratada contra pulgas e carrapatos, não dava para ter certeza, era um cão de rua hoje, não deveríamos deixá-la mal acostumada. Mas não havia ninguém por perto para me advertir e, então, *Ela*, eu lhe disse, vamos, e me pus de pé, com sucesso desta vez, talvez porque Mama continuou pressionando seu tronco contra mim, como para me sustentar enquanto eu apoiava uma mão contra a parede de tijolos da casa. Ela ganiu à porta enquanto eu empurrava a chave para dentro da fechadura. Certo, Mama, falei outra vez num tom tranquilizador, certo. Eu pegaria a caixa de petiscos no armário acima da pia, colocaria toalhas no chão da cozinha para que ela tivesse um lugar macio para se deitar. Ela estava suja, mas o que era um pouco de sujeira, pensei ao girar o trinco, faz tempo que eu deveria ter deixado você entrar, disse, me desculpe. Abri a porta e ela entrou na frente, avançando apenas alguns passos antes de se jogar nos ladrilhos da entrada, um lugar que reivindicou como se fosse dela havia muito tempo, e deu um suspiro rápido e profundo ao descansar a cabeça em suas patas. Ela manteve os olhos em mim enquanto eu largava as chaves no pratinho ao lado da porta, com o rabo mais controlado, mas ainda batendo na parede enquanto eu colocava a bolsa no chão, esperando a vertigem passar. Certo, Mama, disse outra vez, você dorme aí, vamos dormir e de manhã nos sentiremos melhor, embora eu temesse não me sentir melhor, tanto em relação ao corpo quanto ao espírito, eu pensava que provavelmente me sentiria muito pior.

E porque a tontura não passou ou talvez porque eu queria o calor dela ao meu lado, me abaixei até o chão, me estiquei ao lado dela e coloquei uma mão em seu flanco. Vamos dormir, disse outra vez, e ela rolou de lado, a barriga voltada para mim, e colocou uma pata no meu peito. Deixaria uma marca, eu sabia, teria que esfregá-la pela manhã, mas o que importa isso, pensei ao fechar os olhos, o que importa isso, por que não deixá-la ficar.

Agradecimentos

Alguns trechos deste livro apareceram pela primeira vez, em muitos casos em versões bem diferentes, no *The Iowa Review*, *The New Yorker*, *The Paris Review*, *A Public Space*, *The Sewanee Review* e *StoryQuarterly*. Um agradecimento especial a Brigid Hughes, Cressida Leyshon, Adam Ross, Nicole Rudick e Lorin Stein.

Uma bolsa de residência da Lannan Foundation me permitiu terminar este livro. Obrigado também à Next Page Foundation e à Elizabeth Kostova Foundation pelas residências na Bulgária.

Muito obrigado a Anna Stein, Claire Nozieres, Morgan Oppenheimer e Lucy Luck pelo cuidado que tiveram com este livro.

Obrigado a Mitzi Angel por sua brilhante edição colaborativa e a todos na FSG e Picador (EUA e Reino Unido), especialmente Eric Chinski, Kris Doyle, Anna deVries e Brian Gittis. Um agradecimento especial e infinito a Camilla Elworthy.

Pela leitura das primeiras versões deste livro, completo ou em parte, obrigado a Jamel Brinkley, Kevin Brockmeier, Lan Samantha Chang, Ilya Kaminsky, Dimiter Kenarov, D. Wystan Owen e Alan Pierson.

Por tudo, obrigado a Luis Muñoz.

Cleanness © Garth Greenwell, 2023

Todos os direitos desta edição reservados à Todavia.

Grafia atualizada segundo o Acordo Ortográfico da Língua
Portuguesa de 1990, que entrou em vigor no Brasil em 2009.

capa
Alles Blau
foto de capa
"Anton", de Ivan Bubnov (Yan Bubnovski)
composição
Jussara Fino
preparação
Claudia Ribeiro Mesquita
revisão
Gabriela Rocha
Ana Alvares

Dados Internacionais de Catalogação na Publicação (CIP)

Greenwell, Garth (1978-)
Pureza / Garth Greewell ; tradução Fabricio Waltrick.
— 1. ed. — São Paulo : Todavia, 2023.

Título original: Cleanness
ISBN 978-65-5692-376-5

1. Literatura norte-americana. 2. Romance.
3. Homossexualidade — Bulgária. 4. Erotismo.
5. Literatura contemporânea. 6. Gays. I. Waltrick,
Fabricio. II. Título.

CDD 810

Índice para catálogo sistemático:
1. Literatura norte-americana : Romance 810

Bruna Heller — Bibliotecária — CRB 10/2348

todavia
Rua Luís Anhaia, 44
05433.020 São Paulo SP
T. 55 11. 3094 0500
www.todavialivros.com.br

fonte
Register*
papel
Pólen natural 80 g/m²
impressão
Geográfica